La Rue Cases-Nègres

黒人小屋通り

ジョゼフ・ゾベル
松井裕史 訳

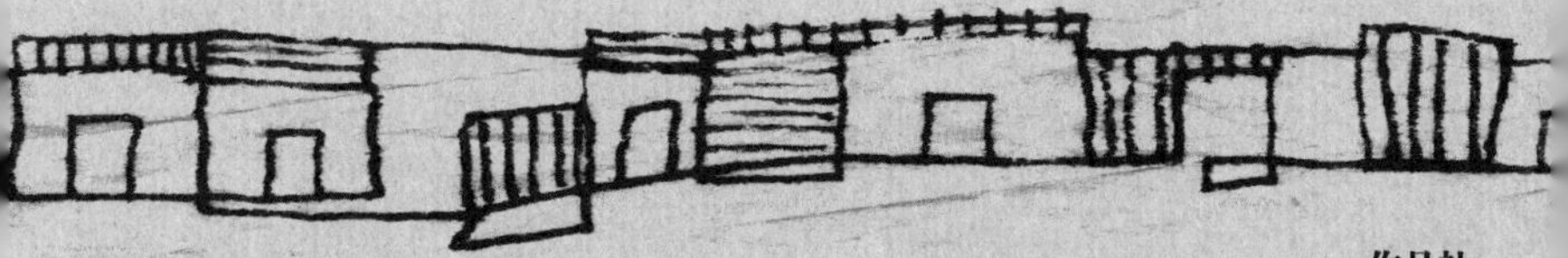

作品社

黒人小屋通り

目次

第一部

昼のあいだ、大きな出来事も面倒もなければ、夕暮れは優しく微笑《ほほえ》みながらやってきた。黒人たちがプランテーションのサトウキビ畑に行くときに通る大きな道の遠く向こうに、僕のおばあちゃんであるマン・ティヌがやってくるのが見える。すると僕は、マンフニル鳥が飛んだりロバが小躍りするみたいに、大声をあげながら、同じように親の帰りを待っていた仲間の子供たちと一緒になって、走ってむかえに行ったものだ。

マン・ティヌは、僕がむかえにやってくるときは、留守のあいだおとなしくしていたとわかるのだった。すると懐《ふところ》からおやつを出してくれた。マンゴだったり、グアバだったり、イカコの実だったり、緑の葉に包んだ昼の残りのヤマイモだったりした。中でも特にうれしいのはパンだった。いつも何か食べ物を持ってきてくれた。仕事仲間がそのことに口出しすると、マン・ティヌは、子供の分をとっておかずに自分だけ食べるわけにはいかないと言うのだった。

僕たちの後ろから別の大人たちも帰ってきた。仲間たちは自分の親を見つけると、さらに大声をあげて、走ってむかえにいった。

僕はおやつをほおばりながら、仕事仲間と話し続けるマン・ティヌの後ろをついていった。

「神様のおかげで帰ってくることができた」マン・ティヌはため息まじりに言うと、長い柄の鋤《すき》を小屋に立てかけた。

それから頭の上に乗せた竹編みの小さな丸いかごを下ろすと、地面からこぶみたいに飛び出た石の上に腰を下ろした。その石は小屋の前にあって、腰掛けに使っていた。

そして懐から石灰でできたパイプと粗刻みのタバコとマッチ箱の入ったブリキの箱を取り出して、静かに、ゆっくりとタバコを吸い始めるのだった。

僕の一日も終わった。よその親たちも帰ってきた。仲間たちも小屋に帰った。遊ぶのはもうおしまいだ。

タバコを吸うために、マン・ティヌは石の上にどっかり腰をおろした。きれいな色をした空のほうを向いて、土で汚れた脚を伸ばしたり組んだりしながら、我を忘れてパイプを吸っている様子だった。

僕は近くにしゃがみこんで、マン・ティヌが見ているのと同じ方角を見た。真黄色のマカタや、血に染まったみたいな火炎樹などの花の咲いた木、プランテーションの反対側にあるモルヌ〔原註：アンティル諸島で言う丘のこと〕の向こうの空の色。その輝きがこっちまで届いていた。あるいはマン・ティヌを横目でこっそり見るのだった。子供は大人をしげしげと見るものじゃないと何度も口うるさく言われていたからだ。

そんなときの楽しみといえば、マン・ティヌの顔の上に垂れている麦藁帽子の輪郭を目で追うことだった。かごの重みでつぶれて、色褪せたつばは、雨でふにゃふにゃになって波打ち、プランテーションの土よりも少しだけ薄い色をしていた。

でも一番おかしいのは服だった。毎朝マン・ティヌが、サトウキビの葉っぱほど貧しい黒人を束にして食い物にするものはありゃしない、と文句を言いながら繕《つくろ》っていた代物だった。その服というのは薄汚れたチュニック以外の何物でもなかった。ありとあらゆる色をしたつぎはぎが並んで、どんどん増えていって重なり合い、しまいには全部溶け合っていた。僕が覚えている限り、もともとこの服は、毎月第一日曜日の聖体拝領のための質素な花柄のクレトン地の服だった。それが毎週日曜日の礼拝用になって、今では分厚く詰め物をした生地、そうでもなければ、変な具合に縫い合わされた重たい毛皮みたいな代物《しろもの》に成りはてていた。プランテーションの小屋に住む年取った黒人女の、木の根っこみたいな形をした手や、腫れて固くなってひび割れした足には、この上なくお似合いに思えた。僕はこの農園で生まれて、五歳になってもまだ一度も外に出たことがなかった。

ときどき近所の人が通っていった。

「アマンティヌ、タバコおいしそうだね」とあいさつ代わりに言った。

身じろぎもせず、通りがかりの近所の人に目もくれないで、ぶつぶつ返事をすると、マン・ティヌは何もなかったように、満足げにタバコを吸うのだった。

このとき、マン・ティヌは夢見ていたのか、気もそぞろだったのか、タバコの煙のせいでうわの空だったのか、見渡すプランテーションの風景が違ったふうに目に映っていたのか、僕にはわからない。

タバコを吸い終わると、こう言うのだった。

「さてと」

つらそうな声で、自分に言い聞かせているみたいだった。

小さなブリキの箱の中、タバコとマッチの横にパイプを収めると、立ち上がり、かごを抱えて小屋に入った。

あたりはもう暗くなっていた。それでもマン・ティヌはざっと見回すだけで、僕が料理道具をどこかにやっていないか、何か壊していないか、一目でわかった。

でもそんな日の晩なら恐れるものは何もない。マニヨックの粉と塩漬けタラの小さな塊《かたまり》をマン・テイヌが出しておいた分だけ昼に食べた。油は使い過ぎなかったし、悪魔でもなければ見つけられない場所に隠された砂糖の箱を見つけ出すこともできなかった。お皿は割らなかったし、昼に食べたときにこぼしたマニヨックの粉を払うため、土を固めた小屋の床にほうきをかけておくことさえした。

　マン・ティヌがいないあいだ、僕はやましいこともなく、いい子にしていたのだ。

　まったく非の打ちどころがないのに満足して、マン・ティヌは小さな声で独り言を言う（マン・ティヌはこんなふうに独り言を言う人だった）。

「さあ今晩は何にしようかね」

　小屋の暗がりの中、立ったまま決めかねている様子で、マン・ティヌは大きなあくびをする。

「自分だけだったら、わざわざ火もおこさないだろうけどねえ。ただ虫に胸を刺されないように、舌に塩の塊をひとつのせて、寝るところなんだけど」と愚痴をこぼす。

　疲れた、ああ疲れた、とマン・ティヌは言う。

　それでもすぐに疲れを振り払って、こんなふうに料理は始まる。かごからパンの実を取り出すと、四つに割って、皮を剝き、四つに割った実がそれぞれふたつの「四角」になるように切る。見るも楽しい手順が続く。まず剝いた皮をカナリ〔原註：素焼きの鍋〕の底に敷いて、「四角」にした実を入れて、塩をひとつまみ、塩漬けタラを一塊、そこに水をたっぷり入れる。

　それに加えて、自分の仕事場だった畑からほうれん草を一束持ってきていていることがあった。ほうれん草の葉をのせた上にさらにパンの実の皮を十字の形にのせて、支度は終わり。

　外では黒くなった三ツ石のあいだで燃え盛る炎に、カナリの腹が勢いよくグツグツ音をたてて、僕とマン・ティヌの住む小屋の正面に、赤く震える輝きを放つ。マン・ティヌは大きな腰掛けの石、僕は火のすぐそばにいて、炎が燃え上がり、音をたてるまで小枝をくべる。

「火で遊ぶんじゃないの!」マン・ティヌが声を張りあげる。「そんなことするとおねしょするよ」

プランテーションでは夜になると、周りでも同じようにカナリを炊く火が焚かれて、夜を飾る火の輝きが、小屋の正面と子供たちの顔を赤く照らす。

マン・ティヌは、農場に絶え間なく響く単調なメロディーを口ずさむ。親のいないあいだ、ときどき僕も仲間たちと一緒に歌うメロディーだ。

太陽には頭が下がる思いだ。親たちに仕事をさせて、僕らを好きなように遊ばせてくれるからだ。夜も、火をともして歌を歌えば楽しい。

ときどき暗くなって、晩ご飯が待ちきれなくなることがある。おなかが減った僕には、ご飯ができあがっているのをよそに、マン・ティヌが歌を歌ってばかりのように思える。

そんなとき、マン・ティヌがパンの実にかけるソースを用意しはじめるのを待っているときが、一番たまらない。土でできた鍋を手にとって水ですすいで(ああ、マン・ティヌはなんて、あれもこれも洗ったりゆすいだりするのが好きなんだろう)、小さなタマネギを切って入れ、ニンニクの皮をむき、小屋の裏にタイムを取りに行って、それからいくつもの丸めた紙に入ったコショウを小屋の隅に取りに行って、今度は唐辛子、と何度も何度も調味料を取りに行くのが、僕からしてみればどれだけのんびりしているように見えることか。こうやってできるソースが煮詰まってから、野菜の煮汁やタラのかけらやほうれん草を入れるまでの時間が、どれほど長く感じられることか。これだけでは終わらなかった。いつも、クローブを加えてからまた少し煮込まなければならない。

石油ランプをつけると、テーブルは暗がりの真ん中で照らされる。僕らの影は途方もなく大きくなって、小屋のみすぼらしい壁に映し出される。

マン・ティヌはテーブル近くの小さな椅子に座る。青と黄色で縁取りをしたファイアンス焼きの大きな椀をひざのあいだに挟んで、手で食べる。そのくせ僕には「育ちのいい子みたいに」アルミの皿をテーブルに置いてフォークを使えと言う。

　ご飯を食べ終わると、マン・ティヌは「お腹いっぱいかい」と僕に尋ねる。

　三切れのパンの実で僕のお腹はいっぱいになる。息をするのに精一杯で、はっきりとした声を出して「うん、マン」となんとか答える。

　そうすると、水がいっぱい入った小さなクイ〔原註・柄杓として使う半分に割ったヒョウタン〕をもらって、小屋の入り口の敷居まで行く。念入りに頰っぺたを震わせて口をゆすいで、なるだけ勢いよく水を吐き出す。

　お皿を洗いながら、マン・ティヌは小さい声で独り言を言う。僕は自分に向かって言われているかのように耳を傾ける。マン・ティヌはそうやって丸一日の出来事を話す。プランテーションでの出来事や口げんかや冗談。時に本気で怒っていることがあって、洗っているカナリやお椀を割ってしまわないか心配になる。そうでもなければ妙にニヤニヤしているものだから、僕も噴き出すことがある。そんなときマン・ティヌは急に手を止めて「お前、何笑ってるんだい」と言う。

　怒っているわけではないけど、暗く声を震わせてしゃべっていることもある。何を言っているのかわからず、涙を流していやしないかと思って、僕はかがんでマン・ティヌの顔をのぞきこむ。こっちもつらい気持ちになるからだ……

　僕はランプを長いあいだじっと見つめる。小さな蛾がランプの火に当たって、テーブルの上にひっくり返って落ち、死んでしまったのか、もう飛べなくなったのを見て、気を紛らわせる。

　まぶたが重くなってきて、しっかり手で支えていないと首で頭を支えきれなくなって、テーブルに打ちつけてしまいそうになる。

　マン・ティヌといえば、あいかわらず料理道具を拭いたり片づけたりしている。もう一度テーブルをきれいにするために、ケンケ灯をどかす。いつになったら隅っこにしゃがみこんでびんを片づけるのを終えて、立ち上がるんだろう。

そこで僕はわざとテーブルの端に頭を乗せた。

するとやっとマン・ティヌは、僕の肩をゆすって眠りから覚まそうと大きな声で呼ぶ。片手に明かりを持って、僕を寝る部屋に連れていく。

僕は眠りに浸かっていて、何も感じない。マン・ティヌは大きなボロ布の包みを解いて床に広げた羊の皮の上に敷く。僕は服を脱がされると、言われたとおり神様への賛美をもごもご口にする。淀《よど》んだ水の底にいるみたいな感じがする。おしまいに「おやすみなさい、マン」と言って、床に倒れこむころには、僕はおぼれた人が水面に浮かび上がってきたみたいになる。

でもこんなふうに一日がうまく終わらないこともよくあった。朝起きると、すぐに僕はボロ布でできた寝床をまとめて、家の前にある大きな石の上に日干しするため広げにいく。ほとんど毎日、ところどころが濡れているからだ。マン・ティヌは木炭コンロ（近所の人が拾ってきた容器を日曜大工でこの土地独特のコンロに作り変えた代物）が置いてある部屋の隅にしゃがんで、コーヒーを沸かす。部屋の窓から陽の光がマン・ティヌの背中に当たり、寝間着として使っている、網みたいに透け透けになった古い服の裂け目から衰えた肌が見える。火にかけられた小さな缶詰の缶の中で、お湯がぼこぼこ音を立てると、マン・ティヌは床に置かれたコーヒー沸かしの上にちびちびお湯をたらす。

寝間着から毎日着たきりの丈の長い上着に着替えると、僕はコーヒーが「流れる」のを見にマン・ティヌの横に行く。

マン・ティヌはコーヒーの最初の数滴を陶器のお椀に受けると、砂糖をひとつまみ入れ、戸口にもたれかかり、腰に片手を当てる。そこから地平線を見渡すと、天気の具合を見たり、こんなことを言ったりする。

「今日、プチブールの人たちは魚を食べられるだろうねえ。ディアマンの漁師たちが舟いっぱいに魚をとってくるだろうから……それにどうだい、あんなにも小さな雲……大きな引き網みたいじゃない」

コーヒーをちびりちびりやりながらそう言って、マン・ティヌは舌を打つ。

こんなときは邪魔しないように、何であろうと言葉をかけないように、どれだけ用心しないといけないかは、よくわかっている。そうでないと怒られる。「お日様も出たばかりで、まだろくにコーヒーも口にしていないのに、この子はもう私を困らせる」と怒鳴られる。

青とピンクの花模様の分厚い陶器でできた大きな鍋の中に、マニヨックの粉一握りを薄いコーヒーで湿らせて砂糖をたっぷり入れたものをマン・ティヌはくれる。僕は小屋の敷居に座って、それを自分の小さな鉄のスプーンで食べる。

そのあいだマン・ティヌは仕事に着ていくひざ上丈の服を左右に振って、ごちゃごちゃした継ぎはぎを眺め回し、少しばかり修繕が必要なところを急いで繕う。そして、あっちこっちうろうろする。僕は早く仕事に行ってほしいという抑えきれない気持ちを静める。というのも外では、もうお日様が木々や野原や原っぱに溢れているからだ。

最後にマン・ティヌはこう言う。

「十二時になったら、いいかい、農園の鐘がなるころにだよ、マニヨックの粉を入れたこのお皿にコップ一杯の水をかけて、油とタラは上にあるから、よく混ぜて食べるんだよ」

マン・ティヌは、僕の手が届くようにとテーブルの隅に置いた皿を指差す。それから、さらに急いで支度をして、僕のと同じ昼ご飯を入れたクイを他の物（サトウキビの葉でできる擦り傷から体を守るために古い靴下で作った手袋とすね当て、それにときどき冷たい水を入れたヒョウタン）と一緒に、念入りに竹かごに収める。

次にタバコをパイプに詰めて、火をつけ、頬かむりの上からへんてこな麦藁帽をかぶって、ボロ布でできた紐で胴まわりを締め上げると、こう言う。

「神様が私にベケ〔原註：プランテーションや工場を所有する現地生まれの白人〕の旦那のサトウキビ畑で戦う力をまだ与えてくださるかしら。どれだけ小屋がきれいで、おまえの服もきれいで……破れているところもなければ、小屋の前にはゴミのひとつもないか、わかってるね。それにほっつき歩くんじゃないよ。晩にわたしが怒らなくてもいいように、ちゃんとしているんだよ！」

こう言ってパイプを二回吸うと、小屋を煙でいっぱいにして、身をかがめて竹かごを持ち上げ、頭に乗せる。行きがけに鋤をつかみ取ると、戸口をまたぐところでこう言う。

「行ってくるからね！」

これでやっと自由だ。丸一日の自由。

でも、こうやって自由になったからといってまだ大声をあげたりはしなかった。敷居に座って、しばらく時間が過ぎるのを待つ。出がけに急ぐせいで、マン・ティヌは忘れ物を取りに戻ってくることがよくあるからだ。そんな場合には、出かけたときと同じぐらいおとなしくしているところを見せなければならなかった。しばらくして僕は安心すると、ちゃんとドアを閉めてから外に出た。

親がもう仕事に出てしまった仲間たちが、一軒の小屋の前に集まっている。連中はうれしいのを抑えきれない様子で僕を迎え、他の仲間を待った。

黒人小屋通りは、波打つトタンに覆われた木のバラック四十軒ぐらいが、丘の斜面に等間隔に並んでできている。王座ともいうべき頂上には、瓦で屋根をふいた農園管理者の家があって、奥さんが店をやっている。この「お屋敷」と黒人小屋通りのあいだには、農園の会計役の住む小さな家と、ロバを入れる囲いと肥料の倉庫がある。黒人小屋通りの下と周りは全部、広大なサトウキビ畑で、その端には工場が見える。

全部ひっくるめて、ここはプチモルヌと呼ばれている。

大きな木々、鳥の冠羽みたいなココナッツの木、道沿いのヤシの木、野原の草の中をゆっくり流れる川。何もかもが素晴らしい。

とにかく僕ら子供は、遠慮なくこういったものにあずかる。

仲間がみんなそろうまで、僕らはその場で遊ぶ。僕らの叫び声や笑い声に、まだやってきていない仲間たちが呼び寄せられる。

全部で何人いるんだろう。数えたことは一度もなかったと思う。でも僕らには誰がいないのかがわかる。それぞれいつもの仲間がいて、もしいなければ知らせるからだ。それに本当にみんなそろうと、気分がよくなるからわかる。

まずは先導役。ポールとその姉妹のトルティヤとオレリ。ジェズネは僕の仲良しで、スマヌはその弟。男みたいに恐いもの知らずのロマヌとヴィクトリヌ。カジミルとエクトル。それに僕。僕もグループの一員なのだ。

それに、場合によってはお荷物になる金魚の糞みたいなチビたち。ほんのチビたちだ。走れば地面でひじやひざをすりむくし、木には登れないし、小川も飛び越えられやしない。

一方で僕ら「年上」は道も知っているし、水の流れに歌う石の下、手でザリガニが捕れる場所も知っている。グアバのとり方も、乾いたココナッツの皮のはぎ方も知っている。それに、食べごろのサトウキビの見分け方も知っている。

これこそ親たちがいないあいだ、太陽でいっぱいの自由を満喫する中で、何より大切なことなのだ。服なんてものを着ているのは僕らぐらいだ。遊びまわる最中、四方八方に裂けた男物の古い上着が、男の子たちの背中でぶらぶらしている。編んだ服なんて、あまりにも穴が開きすぎていて、服を着ているつもりでも、小さな体をちっとも隠してはいない。

女の子たちの服ときたら、かろうじて布の切れ端がついた紐をたすきがけにしているぐらいで、全く何も隠していない。

みんな帽子もかぶらず、羊の毛みたいな髪は太陽で赤く焼けて、鼻からはナメクジを下げたみたいに緑がかった鼻水をたらしている。ひざの裏はニワトリの足みたいにうろこ状になって、石みたいな色をした足は、砂ノミに刺された親指が前に飛び出ている。

「昼になったら」エクトルが言う。「俺は油とタラと一緒に、バナナを食べるんだ。母ちゃんが出かける前に作っておいてくれたんだ。ついさっきまでまだ温かかった」

食べ物のことがまず話題になる。

「うちには」ポールが自分とふたりの姉妹のことを言う。「カナリ一杯に『赤バター』を混ぜたご飯がある。うちの母ちゃんは、足りなければマニヨックの粉を食べるようにって」

「それにしてはお前たちやせてるよな」スマヌが突っこみを入れる。

「そうだ、あいつら昼ご飯にタラすらないんだ！」

「ゆうべわたしの母ちゃんはおいしいご飯を作ってくれたのよ」と大人の女の人ぶってロマヌが言う。「パンの実のミガンとブタの鼻よ。すごくいいにおいがしたんだから。それをお昼に食べるの」

あまりお腹が空いていなくて、何を食べるかという話で盛り上がらないときは、小屋から小屋へぶらぶら歩いていく。

黒人小屋通りに大人はひとりもいない。バラックのうちのいくつかは誰も住んでいなくて、閉じられていたり、開けっぱなしだったりする。プチモルヌで働く人がみんな、黒人小屋通りに住んでいるわけではないからだ。

ここにいるのは僕らだけで、みんな僕らのものだった。

何でものぞきこんで、思い通りにあれやこれや悪さをする。こっちで草を引っこ抜いたり。煎じて飲まされる苦い草なんてのは特にだ。飲み水を入れた樽に石を投げつけたり。その気になれば、中におしっこをすることだってできる。

でも昼ご飯がたくさんある連中は、我慢できなくなる。他の仲間の頼みに負けて、家に上げて、お腹いっぱいになるまでごちそうすることになる。

その後で、また全員が道に集まる。

風の向くまま、気の向くまま、グアバの木からプラムの木へ、イカコ畑からサトウキビ畑へ。草原を横切って、勇ましくも牛に向かって石を投げつけた。草の茂ったところに、ツタリンゴ〔原註：野生の果実〕がいっぱいなっているのがときどき見つかる。

「なあ、トレネルって遠いのかな」ジェズネが尋ねる。

僕らは足を止めた。後ろから着いてくる連中が追いついてきた。

「もちろん遠いさ。どうしてだい」

「だって、ゆうべ父ちゃんが、こんな大きなマンゴを持ってきて、トレネルに行く道で拾ったって言ってたんだ」

「それなら遠いことはないさ」

マルチニック島周辺地図

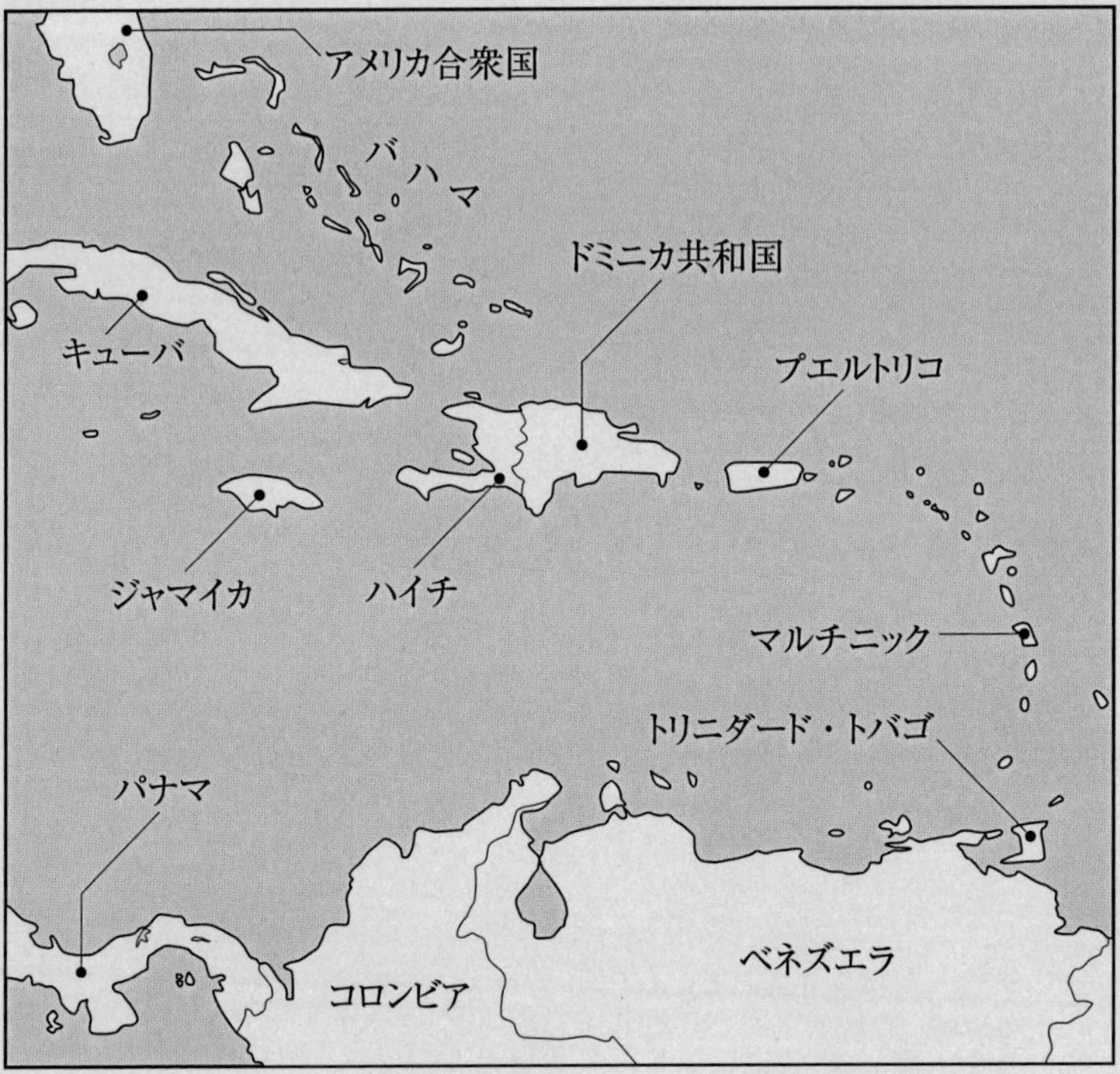

カリブ海小アンティル諸島に属するマルチニック島は、現在フランスの海外県のひとつである。北にはドミニカ国、フランス海外県グアドループ、アンティグア・バーブーダ、セントクリストファー・ネイビスなどが、南にはセントルシア、セントビンセント・グレナディーン、グレナダなどが位置する。上記のうち、マルチニックとグアドループ以外はイギリス連邦の加盟国である。

マルチニック島詳細図

1128平方キロメートルの土地に、現在は約40万の人々が生活しているマルチニック島。県庁所在地はフォールドフランス。本作品に関連する地名を記載した。

『黒人小屋通り』附録

「行ってみよう」

「そうしよう」

もしかしたら本当に遠いかもしれないけど、行って戻ってくるのに、丸一日あるじゃないか。それにこんなふうに大勢だと、誰にも知られずに遠出できる。

僕らはモルヌのふもとで、肥料を山積みにした四頭引きの牛車に出くわす。轍《わだち》を通る車輪が、軋《きし》んでいる。ジェズネとロマヌと僕はすぐに後ろに飛び乗った。他の連中は必死にしがみついて、引きずられる。一番弱い連中はちょろちょろ走りながらついてくる。

牛車引きに気づかれないように、静かに！

牛車引きは前に立って、ものすごい罵《ののし》り声を上げながら、牛に鞭を入れる。車引きのついた悪態があまりにも絶妙で、僕らはつい言葉を返してしまう。

口にしてはいけない言葉に気をよくしたジェズネは、牛車引きの悪態に自分のをつけ加える。

馬鹿騒ぎが起こる。

硬い木がぶつかり合う音、鎖の音、車輪の下で乾いた土の塊が砕ける音に混じって、車軸を軋ませながら進む牛車。そこに突然、突き棒を振り上げた牛車引きが現れる。

「この逃亡奴隷《ネグ・マロン》のガキども、こうしてやる……」

みんな散り散りに逃げて、また少し遠いところで集まる。

気を落ち着かせるため、平然と音を立てながら遠ざかっていく牛車に向かって、僕らは悪態や汚い言葉をぶつける。

「この道じゃない」ジェズネが気づく。「さっき通り過ぎた向こうの四辻のところを下って、あっちのほうにこうやって行く小道を進まなきゃだめだったんだ」

実際のところ、僕らはもうトレネルのほうには向かっていない。あの忌々しい牛車のせいで、変な方向に来たのだ。

そこで僕らは走ってきた道を引き返すことになった。口惜《くや》しいのは、道沿いに生えているグアバの木にさえ目をくれなかったことだ。とはいえ、道端の茂みにいつも実がないことは経験からわかっていた。

僕ら「年上」があまりにも早足で歩くから、チビたちはさっき牛車の後ろを追っていたのと同じように、息を切らしてついてくる。

「会計役よ」オレリが声をあげる。

みんな一斉に立ち止まった。曲がり角から突き出た白いパラソルが目に入るやいなや、僕らは溝の中に身を隠す。四つんばいになって、サトウキビ畑の奥まで行こうとするあいだ、聞こえるのは草や藁のガサガサいう音だけ。

まるで、会計役のロバが僕のすぐ後ろを小走りで追ってくるみたいに聞こえて、怖くて心臓がはちきれそうになる。

僕は畝《うね》のあいだに転がりこむ。疲れ果てて、迷子になった。

動くこともできず、頭は茂みの中に突っこんだまま。

少しずつ心臓の高鳴りが収まって、耳を澄ます。

もう藁の音はしない。

固くて穴ぼこだらけの道を遠ざかっていくロバの足音が、かすかに聞こえる。もう聞こえない。僕の心臓をどきどきさせるものは、もういなくなった。

「おい！　ジェズネ、ロマヌ、おい！」小さな声で僕が言う。

声がかすかに聞こえてくる。

「まだ見えるかい」

「まだパラソルが見える」

ポールの声だ。

大きく目を開いて、景色をじっと見る。自分がいったいどこにいるのか、わからなくなった。途方もない距離を這《は》いまわった気がしていたから、茂みから出たところで遠く、見知らぬ場所に出るのはわかっている。

ジェズネとロマヌはもう立ち上がっていて、危険が去ったことを伝える。

「トルティヤはどこだ。それにカジミルは」

いろんなほうに向かって大声で呼びかけても、返事のない連中がいる。

遠出をして、こんな危険が訪れると、いつもこうだ。気が動転して、変な方向に走る連中がいるからだ。

あらぬ方向に逃げた連中は、残念だけどどうしようもない。

元の道に戻るために、四辻に引き返す。

「今度は」ジェズネがもちかける。「道路沿いに行くのをやめよう」

僕らは休耕地になっているサトウキビ畑を横切る。

「マンジェ・クーリ〔原註：野生の果実〕があるはずだ」

打ち捨てられた畑には、いつも収穫のあとに僕らが頂戴することになる、しなびたサトウキビがある。

でも今回は、マンジェ・クーリもサトウキビもない。あるのは雑草と野生の花とヒルガオだけ。

消えてしまった仲間たちはどこだろう。連中が四、五人ばらばらになって黒人小屋通りに向かって帰っていくのが見える。

僕らのほうは、行く手を阻《はば》む障害に邪魔されることなく、最後まで冒険を続ける。

昼ご飯の時間を伝える「お屋敷」の鐘が鳴ったころ、僕らはずいぶん遠くにいる。遠すぎて、鐘の音はかすかにしか聞こえない。

「あいつら、昼ご飯をたらふく食べるんだろうな」ポールが帰っていった連中のことを言う。「もしかしたら俺たちのご飯も取りにいくかもしれないぞ」

「かまわないわ」ロマヌが言う。「今から私たちが食べることになる大きなマンゴにはありつけないんだから。何も持っていってやらないから。ほんの少しも。皮すらあげないからね」

太陽の下、風に吹かれてボロ着の音を立てながら、僕らは畑を横切る。また別の「けものみち《トラス》」を通って、おしゃべりしながら、まだほとんど気にはならないけど、鳴りだしたお腹を抑えるため、背の低い木の実とか、桑の実とか、まだ熟していない緑の実とかを、立ち止まってもぎとったりする。僕らは、家を出てからというもの、果敢に立ち向かった数々の危険に意気が上がり、怖いもの知らずになった。

ずいぶん歩き回って、最初の目的に気がつく。僕らは足どりを早めて、右に左に開ける道を迷うことなく進んでいく。

そこは赤い土と湿った土のあいだを深くえぐったように通る道で、頭の上から、大きなシダの葉が垂れ下がってきている。わずかな隙間からかすかに空が見える。あまりにも気味が悪いから、僕らは小さな声で話し、できるだけお互い寄り添って歩く。

こんな道は見たことがない。

まったく予測もしていないときに、上から小さな土の塊が足元に落ちてきて、僕らは固唾《かたず》を呑む。口をつぐんでゆっくり進み、二、三歩ごとに、後ろを振り返らずにはいられない。上から崩れかかってこないだろうか。行く手をふさがれたりしないだろうか。僕らは浮足立ちはじめる。口をつぐんでいるせいで、息がつまりそうだ。

みんなびくびくしている。

突然叫び声がする。逃げろ！　あわてふためいて叫び声をあげながら、一目散に僕らは道を引き返す。

道を抜け出たあとも、後ろを振り返らず、まっすぐ前に、息が切れるまで走り続ける。それでも足を止めることはできない。へとへとになっても、恐怖に背中を押されて、僕らはよろめきながら歩く。怖がりすぎているせいで、正気が取り戻せない。意気込みや自信が全部すっ飛んでしまうほど、怖くて気が動転している。

黒人小屋通りに戻るときはいつも、死に物狂いで走っていく。たどり着くと、僕らの成し遂げたことが、ついてこられなかった連中の目には、どれほど立派に映ったことだろう。取り乱したことさえ勇気の印になる。

「そりゃあ走りに走ったさ。ほら、心臓触ってみろよ」

途中で引き返した連中は、驚きのまなざしで僕らを見つめる。ずいぶん遠くまで行って、連中には想像もできないくらいぞっとする道を目にして、走る力がすごいから危険を逃れることができたのだ。

こういった偉業に、僕らが味わった果実や、見つけた小川や、熟したら取りに行くことになるであろう途中で見つけた甘豆《ポワドウ》の木までが話につけ加わる。

この上なくうれしいのは、親たちがこんなことを知るよしもないことだ。今晩、拳骨を食らうことはないだろう。

もう怖くない。そうしたらお腹が空いてきた。

大丈夫。仲間たちは全部残らず食べてしまってはいなかった。まずポールとトルティヤとオレリのうちの米から始めることにしよう。

小屋に上がると、差し出された手に囲まれたトルティヤがご飯を分け始める。

親たちがいないあいだ、小屋に仲間みんなで集まるっていうのはなんて楽しいんだろう！　オレリは有頂天になって、僕らをきれいに飾られた部屋に入れる。オレリの両親のサンフォールさんとフランセットさんは、四つでひと揃いの箱や板をひとつひとつ買い入れて台を作っており、その上にクレトン織に包まれたボロ布が積み上げられていた。

子供たちはいつも「土間」にじかにボロ布を敷いて寝る。寝室には他に何もなかったけど、僕らはそこにいることがうれしかった。大人たちだけしか入れないこの部屋にいられるだけでも、もうけものだったからだ。部屋の中は薄暗くて、独特のにおいがする。汗のにおい、プランテーションで働く人のにおいだ。

次は僕がご飯を分ける番になった。

でもマニヨックの粉を水で湿らせて、油をしみこませるために器を揺らすなどという、マン・ティヌの言いつけに従うつもりはない。

僕は水で溶いたマニヨックの粉は好きじゃない。マン・ティヌがいる場合には嫌なのを我慢する。マニヨックの粉はデザートにしたほうがいい。器に入れて黒糖のシロップでこねて、おいしいマカダムふうにするか、ざらめの砂糖と一緒に混ぜてから、三角に折った紙に入れて、そのまま口に流しこむのが好きだ。とはいっても、マン・ティヌが僕の好みを知らないわけがない。今日はどういったわけか、思う通りにしたい気になる。

マニヨックの粉と砂糖を食べにくるようにと仲間たちを誘う。

砂糖はブリキの箱に入っている。でもその箱を見つけ出すことが問題なのだ。マン・ティヌは物を隠すのが上手で、砂糖の箱が見つからないようにうまく隠すからだ。

とはいえ僕のほうでも、マン・ティヌの鼻を明かすぐらいのいい嗅覚をしている。それでも隠し場所をひっきりなしに変えるせいで、見つけ出すのは一苦労だった。

いいかい、おとといまで砂糖の箱はこの棚の上にあったんだ。だから椅子を使って、テーブルの上に乗って、手を伸ばすだけさ。

それが今日になってみると、箱がもうそこにない。

そうなると、僕は椅子の上に立ったまま頭を抱え、考えて、途方にくれる。

足元では、仲間たちがあきれ顔でこっちを見つめて待っている。

「うちの母ちゃんは砂糖の箱なんて持ってないぞ」ジェズネが言う。「日曜日だけ、コーヒーをいれるために、砂糖を二スー買いに行くんだ。うちの母ちゃんが砂糖の箱を持っていたとしても、見つからないような場所にうまく隠せるとは思わないけど」

砂糖箱探しに手を貸すことに決めて、ジェズネが僕に向かって大声で言う。

「梁《はり》の上とその周りを見てみろよ。母ちゃんたちは梁の上によく物を隠すから。子供は梁に上れないと思ってるからさ」

何も見つからない。僕は肩を落として、テーブルから降りる。

するとすぐに、みんな必死になって砂糖箱探しを始める。小屋の隅々まで。寝室全体が砂糖箱探しでめちゃくちゃになって、マン・ティヌの粗末なベッドは元に戻せないぐらいひっかき回された。料理道具が立てる音があまりにも大きいせいでおっかなくなる。収拾がつかなくなって、仲間たちの乱暴な砂糖箱探しは止められなくなる。

「やめろ、外に出ろ！」と怒鳴ってやりたくなる。

でも僕は怖気《おじけ》づく。

なんてことだろう。こうなることはわかっていた。皿の割れる音がする。

青と黄色のお椀が！

マン・ティヌが食べるときに使うお椀が！

「お前が腕を押したんだぞ」

「お前がそうしろって言ったんだろ。お前がこう、こうやって、手でやったんじゃないか」

ロマヌはポールのせいに、ポールはジェズネのせいにする。

他のみんなは唖然として、黙っている。

僕はしゃくり上げ始める。

「あんた母ちゃんに殴られるの」ロマヌが言う。

「お前たちみんなが泥棒に来たって言いつけてやる」僕が怒って言う。

「それじゃだめよ」トルティヤが言う。「ニワトリがやったって言うのよ。毛を逆立てたニワトリが入ってきて、テーブルの上に乗って、そいつを追っているうちにお椀を割っちゃったって言うのよ」

みんなその言い訳なら大丈夫だと請け合った。でもそんな言い訳があっても大した慰めにならない。怒り狂った僕は、連中に飛びかかりたい気にかられる。こんなにも手荒く引っかき回したマン・ティヌの小屋から、連中を追い出したい気持ちでうずうずした。

でも何もしない。気が静まった。

「みんな」連中に向かって言う。「マン・ティヌは畑に砂糖の箱を持っていったんだと思う。前にそう言ってた」

「だったらマニヨックの粉はこうやって混ぜて、タラと一緒に食べよう」トルティヤが声をあげた。

ある決まった時期、僕らは午後には黒人小屋通りから出なくなる。親たちが歩合で仕事をしているときは、まったく思ってもみない時間に家に帰ってくることがあると知っているからだ。

そんなとき、僕らはたとえばトンボ取りとか、他愛もない遊びに夢中になる。午後になるといろんな色のトンボがいっぱいやってくるからだ。トンボは渇いた低木や枯れた綿の木の枝、豆やヤマイモのつるのために小屋の裏に植える竹の上にとまりにくる。

農場の陽に照らされ、午後を彩るトンボはみんな知っている。大きなトンボはスグリみたいに赤いか、あるいは薄い栗色をしていて、はねは透明でまっすぐで、二本指でそっと挟めばうまく捕まる。一番小さい茶色のトンボは、黄色がかった短いはねをしていて、その上には黒い線が一本走っている。こいつは敏感で、手が近づくとすぐに勘づく。もっと優雅で珍しいのは「ハリトンボ」と呼ばれるやつだ。あんまりにも細くて軽いから、金の玉みたいな形をした頭と、薄青色がかった透き通ったはねがかすかに見えるだけだ。大きいトンボが簡単に取れることはわかっている。とまらせておいて、少しだけはねを下ろすのを待ってさえいればいい。足を踏み外さずにつま先立ち歩きができて、音を立てずに乾いた葉の上を歩くことができる僕にとっては朝飯前だ。どれくらいの距離で、どの瞬間に立ち止まって、手を伸ばしながらそっと身体を寄せて、休んでいるトンボのはねを親指と人差し指で挟めばいいか、間違うことなく判断がつく。たくさん葉っぱのついた枝にいるのを同時に、左右それぞれの手で捕まえることができる僕にとっては簡単なことだ。

大きなトンボなら、誰でも、初心者でも最初から捕まえられる。それに比べてはねが短くて、敏感で、用心深くて、高いところにとまっていて、注意深く近づいてもほんの少しの音ですぐに飛び去ってしまうトンボには、かなりの経験と手さばきが要る。それでもときどき捕まえられることがある。でもジエズネにもロマヌにも僕にも、誰にも捕まえられないのが「ハリトンボ」だ。だから僕らは、そいつは捕まえられない種類だとみなしていた。

午後になると僕らはトンボを捕まえて、指のあいだに挟んで、散歩させた。そうしてもう飛べなくなったところで、わざとまた捕まえるために放して、ちぎって、死んだのをアリにやる。

最後にはどれにも飽きて、僕らは何か新しいことをする気力がなくなる。影はどこまでも長く伸び、地面に溶けていって、僕らの胸を憂鬱でいっぱいにする。

トルティヤは昼に一緒に食べた米の入っていたカナリを洗いに帰っていく。身につけたボロ着がさらにボロボロになったロマヌは、まだ体につなぎとめておけるように、ボロ着の端をあっちこっちで結ぶ。

このときになって、マン・ティヌの小屋がめちゃくちゃになってしまっているのを思い出した。割れたお椀はテーブルの上に置きっぱなしだ。

あるもの全部引っかき回されたままで、元の場所に戻しておかなかった。

床にはマニヨックの粉がほこりに混じって、どれだけほうきで掃いても、踏み固められた床の割れ目に入りこんで残っている。

ニワトリが椀を割ったなんて言う度胸は僕にはない。マン・ティヌがそんなことを信じるわけがない。何もかも思い通りにいかない。

ああ、そうだ。今晩は災いがふりかかることになるのだ。

そうするとジエズネとスマヌが、見るからに不安に打ちのめされてやってくる。

「僕ら殴られるよ、ほら。服が破れてる」とジエズネが言う。

「朝からそうだったじゃないの」ジエズネの着たボロ着を見て、トルティヤが言う。

「馬鹿なこと言うなよ！　今朝ここの大きな穴はなかった。ここにぶら下がってる切れ端も。それに肩のところはこんなふうに垂れてなかった」

「こっちも」スマヌがつけ加える。「ちょっと背中が破れてないか見てくれよ。マムゼ・ロマヌがトレネルの道で走ったときにこんなふうにしたんだ。僕を追い抜こうとしてこうやって僕をつかんで引っ張ったらビリッって！」

僕自身もひどいものだ。

お椀を割って気が動転していたせいで、自分がどうなっているかなんて気にとめもしなかった。裾から両太腿の裏を沿って背中にできた破れにまだ気づいていなかった。それに正面にある泥の跡ふたつは、畑に落ちたときに藁にかぶせた湿った土にひざをついたせいでついたに決まっている。

「そんなのなんでもないわよ」トルティヤが言う。「もしあんたがわたしみたいだったら……ほら、見てみなさいよ。サトウキビ畑で破れたのよ。それで、ほら、もう結んでおいたわ」

確かに薄汚れたトルティヤの服は短くなっていて、服の一部になっている結び目の数が増えていることに気づかなくても、ますます何も着ていない状態に近づいていることはわかる。

自分はどうにかしたかった。たとえばついてしまったふたつの泥の跡を洗うとか。

「でももう服が乾くような時間じゃないわよ」トルティヤが言う。「あんたの母ちゃん、あんたがびしょ濡れになってることに気がつくわよ」

それはもっとまずい。

上着の破れをふさぐために結ぶ。そうしたら、もうそのことを考えてはいけない。余計に目につくからだ。

どうしたらいいんだろう。

「それじゃあニカのおまじないをするしかないな」ジェズネが僕に勧める。「片っぽの手の指をもう片っぽの手の上にのせて……」

「知ってるよ、知ってる」

でも前に、ひざにできた傷をマン・ティヌに見られないようにニカをしたことがあるけど、ああ、それなのに気づかれて、傷口を塩水で洗われたのだ。

「へえ、じゃあニカのおまじないをしてもだめなのね」トルティヤが言う。「そうしたらあんたの母ちゃんをおまじないにかけちゃわないとだめね。カブイヤ〔原註：まぐさ〕を向こうの原っぱでひと束引っこ抜いてきて、草の茎にできるだけいっぱい結び目を作って、そいつを手にしっかりと握るのよ。それで母ちゃんが帰ってきたところで、おかえりって言いに近寄っていって、話しかける前に結び目を作ったまぐさを自分の後ろに落とすの。それでもうあんたは母ちゃんに殴られないはずよ。ガミガミ言われたり、責められたりしても、ぶたれることはない。もうおまじないにかかっちゃってるから」

僕らはまた不安になって、こうして集まるのだ。

「お前の服は僕の上着みたいに破れていないから」ポールが言う。「それに明日になったら、お前の母ちゃんがその服を縫い直すために、別の服を着せてくれるよ。それに比べたら僕なんて、服を破ったら丸裸でいるんだぞって父ちゃんに言われてるよ」

実際にポールが僕の上着と言っている代物は、垢《あか》で汚れた穴だらけの粗い布切れで、何の役に立つのかさっぱりわからない。裸でいたほうがまだましで、清潔だと思う。僕もどちらかといえば、裸でいたかった。服を破ったせいで、こっぴどく叩かれたことがあるからだ。遊んでいるときには袖や肩が裂けるし、柵の有刺鉄線の下をくぐるときに背中が破れる。やぶの中を走れば、裾が破れる。

みんな丸裸ならいいのに！

「俺も、裸でいるほうがいい！」

「私も！」

だとしたら、誰が裸で外に出られてうれしく思わないんだろう。

「じゃあ」ロマヌが大胆な提案をする。「今晩父ちゃんや母ちゃんに、これからは丸裸でいてもいいか聞いてみよう」

そんな頼みごとなんてマン・ティヌにできそうもない僕はこう言う。

「父ちゃんや母ちゃんが出てったら、すぐに服を脱げばいいだけじゃないか。朝脱いで、父ちゃんや母ちゃんが帰ってくる晩に服をまた着ればいい」

「そんなの無理よ」トルティヤが言う。「裸でいちゃいけない。私たちはもう大きいんだから。私たちの天使様が飛んでいっちゃうわよ」

「天使様って何だい」

「あ！　あんた天使様知らないんだ」

トルティヤのからかうような口調に僕は戸惑う。

「ほら！」トルティヤは突然背をそらせて、手をお腹に当てて言う。「天使様がここにいるから、服を着るのよ！」

木々のあいだにも地面にも、もう日の光はない。

日が暮れた。親たちが帰ってくる。僕らは叩かれるだろう。不安がこみあげているということは、しゃべれなくなったり、しょんぼりしたりしているのでばれる。それに本当のことを言うと、手に持ったまぐさの玉のことなんて、ちっとも信じてはいなかった。ときどき結び目を増やしてはいるけれど。

ああ、ひざの裏を棒で打たれても、痛くないようになったら。直接お尻の肌を打つ鞭の痛みといったら。

僕らはこういったことについてじっくり考えた。ただ鞭打ちが長引くのを避けるにはどうすればいいかを考えるべきだという結論に達した。

「一発目から」オレリが言った。「わたしは泣くわ。死んじゃいそうなくらいに泣くの。そうしたら母ちゃんもビックリするだろうから。もう一発だけ、ピシャって！　母ちゃんはこう言うわ。『うるさい、うるさいったら！』そこで私は叫び声をちょっと小さくして、母ちゃんが文句を言うあいだしばらくシクシク泣くふりして、怒りがおさまるまで黙っておくの」

「わたしは」ロマヌが胸を叩いて言った。「強い子だからね。父ちゃんは鞭を使うけど、わめいたりなんてしない。わたしは丈夫だったばあちゃんの血を引いているって母ちゃんに言われているから」

そうしているうちに会計役のカブリエルさんがラバに乗って通り過ぎていった。日雇いの仕事は終わった。マン・ティヌが帰ってくるのもすぐだろう。

マン・ティヌの前になんて出られやしない。僕らのうち誰も親を迎えに出たりしないだろう。怖いからだ。

僕らは別れて、それぞれ家に帰って待つ。

狂ったように罵り声を上げて、鞭を打つ乱暴なラバ引きを乗せたラバは、もう通り過ぎていった。戸口にしゃがみこんで、不安に打ちのめされ、僕はまぐさにどんどん結び目を作る。夜はなんて陰鬱なんだろう。小道は陰に飲みこまれ、小屋の屋根は青みがかり、シュロの葉は重たくなって、ガサガサ音を立てる。力を使い果たした男と女たちの群れが陰から、どんな気味悪いことをするか知れない亡霊みたいにサトウキビ畑から出てくる！

そしてまもなく、恐れながらもその帰りを待っている、とりわけ見慣れた影のひとつが現れて、僕は悲しい夢から覚める。

「どうしたんだい。ベケの農園まで遠出したせいで疲れたのかい」とマン・ティヌが言う。

こういった類《たぐい》の質問で始まるときは、いつもろくな終わり方にならないことはわかっている。すでに僕はひるんで、知らないうちにトルティヤのいいつけを忘れて、自分の足元に結び目を作ったまぐさを落としてしまった。

「さあ！　昼間にトレネルに行く道で何をしていたんだい」マン・ティヌに責め立てられる。

答えることができない。そんな質問に答える用意はしていなかった。

そもそも、まさかそのことを知られているとは思いもしなかった。

うなだれて、不器用に自分の指をもてあそぶ。

普段通り、マン・ティヌは鋤を小屋に立てかけて、竹かごを下ろす。

「ちゃんと顔が見えるように立ちなさい！」マン・ティヌが言う。

しょげた顔をして、ゆっくり立ち上がる。マン・ティヌの前で固まって、足の指が地面にしがみつくようして立つ。手はどうしたらいいのかわからない。

「そうかい！」マン・ティヌが大きな声で言った。「今朝着せてやったとき服はこんなふうだったかい。ひざも鞭で打たれたラバみたいにすりむいて、頭はマンゴゾの丘よりも藁まみれ！」

もう地に足がついていない感じがする。あまりにもピンと立っているせいで、節々が痛む。

「グラン・エタンに向かう道を通っていく牛車の後ろを追っかけていた中にお前もいただろう。牛を罵って、大声で悪い言葉を口にしてそんなに楽しいかい」

僕は何も答えない。実際のところマン・ティヌは問いただしているのではない。責め立てているのだ。

「ああそうしたら、明日はね」マン・ティヌが言い放つ。「お前、そのまんまでいるんだよ。お前の服を繕う時間はないからね」

マン・ティヌはトレネルに向かった遠出のことを、僕らが道端で出くわした牛車引きから聞いたのだ。

それで安心するどころか、胸がドキドキする。

まずお椀を割ったことから片づけたい。トルティヤが教えてくれた通り、嘘をつこうと勇気をふりしぼるけど、無駄に終わる。

マン・ティヌは外に腰を下ろしてパイプを吸う代わりに、小屋の中に入る。

「お椀まで割ったのかい！」マン・ティヌが声を張り上げる。

僕は怖くて気が遠くなる。よろめかないように、骨が鳴るくらい反り返る。

「いいかい」僕のほうに戻ってきながらマン・ティヌは言う。「こっちに来て、どうしてお椀を割ったのか言いなさい」マン・ティヌは僕の腕をつかんで言う。

僕はうつろな目で、ふたつに割れたお椀を見つめて口をつぐむ。

「何をしていたんだい」

まさにこのときこそ、トルティヤに教わったことを切りだす瞬間に思える。でも僕はあごまでこわばっている。声も出ないくらいに棒で叩かれたみたいな感じがする。

「主よ！」マン・ティヌは再び声をあげた。「ここで何があったのでしょう」

そしてまた僕に問いただす。

「何があったんだい。お前は何を探してたんだい」

マン・ティヌに、小屋の外から引っこ抜かれて、部屋の真ん中に植えつけられ、僕は黙りこくったままうなだれて、床を見つめる。

「あれまあ！　あれまあ！」小屋の中を見回しながら、マン・ティヌは頭を振って言う。

「なんてことだい、これは！　これは！」寝室の中でマン・ティヌがまた言う。「わたしの寝床がヤマイモ畑みたいに掘り返されてる。地震があってもこんなふうにはならないだろうね」

突然、寝室から出てくると、僕に向かって大声で言う。

「ひざまずきなさい」

反射的にひざが落ちる。

マン・ティヌは怒って、毒づきながら文句を言って寝室に戻っていく。

「まったくこの子は何を私の部屋で探していたのかねえ。ええ」

ざらざらの床のせいで、むき出しのひざの傷が激しく痛みはじめる。それでも僕はマン・ティヌの怒りがおさまるのを注意深く目で追う。マン・ティヌが手元にあるものを取って僕を殴るときがくるのを、びくびくしながら待つ。小屋の真ん中でひざをついたまままつらい姿勢で固まっているにもかかわらず、まるで自分が消えてなくなってしまいそうなくらいの困惑以外、何も感じない。

突然マン・ティヌは口を閉ざした。何をしているのか見えず、マン・ティヌを目で追えなくなったせいで、急に姿勢がくずれそうになる。もう自分がどうなっているのかわからなかった。

この恐ろしい沈黙の中に僕はひとり残され、まるでマン・ティヌは僕を打ちのめすために、ほうきの柄やバトン・レレ〔原註：かき混ぜ棒〕、短い縄を探しているみたいだ。

そうなる前に泣いてしまいたい。

寝室の奥からマン・ティヌが怒った声で尋ねる。

「ああ！　お前砂糖を探してたんだね！　探してたのは砂糖だろ！」

マン・ティヌが部屋から出てくるのが見えるや否や、乾期の土のように固い手で顔を叩かれた。

「ほら！　これがお前の探してた砂糖だよ！」

僕は稲妻に打たれたように地面にひっくり返って、雷のように鳴る声を聞きながら、平手打ちの雨を浴びる覚悟をした。

「もう一度ひざまずきなさい」

やっとの思いでひざで立つと、マン・ティヌをちらっと見た。マン・ティヌは手に持った箱を開けて中を調べる。

「悪い子だ！」マン・ティヌは言う。「この子ったら、小屋をひっくり返しても砂糖を見つけられなかったんだね。それでひっかき回しているあいだにお椀を割ったんだ。そうだろう……神様、わたしはベケのサトウキビから抜け出て、安心してこのおんぼろ小屋に帰ってくることはできないのでしょうか。もう我慢ならない」

そしてまたマン・ティヌは、僕のお母さんであるデリアのところへ送り返そうと決心する。

母親はベケの家でお手伝いをしながら、町で楽な生活をしているのに、マン・ティヌはタバコの葉みたいに日に当たって干からびるばかりで、体に疲れがたまっていても安心して眠れやしないなんて、そんなことは、神様でも許さないと言う。

そしていままで何度も何度も耳にしたくどい話が始まる。腹を立てたときや、つらいときにいつも口にする話だ。

「わたしが小さかったときはね、誰にも面倒をかけなかったもんだよ。それどころじゃない。わたしの母ちゃんが死んだとき、ジルベールおじさん以外は誰も引き取ってくれなかった。でもジルベールおじさんが何をしてくれたっていうんだろうね！　プチットバンドに入れられて、土曜日の晩になるとおじさんのところに何スーか持ってくるようにって、まだ若いサトウキビの根元に生えた雑草を抜いたりしたんだよ。そのあいだにジルベールおじさんが、わたしの母ちゃんがわたしのおじいさんにあたる年寄りのベケからもらった土地の持ち主になっていた。その土地に好きなものを植えて、刈り入れをして、土地の一画を人に貸して、半分をまた別の人に貸したりしてね。わたしは毎日朝から晩まで畑の畝で腰よりも頭を低くして働いて、しまいに農園監督のヴァルブランさんはわたしが大人になったのに気づいて、わたしは地面に押し倒されて、子供ができた。だからわたしはお前の母ちゃんをプチットバンドに入れたくなかった。まだ町に学校がなかったから、お前の母ちゃんを学校にはやれなかったけど、まるでお金持ちのところみたいに十二歳までちゃんと面倒を見て育て上げた。それで、町に住むマダム・レオンスのところに住みこみに出した。お前の母ちゃんは道を踏み外さなかった。洗濯やアイロンや料理を覚えたんだよ」

「そうしたら工場の現場監督のレオンスさんは、工場の所有者から家事をするのに誰か若いのがいないか探してくれって頼まれた。それでお前の母ちゃんをそこへやった。レオンスさんは、お前の母ちゃんはベケのところで召使いとして働けるし、自分も褒美がもらえることになるってわかってたからね」

「もしお前の母ちゃんが、農園管理者の運転手をやっていたお前の父親に会わなければ、年ごろになるまでそこで働いていただろうね。でも、男に婚約を申し込まれたとは言いにこなかった。わたしの前に現れたときには、もうお腹が大きくなっていた。わたしはウジェヌって名前のお前の父親にあたる男の顔を一度も見ることはなかった。それにその男自身もお前を一度も見たことがない。フランスの戦争にとられたとき、お前はまだ生まれていなかったからね。戦争が終わったって聞いてから、そのウジェヌとかいう男はいなくなった。わたしが知っているのは、ここに置いていかれたとき、お前はまだ三カ月にもなっていなかったってことだけ。お前の母ちゃんはやり直すために、フォールドフランスに行っちまった」

「……それでわたしがお前を育てることになった。お前が病気になっても、面倒を見るのはわたし。お前がかんの虫を起こしてもわたし。お前を風呂に入れて体を拭いて服を着せるのもね！　日に当たって、雨に降られて、雷に打たれて、ベケの硬い土地を耕してもまだ足りないって言わんばかりに、昼間お前はあれやこれやと手を尽くしてわたしを困らせる。わたしがまだ力を残しておけるように、お前の面倒を見るために命を長らえるように、お前の母ちゃんにしてやったようにしているのにね。それなのにお前は私にプチットバンドに入れてしまおうかって気にさせる。よそではみんながしているみたいにね。もう我慢ならない」

だから来週になったら、マン・ティヌは町へ下りていって「頭のいい」人に頼んで、お母さんに手紙を送るだろう。その手紙でマン・ティヌは、僕のことはもう面倒を見きれないと言うつもりだ。そうじゃなければ、マン・ティヌは僕をプチットバンドに入れるつもりだ。

話をしながらマン・ティヌは熱くなって、魔女みたいな血眼で何度も行き来しながら、こまごまと晩ご飯の支度をする。

僕は暗くなった小屋の真ん中で、ずっとひざまずいている。

外ではあかあかと燃える火が小刻みに揺れ、半開きになった戸の隙間から、ときどきそのあかりが僕のところまで届いてくる。ひざはしびれて感覚がない。自分がどうなっているのかもわからない。まるで子供は飲んではいけないと言われている酒を飲んだみたいに、マン・ティヌが口ごもる、つらくて悲しい言葉で頭がぼんやりした。僕はマン・ティヌがしゃべるのをやめないでほしいと思う。はっきりとはわからないけど、つらいぐらいにわかる話を。

マン・ティヌのいら立った声のせいで、ぼんやりした夢から突然覚める。

「こっちにきて、ごめんなさいを言いなさい」

「ごめんなさい」僕は言った。

「立ちなさい、悪い子だ！」

ひざからは血が流れ、固まった血でしっかりと地面にくっついていて、ひざを地面から離すときに、痛くて声が出るのを我慢しなければならなかった。

立ち上がるや否や、マン・ティヌに腕をつかまれ、外に引っぱり出されて、火の近くに置いてある、いっぱい水の入った大きな甕《かめ》の近くへ連れていかれる。

相変わらず文句を言いつづけるマン・ティヌに上着を脱がされ、甕の中に入って体をきれいにするように言いつけられた。けれど、それはまさにお仕置きだった。というのも、草の上を転げ回ったせいでサトウキビの葉っぱで傷になっていたのが、お湯に触れると焼けるみたいな、刺すみたいな痛みで体じゅうがうずく。僕は顔をしかめて体をよじらせ、うめき声をあげる。

「よくわかっただろう！」マン・ティヌが声をあげる。

マン・ティヌのざらざらした手が擦り傷をこすったせいで僕は悲鳴をあげるけれど、何の憐れみも感じないらしい。さらに強くこすりながら、マン・ティヌはひざのことで文句を言う。

「本当にもう、この子のひざを少し見てやってください。ああ我慢ならない、もう我慢ならない。マムゼ・デリアは自分の子を連れ帰りにこないと」

風呂が終わると、遅めの晩ご飯になった。またさらにお祈りという罰が待っている。

「父の名において……」

「そして御子《みこ》の名において……」手を合わせて僕は繰り返した。

この「そして御子の名において」というときには、胸の真ん中にある硬い骨のところに手をやるのだとわかっていた。マン・ティヌが思い出させるために、そこにあらかじめ触れさせたからだ。

「そして聖霊の名において」

ここからわからなくなる。手は片方の肩からもう一方の肩へ行くだけで、どっちにも触れない。マン・ティヌのほうに目をやって、うなずくか反射的に示すしかめ面するかを見る。

不安で手が踊りだす。手が片方の肩に触れる。

「御子の名において」僕は自信なく言う。

「あきれた」マン・ティヌが声をあげる！「十字を逆に切るなんて、罰当たりなことだってわからないのかい！『聖霊の名において』は左の肩だって言ったでしょう。こっち、こっちだよ！」マン・ティヌは僕の手をとって、僕の左肩の上を小突く。

この晩は、マン・ティヌが疲れているときや、僕が眠いときにしてくれるみたいに、お祈りを端折らせてはくれなかった。それどころかマン・ティヌは、「神の御前へ」から初めて「我らの父」、「幸せなかたマリア」、「我は信ず」もやった。僕がお祈りをやめると、「次、次！」とだけ言って、一言も声をかけてくれない。

そのとき僕はまるで、足の指やひざを擦りむきながら、石やとげでいっぱいの曲がりくねった終わりなき道をふらふら歩いているみたいな気がする。「我は信ず」は天を突き刺す頂上に向かう細い小道みたいに思える。

そしてついに「天に昇りて、右手に座り」に至ったころには、風の吹きすさぶ山の頂《いただき》にいる気がする。深く息をして「裁きに来たるところより」と一緒に、丘の反対側の斜面を降りていく。それでもああ、信仰とか、悔悟とか、希望とかの「祈り」の迷宮の中で迷って出られなくなる。というのも毎回マン・ティヌが息を吸うのに合わせて「ああ聖女の中の聖女」を繰り返して、その場の思いつきでお祈りを終わらせるからだ。「祈りを」だったり、長い連禱だったり、「死者と友、敵たち」に捧げる祈りだったりした……

そのあと、僕も思いつきで神様に「おねしょしたり、砂糖をちょろまかしたり、一日じゅう小屋にいたり、服を破ったりしない力と勇気と恩恵」を乞う。

ときどき、なんとか最後まで祈りを続けられることがある。でもこの晩は挫折してしまった。あまりにもひざが痛い。疲れていたし、気が動転したせいで、ほとほと疲れた。眠すぎる。できる限り長くお祈りを言ったあと、僕は崩れ落ちる。

まだ日中の太陽の暖かさを残したボロ布の上に寝転がると、かすかに子供の泣き声が聞こえる。ジエズネとトルティヤは、まだ大きな罪の償いを終えていないのだった。

大人たちの世界は不思議で、僕ら子供は感心していた。大人は自分で食べ物を手に入れ、叩かれることもない（とはいってもドナシアンさんは毎晩、奥さんのオラシアさんのことを殴っていて、オラシアさんのほうも遠慮なく嚙みつき返していたのだけど)。歩いたり走ったりしていて転んだり、泣いたりもしない。不思議な世界だ。そういったわけで、僕らは黒人小屋通りの男の人や女の人を偉い人たちだと思っていた。僕はとりわけ、子供のいない人たちが好きだった。仲間の親たちはマン・ティヌよりも怖いように思えた。自分の子供を殴るような人たち、いつも僕ら子供を叱る人たちだ。一方で子供のいない人たちは、誰もがしたがる「お屋敷」へのおつかいにやったり、僕らにずいぶん優しくしてくれて、少しばかり甘やかしてくれることさえあった。

「農園の中で一番なのはサンルイさんだな」ジェズネが断言する。

「サンルイさんだって!」スマヌが声をあげる。「僕は好きじゃないな。ちょっと前にサンルイさんの庭の近くを通ったら、ただ垣根の草を引っこ抜いただけなのに、後ろから呼び止められたんだ。サンルイさんがいたのは見えなかったけど、後ろからものすごい剣幕で怒鳴られた。あとでサンルイさんは母ちゃんのところに来て、僕が垣根を壊したもんだから、そこに巣を作っていた鳥が逃げていってしまったって言ったんだ」

「わたしも」ヴィクトリヌが言う。「わたしもあんまり好きじゃない。前に、サンルイさんのところのスモモの実がなっていたから、小さいのをひとつちょうだいって頼んだけど、まだ十分に熟してないからお腹を壊すって言われた。いつも何かちょうだいって言うと、サンルイさんはまだ熟してないからって言うのよ」

「それに僕らに怪我をさせるために、庭の周りに割れたビンを埋めているだろう」

「ええっ!　でも僕には」ジェズネが口を挟む。「サンルイさんは何でもくれるけどな。日曜日には小屋に入れてくれたし。小屋の隅の床に座るように言われて、食事ができたらタラと一緒にこんな大きなヤマイモの塊をくれたよ。それに庭にできたひなのいる鳥の巣を取らせてさえくれるって約束もしたし」

サンルイさんは肌が黒くて背の高い人で、ゆっくり歩く馬の背中みたいに、歩くたびに左右の肩が上がり下がりした。古くさい麦藁帽子の大きな縁のせいで顔のほとんどが陰に隠れていて、顔の下のほうには白髪の混ざったひげが生えていた。何があったとしても、僕はまさかそのひげに触れようなんてしなかっただろう。この麦藁帽と対になっているのが、ふくらはぎまでまくり上げたズボンで、その上から肥料《グアノ》を入れる袋で作った腰巻をまいていた。

サンルイさんの小屋はマン・ティヌの小屋の裏にあった。小屋の隣は空き地になっていた。サンルイさんはそこをココヤシの木の枝で大きく四角に囲って、日曜日と月曜日は野良仕事をしていた。でも僕らのうち誰も、サンルイさんが自分の庭で何を育てているか知らなかった。外から見えないように、垣根が隙間なく作られていたのだ。垣根の上からスモモの木とアボカドの木の先が出ているのは見えたが、あとはどうなっているのか、実際にいつ熟して、いつ取っているのか、わからなかった。

サンルイさんはその庭で、病人たちを治す植物を育てているにちがいないということは何度か耳にしたことがあった。

そういったわけで、この庭がどれだけ僕らの頭にへばりついて、悩ませていたか考えてみてほしい。一方で、僕らはその庭を恐れてもいた。ある季節になると垣根には鳥の巣がいっぱいできた。この庭は不思議な雰囲気を放っており、しっかり守られていて、手を出したくても出せなかった。

ロマヌのなじみはアポリヌさんだ。年寄りであまり物が見えない。足元の噛みタバコを拾い上げるぐらいのことで呼び止められるけど、僕は嫌だ。噛みタバコを噛みすぎたせいで、アポリヌさんの足は腐ったカエルのにおいがする。

トルティヤはパンのアスランと呼ばれているアスランさんがなじみだ。自分の家で火を使うことがない人だ。奥さんがいなくて、パンと塩タラとラム酒だけで生活している。黒人小屋通りで、一番がっちりとした体格をした人だ。走れば地面が揺れる。それに一番の一文なしだ。腰巻には穴が開いている。歯は大きくて白く、歯並びもいい。アスランさんが笑うと、人はとりわけ陽気になる。土曜日の晩にアスランさんがラジアを踊るときは、夜が明けず、たいまつも燃え尽きませんようにとみんなが願うほどだ。

僕のなじみが物をくれたりすることはない。農園の中で一番年寄りで、貧乏で、身寄りもないけど、僕は駆け回ったり、遠出したり、ぼんやりしたり、砂糖をちょろまかしたりするよりも、その人のことが好きだ。

まったく落ち着きのない僕でさえ、この人の隣にならずっと静かに座っていられるかもしれない。小屋は丸はげでみすぼらしいけど、黒人小屋通りの中でも一番きれいで、手入れの行き届いたマン・ティヌの小屋よりも好きだ。

「子供がよその家に出入りするもんじゃないよ。お行儀が悪いことだからね」とマン・ティヌは繰返し言う。

それでも日が暮れて、マン・ティヌがタバコを吸っているあいだ、僕はただ一心に、メドゥーズさんが呼んでくれますようにと願って待つのだった。

陰を増した小屋の上に大きく口を開いたドアの前、遠くかすかに見える人影が僕を待っていた。それはマン・ティヌに少しばかり塩を分けてもらったり、店に灯油を二スー買いに僕をおつかいに行かせたりするためだ。

小屋の前で僕たちは三ツ石のあいだに火を点した。火の好物である小枝を小屋の周りに探しに行くのは僕の役目だった。

サトウキビ畑から持ってきた野生のカブをカナリがぐつぐつ煮るかたわら、やせたメドゥーズさんは、夜を飲みこむようにあんぐり口をあけた小屋の戸口にひとり座っていた。僕はその隣に座りに行った。メドゥーズさんはパイプにタバコを詰める。メドゥーズさんがタバコを詰め終わると、僕は火の近くに行き、火のついた枝を持ってきて、メドゥーズさんに渡す。タバコに火をつけるために枝の上に頭をかがめる。火の明かりがまるでお面をかぶせるように、本当のメドゥーズさんの顔、赤茶けて縮れた髪が張りついた頭、いばらみたいなあごひげ、いつも細めているせいでしわにしか見えない目を浮かび上がらせた。

火の明かりが小屋の正面全体を照らし出していた。サンルイさんと同じように腰巻だけで、垢で黒ずんだ小さな袋にひもを通して首から提《さ》げたメドゥーズさんの体は、炎が長々と焼き上げた美しい男の体に、さまざまな色合いの茶色がにじみ出ているみたいに見えた。

メドゥーズさんはほとんど身じろぎもしないで、静かにタバコを吸い終えた。しばらくして、放心状態から覚めるように咳払いをして、唾を吐いて、さっきまで声を潜めていたのが、出し抜けに大声でこう言う。

「ティティム！」

それを聞いて僕は一気に元気を取り戻し、うれしくなってすぐに答える。

「ボワセック！」

こうしてなぞなぞが始まるのだった。

「ここにあるけど、フランスにあるもの」メドゥーズさんがなぞなぞを言う。

一生懸命答えを考えているふりをして、メドゥーズさんのほうを見る。ピクリともしない穏やかな顔は、カナリの下で揺れる炎の光を受けて、幻想的な表情を浮かび上がらせている。メドゥーズさんは、僕がわからなくて、答えを待っていることを見て取る。

「答えは手紙」メドゥーズさんが言う。

手紙？　僕はそれが何だか知らない。でも素晴らしいものであるように思える。たいていメドゥーズさんはおさらいをするみたいに、一番簡単な「ティティム」を繰り返した。僕はそういった問題のコツを知っていた。

「丘を上る水」

「ヤシの実」僕は即座に答える。

「丘を下る水は」

「サトウキビ！」

「エプロンを後ろにつけた奥さんは」

「指の爪」

「家にいるけど、髪が外なのは何だ」

沈黙。長い沈黙。古ぼけたパイプから何度か煙を吸って吐いてすると、メドゥーズさんが自分で答える。

「ヤマイモ」

なるほどと思う。

「そうだ」メドゥーズさんが説明する。「ヤマイモは家である土の中にいて、つるは巻き髪みたいに枝を上っていくだろう」

こういったなぞなぞをしていて面白いのは、物の世界が人間や動物の世界とぴったり当てはまって、まったく同じだとわかることだ。どういうわけで、陶器の水差しが自分の細い首を手でしめてもらわないと主人に水を注げない召使いになるのかだとか、どうしてプランテーション管理者の白いパラソルが「一本柱の小屋」なのかだとか。

こんな具合にメドゥーズさんのやさしい説明のおかげで世界が膨らんで、いろいろ増えていって、目も回りそうなぐらいに僕の周囲で動き出す。

メドゥーズさんはタバコを吸い終えると、勢いよく唾を吐き出す。手の甲で口を拭うと、ひげがぎしぎしと鳴る。そうするとこんな夜に一番胸おどる楽しみが始まることになる。

「エ、クリック！」

「エ、クラック！」

心臓がギャロップする馬みたいに再び元気を取り戻して、僕の目に火がともる。

「聞いて三度楽しい話！」

「話はどれもいい話」

「イヌのお母さんは」

「雌犬」

「イヌのお父さんは」

「雄犬」

「アブウ」

「ビアー」

僕はうまく話の前置きに答えた。

沈黙。僕は息を止める。

「むかしむかし」メドゥーズさんはゆっくりと始めた。「ウサギが白い布地の背広を羽織り、パナマ帽をかぶって歩いておった。まだプチモルヌの道全部がダイヤモンドやルビー、トパーズでしきつめられていた時代。谷には黄金が流れ、グラン・エタンは蜜の池だった。このわしメドゥーズだった時代。むかしむかしのそんな時代、遠く遠く、ずっと遠くにあるお屋敷に住んでいるおじいさんがおったそうな」

「そこまでどれだけ離れているかといえば、あるほら吹きはここからグランリヴィエールまでぐらいだと言うだろう。少しばかりほら吹きだったわしの兄弟なら、ここからセントルシアぐらいまでだと言うだろう。嘘なんてちっともつかないわしは、ここからギニアぐらいまでだと言っておこう。エ、クリック！」

「エ、クラック！」

「そのおじいさんはひとりぼっちで住んでおって、ある歳になっても」メドゥーズさんが話を続ける。「何も不自由することはありませんでした。ある朝、老人はブーツに紐を通して、帽子を取って、何も飲まず、何も食べないように注意して、白い馬にまたがって出ていったそうな」

「最初、旅は本当に静かに始まりました。まるで馬が雲の上を走っているみたいにです。そうして太陽が昇ると、自分の後ろを追ってくる音に気がづいて、びっくりしました。歩みを緩めると、音もゆっくりになって、かすかに聞こえるだけになりました。おじいさんは止まりました。そうすると音もしなくなりました。馬に拍車をかけると、また音がしはじめました」

「おじいさんはやっと、それは馬の四本の足につけた蹄鉄が、メロディーを奏でているのだと気づきました」

女王様の舞踏会
パカパカ、パカパカ
女王様の舞踏会
パカパカ、パカパカ

「でもなんという音楽でしょう」

女王様の舞踏会

メドゥーズさんは歌った。低いガラガラ声でヴァイオリンや「ママンヴィオロン」（チェロのことだ）、クラリネットやコントラバスの音を真似た。
話に頭がぼーっとして、僕も一緒に魔法の歌を歌い出す。

パカパカ、パカパカ

ああ残念。マン・ティヌの声が鳴り響いて、僕たちの合唱は打ち切りになる。残念で気が重くなって、涙を流して悔しがっても、おとぎ話の続きをあきらめて、「おやすみなさい」とだけ言って、年老いた友達を置いてさっさと行ってしまわなければならない。
毎晩こんな調子だ。お話を最後まで聞けたことは一度もない。マン・ティヌに呼ばれるのが早いのか(とはいえ帰るのが遅れるといつも怒られた)、メドゥーズさんの話が遅いのか、どっちのせいかわからない。いずれにしても気持ちと好奇心がおさまらないまま、いつもメドゥーズさんの元を離れることになるのだ。

プチモルヌとそこで働く人、それに僕ら子供も、地面はもっと遠くまで広がっていて、煙突の見える工場のもっと向こう、プランテーションの端の丘のもっと向こうに、プチモルヌに似たような別のプランテーションがあることを知っている。

自動車がいっぱい走っているフォールドフランスという町があるのも知っている。

マン・ティヌはずっと遠くにあるフランスという国の話をしてくれたことがあった。そこにいる人は白い肌をしていて「フランス語」といわれる話し方をするらしい。パンやケーキを作るために必要な小麦粉がやってくる、何でも素晴らしいものを作る国。

ときどき日暮れに、お話やおしゃべりの途中で、メドゥーズさんはフランスよりもっと遠くてもっと奥深い国、メドゥーズさんのお父さんがやってきた国、ギニアについて話すことがある。そこにいる人たちはメドゥーズさんや僕に似ている。でもギニアには疲れたり、お腹が空いたりして死ぬ人はいない。

ここみたいに貧しくはない。

ギニアを思い浮かべて、奴隷制度のことや、メドゥーズさんがお父さんから聞いた恐ろしい話、家族が引き離されて、九人のおじさんやおばさん、おじいさんやおばあさんがどこかに消えてしまう話をするとき、腹の奥から出てくる声を聞きながらメドゥーズさんの姿を見るときほど不思議な感じがすることはない。

「わしの父親が自分の身の上を話すたび」メドゥーズさんが話を続ける。「親父は『わしにはウスマヌという兄貴とソクナという一番下の妹がいた』と口にしたもんだ。親父は目をぎゅっとつぶって、急に黙りこんだ。わしも胸に石をぶつけられたみたいな感じがして、唇を噛んだ。『わしが若かったころ』こう親父は言った。『奴隷制が終わったと聞いたとき、黒人たちはみんな農園を逃げ出した。わしもそうだ。うれしくなってマルチニックじゅうを走って、駆けずり回った。ずっと逃げ出したい、どこかに行ってしまいたいと思っていたからだ。でも解放の夢から醒めたときに、わしも、わしと一緒に鎖につながれた仲間たちも何も変わっていないと思い知らされた。兄貴も妹も見つからなかった。父親も母親も。この呪われた土地に他の黒人たちと残されたのだ。相変わらずベケたちが土地を持っていて、わしらは連中のために働き続けた。法律はベケたちがわしらを鞭で打つことは禁止しても、わしらにまっとうな手当てを払わせるようにはしなかった』」

「そうだ」とメドゥーズさんはつけ加える。「結局わしらはベケに奉公して、ベケの土地に縛られたまま、ベケは相変わらずわしらの主人だ」

確かにメドゥーズさんはそのとき怒っていた。僕がどれだけ眉をひそめてみても、今度見かけたらベケを殴ってやりたい激しい気持ちがこみ上げても、メドゥーズさんがぶつぶつ言っていることはわからなかった。僕はメドゥーズさんを落ち着かせようとして、こう言った。

「もしギニアに旅に出るんだったら、メドゥーズさん、僕も一緒に行くよ。マン・ティヌも許してくれるだろうし」

「ああ！」メドゥーズさんは憂鬱そうな微笑をうかべて答えた。「このわし、メドゥーズはギニアを目にすることはないだろう……どうせ親たちも、兄弟たちもギニアにはいない。ああ、ギニアに行くのは死んだときだろう。でもそのときにお前は連れていけない。お前はまだそんな歳じゃない。それに、そうなるのはよくない」

僕らは親たちに叩きこまれた大切なことをまだ山ほど知っていた。大切な決まりだ。

「日が暮れ始めるころに道で人に会っても、絶対こんばんはを言ってはいけない。その人はゾンビで、こんばんはと言った声を悪魔のところへ持っていくから、悪魔が今度いつ何時《なんどき》さらいに来るかわからない」

「夜、小屋の中にいるときは必ず戸を閉める。当たると一生消えない痛みが残る石を悪霊がうしろから投げつけてくるから」

「夜に何かにおいがしても、いいにおいがすると口にしてはいけない。さもないと鼻が古くなったバナナみたいに腐ってしまう」

「道端で一スー硬貨を見つけたときは、手がヒキガエルみたいに腫れ上がってしまわないように、おしっこをかけてから拾わなければいけない」

「犬に物を食べているところを見られてはいけない。目に腫れ物ができないように、少しだけ分けてやって、追い払わなければならない」

「ティティム」の話をいっぱい知っていた僕は、真っ昼間からこういったことを口にしないよう気をつけていた。というのも、そうしないと「かごに変えられてしまう」おそれがあると知っていたからだ。

僕らはみんな、呪いをかけられないために「女呪術師」のアビゾットさんに近づかないように気をつけていた。

時間というのは昼と夜の単純な繰り返しで、特別な日が三つあって、僕はその名前を知っていた。土曜日、日曜日、月曜日だ。

土曜日はマン・ティヌが一週間の仕事を少しずつ終わらせるため、ずいぶん朝早くに小屋を出る日だ。溝掘り人夫たちは夕方の早い時間に黒人小屋通りに帰ってきた。

午後のまだ明るい時間に、溝掘り人夫たちは黒人小屋通りで足を休め、集《つど》って大きな声で話をする。人夫たちは長話をし、笑い声を大きくしながら「お屋敷」のほうへ戻っていく。

そのあとに体つきのがっちりした男たちが続いた。身に着けているのが粗末なボロ着で汚らしくなければ、立派な人たちに見えたことだろう。そのあとに女たちが、しなやかでテンポのいい足取りで続いた。笑い顔をして浮かれた若い娘たちのピンと張った胸が、破れた服のあいだからのぞいていた。若いラバ引きたちは上半身裸で、落ち着かない足取りのラバに乗って、恐れ知らずの征服者みたいな姿で通り過ぎていく。

しばらくすると黒人小屋通りの周囲の様子が変わった。

プチブールから来た物売りの女たちは白い「ゴール」〔原註：ガウンともいう。ゆったりとした丈の長いチュニック〕を着ていて、甘いお菓子の入ったトレーやかごをあちこちに置いた。それに続いて、土にまみれた人の群れが、通りにあふれていった。彼らは道具を肩に担ぎ、賃払いを待つため、農園管理者の事務所の前まで行って、立ち止まった。

そこにいた人たちの生き生きとした目、満面の笑み、楽しげな笑い声。たくましい体つきをした男たちは、若い女たちの尻や太腿を叩いてからかう。まだ膨らみはじめの胸をしたプチットバンドの若い娘たちは、仲間内で小声で何かこそこそ言って、くすくす笑う。

立ったまま真剣な顔をして、お金が待ちきれない、遅れるんじゃないのかと大っぴらに言う人がいる。
それに黙ったまま、地面や木の根の上に座って、穴の開いたフェルトの釣鐘帽の下で、物を見るのも疲れたといったように目を泳がせる人がいて、感情を表に出さず、いぼが固まって膨れた脚や、泥のしみた包帯を巻いた足首からにじみ出る膿《うみ》に寄ってくるハエを手で払う仕草をする。

とりわけ僕が気になるのは、事務所や黒人小屋通りの周りに紛れこんで、どんどん増えていく物売りの女たちのかごだ。花柄の服を着たピーナッツ売りの女たちが、まだやってくる。薄織りのマドラス地の服があまりにもそそるので、ピーナッツ売りたちの姿を見るとピスタチオをかじりたくなる。唐辛子を入れた黒い腸詰を売る女たちもやってくる。誰よりも太った女の人はズズヌさんといって、一番のなじみだった。一方にはパン、もう一方には揚げた魚が入ったふたつのトレーの反対側で、木炭コンロでタラの「アクラ」〔原註：コロッケ〕を作っていた。

突然、何があったのか、人だかりが一斉に、賃金の受け取り口になる事務所の窓のほうに動いていく。窓の向こうでは農園管理者が会計役と監督と一緒になって、賃払いを始めようとしている。

「溝掘り人夫！」監督が呼ぶ。

賃払いが始まった。

「アメデ！」

「イラ！」人夫が答える。

「二十九フラン五十スー」

「ジュリアン・ドゥズオルテイユ！」監督が続ける。

名前を登録している労働者たちは、同じ名前の他人と区別するため、住んでいる場所や、本人の顔や体の特徴などを名前につけている。けれどどれもこれも変だったり、品がなかったりする。自分の母親の名前をつけている人や、女の人ならつき合っている男の名前をつけている人もいるが、たいていは生まれた土地の名前をつけている。

マキシミリアン・ダンドゥシヤンとマキシミリアン・グロジャレとか、ロザ・ボンダコンコンブルとロザ・アッソン、アドリアン・ランベルトンとアドリアン・クバリルといった具合だった。

「ジュリアン・アシュヌ！」

「イラ！」

「二十一フラン四スー」

名前を呼ばれたジュリアンは、集まった人だかりをもがくようにしてかき分け、受け取ったお金を地面に叩きつけると足で踏みつけて、農園管理者の悪口を言い、神様を冒瀆して怒り狂って、お金をかき集めるとぶつぶつ文句を言う。「これだけ待たせてこれっぽっちか、ちくしょう！」

次はまとめて「仕事人足」と呼ばれる草刈りと畑を耕す人たち、「草人足」と呼ばれる草抜きをする人たち、馬車引き、ラバ引き。そして最後に、仲間たちの兄姉が入っている「プチットバンド」の番になった。土曜日の晩、大人たちみたいに会計役からニッケル硬貨の棒包みやお札《さつ》をもらうとき、プチットバンドのお兄さんやお姉さんは、僕らの羨望の的になる。

賃払いが終わると、みんな栓を抜いたみたいに黒人小屋通りから流れ出ていく。このときばかりは浮かれて、うれしそうな顔を見せる人もいる。それでも僕はその中に、がっかりした表情を隠せない人や、立ち止まってプランテーション管理者の店へのつけを差し引いたらいくら残るか手の平の上で勘定しながら、長々と考えこむ人たちがいることに気がつく。そんな人たちは肩を落として、ため息まじりに「ああ！　なんてことだ」と言って、おぼつかない足どりで去っていく。

最後にアスランのように何ももらえない人が残った。毎日、パンにタラを四分の一リーヴル、それにラム酒を少しばかりもらう。すると一週間の給料全部がプランテーションの店に行ってしまうのだ。だから誰の目にも、アスランはプチモルヌで一番の浪費家で身持ちの悪い人として映っている。

賃払いが終われば、僕たち子供にとってはお祭りの始まりだった。物売りの女たちはココヤシの木にぶらさげたたいまつに火をつけて、あちらこちら光の花束で夜を飾った。

男の人たちはきつね色した揚げ物を詰めたパンの半切れを買って、店はラム酒を飲む人でいっぱいだった。

女の人たちはケーキのほうを好んだ。プチットバンドの子供たちは特に、うれしそうにピーナツをかじっていた。

このお祭りは、僕が人だかりの中にいるところを見事マン・ティヌに見つけられて、小屋に引きずっていかれたあとも続くのだった。

横になっても、しばらく目は覚めたままだった。あの活気とざわめき、夜に咲くたいまつの花束、ごちそう、象皮病のにおい、汗のすえたにおいを放つボロ着、アルコールに浸った憂鬱から、悪魔の誘いのように心奪われる太鼓の弾む音が遠ざかっていった。

そして化膿した足やピンと張った胸、男らしい肩や小刻みに揺れる腰、輝きのない目や微笑んで虹の形をした眉、お腹いっぱいで、酔っ払って、忘れっぽくなったこういったもの全部まとめて、山火事のように燃え上がって広がり、踊りに踊っているに違いなかった。

日曜日は賃払いの晩の次の日で、この日は黒人小屋通りに住む人はほとんどみんな小屋にいるせいで、僕らが好き勝手できない日だからわかる。

そういうわけで農園全体が、僕たち子供が病気になってしまいそうなほど静まり返る。僕らは「育ちのいい子」を演じるために、騒いだり悪態をついたりしないようにしなければならない羽目になる。

親たちは小屋の中や周囲で休んでいる。片づけをしたり、ほうきをかけたり、入り口に生えた雑草を抜いたり、寝床をばらばらにして、ダニを追い払うために板とボロ布を日に当てたりする。僕らも当然のことながら、こういった仕事の手伝いをさせられる。

日曜日は好きじゃない。

そうはいっても、もしかしたらいたずらの埋め合わせができるという点からすれば、いいのかもしれない。昼ご飯のあと、マン・ティヌが昼寝をするため外の戸と寝室の窓を開けて、眠りこんだところで、僕はメドゥーズさんのところに逃げこむ。

僕のなじみの友達は、小屋の近くのマンゴの木の下にいた。あるいは戸を半開きにしたまま、小屋の中で寝ていることもあった。昼間なのに小屋の中は暗くて、日の光が戸の向かい側の正面の壁に開けられた四角い穴から入りこんでいた。

小屋には腰掛けぐらいの高さがある石があった。もともと地面から突き出していたのを、わざわざ掘り出さないでそのままにしてあるのだった。幸いにもメドゥーズさんはこの石に板の端をのせて、もう一方の端を地面に固定するだけで、ベッドにすることができた。

肌がじかに触れるせいで垢がついて、てかてかした床板に何も敷かないで寝そべり、年をとった僕の友人はいびきをかいていた。小屋に入るわずかな光が届かないぐらいベッドは低かった。メドゥーズさんの体は腰巻き、床板、石と地面とひとつの塊になっていて、ときどきかくいびきに合わせて、こげ茶色の泡みたいなひげが上下しているだけだった。僕は音を立てないで近づく。でもメドゥーズさんはすぐに体を動かして、ほこりをかぶった古い置物を思わせるような声で言った。

「お前か。わしは寝とらんぞ。ガタがきた体を少し休めようとしていたところだ……」

そして石のくぼみにおいてあるパイプに火をつける。何度も関節が鳴る音のリズムに合わせて起き上がり、僕たちは外に出てマンゴの木の下に行った。

話といえば、僕があれこれ質問をして、メドゥーズさんがそれにひとつひとつ答えていくというものだった。

たとえば、空と地面はどこかでくっついているのではないかと聞いたりした。

それに僕は、みんなが言うように、ベケたちが持っているといわれるお金はどこからやってきたのかどうしても知りたかった。それは悪魔がベケのところに持ってきたのだとメドゥーズさんは説明してくれた。

すでにそのころ、僕は直感から、悪魔と貧乏と死というのは疫病神みたいなもので、特に黒人にとりつくのだと知っていた。無理だとは知りながらも、僕は黒人たちが悪魔やベケの悪さに仕返しするために、何ができるだろうかと考えるのだった。

それにときどき、あたりに落ちている削り屑や木屑を集めて、メドゥーズさんはおもちゃを作ってくれた。おもちゃは人間や動物たちの形をしていて、お話の番になるまでそれで遊んだ。


日曜日……月曜日。

月曜日、マン・ティヌは僕を連れて川に行く。

川はプランテーションから離れたところにある。そこにたどり着くには、長い道のりを歩かなければならない。

僕とマン・ティヌは朝早くに出発した。一番に着き、鉢のようにくぼんでいて、洗い物を水につけることのできる大きな石がある、お気に入りの場所をなんとしてもマン・ティヌは取りたかったからだ。

洗濯女たちは水の流れに沿って、川に入る。腰は上げたまま、川のあまり深くないところにお互いに距離を置いて場所を取って、歌ったりおしゃべりをしながら、自分たちの衣類をこすっていた。マン・ティヌはひとりでいるほうが好きだった。マン・ティヌは洗濯女たちに気を許していなかった。彼女たちの言葉に慎みがないからららしかった。

僕は林の中でグアバの実を探して時間を過ごした。あるいは川の流れの中でザリガニを手でつかまえる練習をした。

正午には洗濯物の周りを蝶々が舞い、洗濯物は大きく広げられ、太陽の光を浴びて白く輝いていた。草の上で昼ご飯を食べたあとで僕は、川が曲がり道みたいな曲線を描いて、水がいっぱいたまっており、流れが緩やかになっているところに行って、小石を投げこんで遊んだ。小石が水の中に落ちるといい音がして、大つぶの雨が奏でる音楽みたいだった。

太陽が消えてしまうころ、言ってみれば洗濯物を乾かす力がなくなるころ、マン・ティヌは洗い物全部を小さな包みにまとめて、体を洗うために僕を呼んだ。このとき川岸には夜の帳《とばり》がかかっていて、マン・ティヌが好きなように水遊びさせてくれないこともあり、なおさら水に入る気になれなかった。それでもマン・ティヌは僕を石の上に据えると、グアバの新芽を使って力強くこすり、クイで汲んだ水で鞭打つように勢いよく僕の体を流した。

ご褒美にマン・ティヌは水の中に手を入れ、何個か石に触れると、立派なザリガニを取ってくれて、晩に僕は自分でそのザリガニを熾火《おきび》で焼いた。

とにかく日曜日と月曜日は、僕ら子供にとっては囚われの日々だった。朝から晩まで気ままで（平手打ちなんてかまうもんか）自分たちの好きなように過ごせて、黒人小屋通りの主になれる土曜日や平日のほうが、僕らは好きだった。

「たまごだ！　ニワトリのたまごだ！」ジェズネが大声で言う。

自分の目が信じられなかった。茂みの中、草と藁が敷かれたくぼみの中に、ニワトリのたまごがいっぱいあるのがこんなにも簡単に見つかるなんて。

ときどきニワトリがよそで巣を作ると人が文句を言うのを聞いたことがある。しばらくいなくなって、泥棒の仕業《しわざ》だと思われていたヴァレリーさんのところのニワトリが、ある日たくさんヒヨコを連れて帰ってきたのを見たこともある。でも、ニワトリがたまごを産んだ隠れ家を見つけるなんて、考えてもみなかった……

僕らの手に落ちた宝物を産んだのが、誰のニワトリかということなど関係ない。たまごの数を数える。ひとりに一個ずつあった。もちろん取るに足らないチビの連中は除いて。たまごをもらえないチビたちも悔しがったりはしない。僕らがたまごを料理することになれば、どっちみち分け前があるからだ。

これまで好運というものが、うまく巡ってくることなどなかった。ああ、素晴らしいこの昼下がり！　グループ全員が黒人小屋通りに戻っていった。

たまごは盗んだんじゃない。見つかったのだ。それは、言ってみれば天から降ってきたようなものだ。

トルティヤが塩ひとつかみと一緒に水をいっぱいカナリに入れた。そうするように言ったのは僕だ。たまごというものを口にしたことがなかった。僕らのうち誰も口にしたことがなかった。親たちが持っていたのは、ヒヨコに孵《かえ》すためのたまごだった。そしてニワトリになると「お屋敷」の店で、米や灯油やタラと交換されるか、工場のベケたちに売られるのだ。

でも僕は、見つけたたまごは火にかけたカナリでゆでるべきだと考えた。あとは火をつけるだけだ。でもマッチがどうしても見つからない。親たちはみんなタバコを吸うから、マッチ箱を持っていってしまっているのだ。

準備はすべて整った。またたく間に、木は山のように集められた。ポールが灰の準備をして、「小枝《ボワ・ゼット》」を積み上げた。あとはただマッチ一本をするだけ。僕らの喜びを満たすのは、たった一本のマッチ。

スマヌは我慢しきれなくなって、トルティヤが止めたにもかかわらず、突然火なしで済ませようとして、たまごを鍋から取り出す。でもたまごは割れて、白味が全部地面に広がってしまった。スマヌが後悔に打ちひしがれているのを目にすると、誰もそんな真似をする気にはならない。

どうしよう。すみずみまで知り尽くしたこの農園の中で、たかがマッチの一本も見つけられないなんて。

「どこにあるかわたし知ってるわよ!」トルティヤが声をあげた。「でも取りに行くのは怖い物知らずじゃないと無理だけどね」

誰もがこのとき、太陽の火を盗みに行くというのなら、雲をよじ登ってさえ行けそうな気がした。

「じゃあ、そしたらね」トルティヤが言う。「あんたたちのうち誰かが『お屋敷』まで行って、母ちゃんに頼まれて、マッチをつけで買いにおつかいで来たって言うのよ」

「そんなこと言っても誰も信じやしないさ。母ちゃんはまだ帰ってきてないだろうって言われるぞ。何にもくれやしないよ」

誰がそんな大胆なことをするんだろう。恥ずかしながら、僕は腰が引けたと言っておく。ジェズネでさえ腰が引けていた。

トルティヤはいらいらして、言う通りにしないと食べさせないとチビたちを脅した。

とうとうマキシミリエンヌがその役を買って出た。

「あんた『みなさんこんにちは』って言うのよ」トルティヤがマキシミリエンヌに命じる。「『母ちゃんが、マッチを一箱もらえないでしょうか、というので来ました』って言うのよ。もしも『どうしてお前のお母さんはもう帰ってきているんだい』って聞かれたら『今朝出かける前に、今晩帰ってきたらご飯の支度ができるようにマッチを買ってきなさいと母ちゃんに言われました』って答えるのよ。ビクビクするんじゃないよ、いいわね！」最後にトルティヤはつけ加えた。「ちゃんとありがとうを言うのよ！」

大人が子供にするように、トルティヤはマキシミリエンヌに答えを繰り返させた。

マキシミリエンヌが行きかけたところで、トルティヤは考え直して、もう一度呼び止めた。

「ねえ、ちょっと！　あんたの母ちゃんのおつかいで来たみたいに見せかけるために、一緒にラム酒も少し頼みなさい」

トルティヤはびんをすぐに持ってこさせると、マキシミリエンヌに言いつけたことを早口で繰り返させた。マキシミリエンヌはその勢いに乗って、「お屋敷」に向かった。

僕らは口をつぐんで、固唾を呑んで、じっとしたまま、マキシミリエンヌが丘の斜面を上っていくのを目で追った。そうしてマキシミリエンヌが「お屋敷」のほうから戻ってくるのが見えたとき、僕らは急に取り乱して、小屋の中に駆けこんだ。僕らは無言で待った。

走ったせいで息を切らせたマキシミリエンヌが、マッチ箱とラム酒のびんをもって戻ってきたとき、僕は親たちの邪魔や口出しなしで、自分たち子供だけでもやりたいことができるようになった気がした。それはまるで、今までに見たことも聞いたこともないことが起こっているみたいだった。僕らの送った使いが戻ってきたことで、まるでこれからはやりたいようにやって楽しく生きていけるような気がした。

ラム酒だ！　マッチだ！　まだ早いと言われている物が僕らの手の中にある！　火をつけることも、においしか知らないこの飲み物を飲むこともできる！　マッチだ！　その上にラム酒も！　そしてたまごをゆでにかかると、トルティヤはびんを取って、ラム酒を分けはじめる。

「酔っ払うからね」トルティヤが注意するように言う。「少しだけよ」

ずいぶん物惜しみするみたいに、トルティヤは僕らの手の平にラムをほんの少しだけ注ぐ。火の粉を吸いこんだみたいにのどが焼けるけれど、もっとたくさん飲みたくなる。

トルティヤとジェズネとスマヌがラッパ飲みする。この三人は何かを分けるときはいつも、自分たちだけ二人分取る。

このときばかりは、誰もそれに文句を言おうともしない。というのも、みんな大きな口を開けて笑うほど、喜びが分かちあわれていたからだ。みんなどうしても顔がほころぶ。

トルティヤが次々にマッチをすっては、投げつける。みんなそれぞれ叫び声をあげて、笑いながらあちこち走り回る。

「マッチを全部するなよ」ジェズネが大声で言う。「俺にも貸せよ」

トルティヤが仰向けに倒れると、ジェズネがマッチ箱をひったくる。トルティヤは取り戻そうとして、逃げるジェズネを追う。僕らはそのあとを追いかける。

そしてみんな草の上に倒れこんで、おのおのが他人にしがみついて立ち上がっては、また倒れる。もつれて押しつぶされたチビたちが泣き出す。でもチビたちの泣き声は、笑い声と追っかけ合いをあおるだけだ。

トルティヤはもうちゃんと立てなくなり、腰をついた。周りにいる誰でも彼でもつかまっては、一緒に倒れた。みんな素っ裸になって、地面に倒れるトルティヤから逃げた。トルティヤは大泣きして、腕をついて立ち上がろうとするけれど、助けを求めるようにわめきながら倒れた。

「母ちゃん！　母ちゃん！」

みんなの馬鹿笑いがさらに大きくなる。

ジェズネも立っていられなくなったことをからかわれるのに腹を立てて、牛飼いのように悪態をつきながら、捕まえたら誰でも拳骨で殴り散らす。ジェズネが後ろから石を投げつけてくるので、みんな逃げる。ジェズネは砂ぼこりを立てて倒れる。仲間のみんなが駆け寄って、勝ち誇ったようにその周りで踊る。そうするとジェズネが脅すので、またみんな散り散りに逃げる。

こんなふうにして、もう歩けなくなったのや、まっすぐ立っていられなくなったのや、どうしようもなくわめきながら這い回るのや、笑うのを止められなくなってへとへとになったのをひとりひとり見捨てながら、少しも後先のことなど考えずに小屋から小屋へと転げながら行った。

マッチ箱は必死に取り合いをするあいだに、手から手へと渡って、今や小屋の周りに散り散りになって、誰がそれを持っているか見つける追いかけっこが始まる。そのうちの何人かはマッチ箱探しをあきらめた様子で、馬鹿みたいに笑ってばかりいる。

珍しいことに、僕らは日暮れが近づいても、親たちが帰ってくるとは考えもしなかった。僕らはボロボロになった服にうろたえることもなく、浮かれた気分はいつまでも続く勢いで燃えていった。

ふと気がついたら、僕はひとりぼっちになっていた。でも騒ぎはどこで合流していいかわからないほど散り散りになっていて、大きな声が黒人小屋通りに響き渡っていた。

大騒ぎの中心がどこだかわかると、僕はそっちへ向かって駆け出した。「火事だ！　火事だ！」ポールは僕が来るのを目にして、こっちに向かって叫んだ。僕らはサンルイさんの庭に火をつけたのだ。囲いがなくなって中があらわになるぞ！煙はもう大きな雲のようになって、生垣の枝から上っていた。みんな叫んだり、飛び跳ねたりしていた。この新しい歓声に僕も思わず叫び声をあげて踊りだした。

煙の中に最初の炎が上がったとき、僕らは本当に馬鹿みたいになった。かろうじて炎の熱気に近づきはしないものの、みんな身も心も火に向かった。炎がさらに高く、真っ赤になったころには、大人たちが大騒ぎして割りこんできて、桶に水をいっぱい汲んで火を全部消した。次にみんな大人たちに捕まって、引きずられていき、叩きのめされた……

動揺、喧騒、泣き声、怒り、驚きが黒人小屋通りを揺るがした。その晩、そして翌日にも、マン・ティヌが繰り出す鞭や棒、平手打ちを二十回受けたこと以上に、僕は動揺した。叩かれ、絞られ、あざだらけになった。出来事に肝を冷やした大人たちの気が鎮まらず、僕ら子供たちを叱りながら「もし神様が救いの手を差し伸べてくださらなかったら……」と何度も言うのを耳にした。もしそうでなかったとしたらどうなっていただろうか、僕にはわからなかった。

「神様の思し召しで」マン・ティヌは言った。「空に煙が上っているのにオラスが気づいたんだよ」

オラスさんが働いている人たちを呼び集めたのだ。

「朝から晩までベケのサトウキビ畑で汗水たらして働いているのに、それでもまだ足りないとでもいうみたいに、このどうしようもないチビたちといったら、農園を丸焼けにしようとして！　ベケに呼ばれたらなんて言えばいいの。ベケが腹を立てて、白い目で見られるのにどうやって堪えろっていうんだろうね」

マン・ティヌは、僕のお母さんであるデリアのことをまた口にしはじめた。お母さんはこれほど僕のことで頭を抱えたためしなど今までに一度もない。雨風から逃れて、フォールドフランスで自分のお手伝いさんをする「ベケの保護の下」で気ままに暮らしていて、僕がプランテーションの悪ガキどもと起こした大惨事のことなど、考えてもみやしない。

「番犬ってのは、決まって身なりのみすぼらしい人間に向かって吠えるもんだからね！」

もう僕は泣かなくなった。

打たれた痕《あと》が体じゅうに広がってしびれを放ち、意識が薄れて、少しずつ気が遠くなっていった。


僕は寝室から出ることもなく、仲間たちにも会わないまま、何日か過ごした。立ち上がれなくなって、腕や脚を動かすことすらできなかった。そのあいだマン・ティヌは、僕を自分の寝床に寝かせた。朝、サトウキビ畑に出かける前に、かすかに甘い煎じ茶の入った大きな壺と大きな鉢に入れたトロマン〔原註：おかゆ〕を置いていってくれた。僕は昼間、ずっと横になっていた。退屈しながら寝ていた。煎じ茶やお粥で退屈を紛らわそうとした。そのあいだ、ジェズネやトルティヤ、スマヌのことを考えていた。別れたときスマヌは手足が血だらけで穴に落ちたままで、もしかしたら今もまだそこにいるのではないだろうかと思った。僕はそのうちの誰かひとりでも、何をしているかわからないだろうかと思って、かすかな音にも一生懸命耳を傾けた。

ときどき自分はもう黒人小屋通りにはいなくて、メドゥーズさんのお話が繰り広げられるおとぎの国にいるような気がした。あるいは取り返しのつかないことをしでかしてしまったせいで、黒人小屋通りがすっかり変わってしまったのではないかという不安にかられた。

晩になるとマン・ティヌはつぶして裏ごしした野菜を食べさせてくれて、「怪我をした」かもしれないからと塩味の熱い煎じ茶をくれた。次に受け皿にラム酒と塩と蠟を入れて、マッチをすって青く小さな火をつけ、息を吹いて消して、あとに残ったソースみたいな物を僕の体にすりこんだ。

あのあと初めて黒人小屋通りを見ようと外に出たとき、安心するのと同時に、ずいぶんがっかりした。

見慣れた自分の縄張りが、そのままなのを目にしてうれしかった。自分がやらかしたことのせいで全部めちゃくちゃになって、見分けもつかなくなった風景を目の当《ま》たりにするのを覚悟していたからだ。あたりに何かが欠けている感じがした。仲間たちはどこだろう。ジェズネは？　スマヌは？　もしかしたら連中も病気で、家にいるのかもしれない。

それがだんだん心配になってきて、どうなったか不思議に思うばかりだった。

その晩、マン・ティヌが言った。

「お母さんに迎えに来るように手紙を送ったからね。それまでは私と一緒に仕事に行くんだよ……昼のあいだ、もう黒人小屋通りに子供だけ残しておいちゃならないってカブリエルさんに言われたからね」

どうして仲間たちを見かけなくなったかわかった。親と一緒にサトウキビ畑に行っているに違いなかった。

そうとわかってもちっともがっかりしなかった。まったくその逆だ。事件を起こしたついでに何かが変わらないものだろうかと思っていたから、願ったりかなったりだった。

こういうわけで僕は翌朝、マン・ティヌの仕事についていった。大人たちはみんな一緒になって働いているから、僕ら子供も自分たちで集まって、一緒に遊べるようになると思っていた。でもマン・ティヌと僕は、風が吹くとカサカサ音がするサトウキビの葉の中に一日じゅういるだけだった。昼のあいだ、自分たちだけがその場所にいて、サトウキビ以外は何も見えなかった。自分がどこにいるのかすらわからなかった。

マン・ティヌは鋤で地面を耕し、雑草や細かい土を束になって生えるサトウキビの根元に集める。それでも鋤では雑草は切りにくそうだった。マン・ティヌは「フン！　フン！」と言いながら鋤の歯を強く打ちつけ、片手を腰に当てて背中を伸ばし、つらそうに顔をしかめていた。

僕は、横に竹かごを置いたふたつのサトウキビの束のあいだ、マン・ティヌが葉の先を結び合わせて日陰になるようにしてくれた場所に座っていた。マン・ティヌは仕事を進めていき、僕がもう後ろに見えなくなると連れに戻ってきて、また新しい日陰を作ってくれた。

僕は鋤で掘り出されたミミズや、自分で見つけたカタツムリで遊んだり、雑草や晩ご飯にするための野生のほうれん草を取ったりして暇をつぶした。

やがて僕は黙ったまま静かにしていたけれど、じっとしたまま我慢していると身体が疲れて、サトウキビの束のあいだにしゃがみこんだまま何時間か眠った。

晩にメドゥーズさんが声をかけてくれたとき、僕は人目を盗んでこっそりと仲間に会っていた。スマヌやトルティヤやオレリに会うたび、なぜだかわからないけど僕も連中も、もう前とは違うと感じた。話をしてもよそよそしくて、空気も重たかった。僕らの目は、しゃべっているところを見つかることを恐れて、常に自分たちの親の小屋のほうに向けられていた。

当然のことながら、お仕置きを受けたせいで、僕らは自然とお互いを勘ぐりあうようになっていた。食らった平手で僕らの絆が断ち切られたのだと思う。元に戻るため、また一緒に集まるだけの友情と信頼を回復するためには、何日もかかった。

でも何か元に戻らないものがあった。僕らはもうほとんど一緒に遊べなくなった。遊ぶ時間がなかったのだ。

最初の一週間はこんなふうに過ぎた。

子供はそれぞれ、お母さんと一緒に朝に出発して、お母さんと一緒に夕方に帰ってきて、お母さんのために店に買い物に行って、お母さんのいる小屋に帰ってきてご飯を食べ、次の日の朝まで寝るのだった。

サトウキビ畑で僕らが顔を合わせることはなかった。親たちは、お互いにかなり離れたところで仕事をしていたからだ。マン・ティヌはグラン・エタンで仕事をしていた。「わたしの母ちゃんもそうよ」とヴィクトリヌが言った。それでも昼のあいだじゅう、このサトウキビ畑の広大な一画にいるのは、マン・ティヌたったひとりだけという感じがした。

日が暮れて畑から帰るとき、僕とマン・ティヌは「けものみち」を通っていく仕事帰りの人たちの姿を見つけて、一緒に黒人小屋通りまで上っていった。その中から、ちらっとジェズネやヴィクトリヌ、あるいは別の誰かに会うのも珍しかった。

なんてことだ！　自分が受け入れたこの生活は、完全に言われるがままの状態で、ときどき気が重たくなった。

最初の土曜日がやってくるのが近くなると、気が軽くなった。いつもの土曜日と同じく、僕も賃払いの場に行った。

僕はそこで衝撃を受け、そのときに感じた劣等感に長いあいださいなまれる羽目になった。

賃払いがプチットバンドの番になり、こう耳にしたときの僕の困惑はどれほどのものだったたか。

「トルティヤ……八フラン。ヴィクトリヌ……七フラン。ジェズネ……」

子供がお金をもらえるなんて知らなかった。母親たちと一緒にいたからだ。僕は自分の周りが真っ暗になるぐらい狼狽していた。自分の名前が呼ばれるのを待っていた。でもジェズネのあと、オレリのあと、他の仲間のあとも、自分の名前が会計役に呼ばれることはなかった。

僕はがっかりして、うつむいたままだった。そのうち腹が立ってきて、走ってマン・ティヌのところに行った。親と一緒に仕事に行った他のみんなはたくさんお金をもらったのに、僕は何ももらえなかったと言った。どうして？

そこでまたひどい説教を食らうことになった。

「バカな子だね！」マン・ティヌは声をあげた。「自分もプチットバンドに入れてほしいのかい！農園で起こした面倒を押しつけておいて、そうしたいのかい。ああそうかい！　いっそのことわたしもよその家がしたみたいに、雑草を抜いたり肥料《グアノ》を撒いたりさせるために、お前を入れてしまえばよかった！　お前が苦労を知って、まともになるようにね」

文句を言って、マン・ティヌがぼやくことといったら！　僕はマン・ティヌが、自分の子供をプチットバンドに入れた仲間の親たちのことを恥知らずの腑抜け呼ばわりするのを聞いた。

「へえ！　もし父親が自分の息子をあの中に、同じ苦労の中にやったとしたら、どういうことになるだろうね。ああそうだ、お前の母親をあそこにやらなかったからには、お前もやるわけにいかない」

マン・ティヌは、プチットバンドの頭数を増やすために、子供たちを黒人小屋通りに残していくのを禁止したガブリエルさんが呪わしいと言う。僕はマン・ティヌがムラート（ガブリエルさんもそのひとりだった）に向かって、怒りをぶちまけるのを耳にした。ことあるごとにマン・ティヌは、ムラートというのはベケにお世辞を言って、黒人を裏切るという繰り言を口にするのだった。

そうしてぶつぶつとぼやきながら、またお母さんの話を始めた。マン・ティヌはお母さんが迎えにくるまで二週間の猶予を与えた。さもなければ……

結局マン・ティヌが僕をプチットバンドに入れなかったのは、僕のためなのだと直感的にわかった。でも、仲間たちに向かってそれを誇れるというわけでもなかった。毎週、賃払いのときになると、仲間たちは一人前になって、自分から遠ざかっていってしまうのだと身をもって感じた。仲間たちが大人になる道を歩んでいるかたわらで、僕は遅れをとっていた。けれど仲間たちが僕を見る態度は、たとえ報酬を手にするときであっても、まったく見下すようなそぶりでもなければ、誇らしげな様子でもなかった。

僕らは自由に顔を合わせることも少なくなっていた。かといって僕らはこんな自分の立場に不平を言うような年でもなくなっていた。それに何に不平を言うというのだろう。お互い似た者同士で、僕らは周りにいた大人たちともそっくりだったのではないだろうか。

僕ら子供と親たちの姿は、僕ら自身の目に、人間の一生を映し出していたのではないだろうか。

いつの間にか新しい生活が僕は好きになっていた。

僕は新しい生活にいいところや楽しみを見つけた。マンゴのなる季節には、マン・ティヌはサトウキビ畑の近くの「クーレ」〔原註：谷間〕にあるマンゴの木の枝を揺すって、緑色のマンゴをいくつかサトウキビの茎のあいだに隠しておいた。当分のあいだ、正午になるといつも、みずみずしくてお腹の膨れるデザートが昼ご飯につくようになった。同じように、日が暮れるとときどき、仕事のあと、マン・ティヌはパンの実をとりに谷間に下りていった。僕はマン・ティヌの手伝いができるようになるにつれて、楽しく感じられてきた。たとえば、熟《う》れたパンの実を探すのを手伝った。パンの木を棒で叩いているあいだ、マン・ティヌは僕に「どこに落ちるか見ているんだよ」と言った。というのも、茂みは鬱蒼として、木の根元で絡《から》み合っている。パンの実は地面に落ちると、遠くまで転がって、谷の一番下まで行ってしまうこともあるからだ。でも僕が落ちた場所を勘で当てるので、マン・ティヌはいつも感心していた。

そして刈り入れになった。この時期はいつもお祭りみたいだった。

僕ら子供たちは一日じゅう、サトウキビの切れ端を吸うことができた。僕らは畑にサトウキビの切れ端を探しに行った。親たちも切れ端を持ってきてくれたものだ。口から汁がこぼれるほど吸って、服をべたべたにして、仲間たちのむき出しになったお腹はてかてかになるのだった。

でも今回はサトウキビの切れ端を探しに出かける苦労はなかった。取ってもいいか聞く必要さえなかった。マン・ティヌと一緒にサトウキビ畑の中にいたからだ。

朝から、一番初めに刈られたサトウキビにあずかって黙っていた。というのも僕は無口で、人見知りする子供だったからだ。サトウキビの茎、漆を塗ったみたいな玉虫色のサトウキビの皮や、なんでもないような物を使って遊びながら、サトウキビ刈り役の男の人たちや集め役の女の人たちの動作に力を与え、拍車をかける歌が歌われるのに耳を傾けていた。

僕は働く人たちのあとを追って、その流れの中に溶けこんでいった。どれも目を見張るものだった。上半身裸で、黒や赤茶色に焼けた肌、身にまとった垢だらけのボロ着が光に当たって鮮やかに映え、汗でべたべたになって背中に貼りついていた。腕を振りかざすたびに輝く短刀が、胸の上で照り返った。刈られたサトウキビが踏まれて出す音が響く。後ろに放り投げられたサトウキビは、束ね役の女たちに十本ごとに集められて「束ね《アマレ》」られ、十本の束が十個集まって一山になった。野良仕事の歌はやむことなく、ときどき荒い鼻息や踏ん張る力が限界に達したときに胸から出る吐息が区切りをつけるのだった。

サトウキビ畑に広がる広大な音楽が、荷車の軋む音やラバの足音、車引きやラバ引きたちの悪態までも包みこんだ。低く響く、涸れることのないこの単調な歌に飲みこまれて、僕も歌い出した。

男が最後に荷造りしたかばん
それは働きに出るため
チモーヌへ

同じ歌詞、同じ調子が何度も繰り返されることで、僕の胸の奥深くまでしみこんで、もの寂しさとなってのしかかった。僕は歌うのをやめた。

それは働きに出るため
チモーヌへ

それでもサトウキビ畑全体では、一生懸命仕事が続けられ、だんだん早くなるリズムに合わせて、相変わらず同じ歌詞で同じ調子のまま歌は続いた。

仕事をしている人たちは刈り入れが好きみたいだった。お金がいつもよりたくさん稼げると言っていた。僕も刈り入れが好きだった。土曜日の晩になると、事務所や黒人小屋通りの周りに物売りたちがいつもよりたくさん来て、お祭りがいつもより長く続いたからだ。

屋外では、トレーやたいまつの周りでさいころやカードをやっていたのが、手に汗握る戦いに変わることがよくあった。死のラジアだ。

実際こういったものを除けば、収穫のあいだも、何かこれといって変わることはなかった。そして収穫のあとでも、とりわけ何かが変わることもなかった……

収穫の時期が終わると、最初にうれしいのは、川が横切るサトウキビ畑にマン・ティヌといることだった。それは川というより小さなせせらぎといったところで、遠くに行くにつれ、幅も広くなり、深さも増していった。ところどころ背の高い草が岸から覆いかぶさっていて、途中見えなくなっている部分もあった。その川がどこからやってきて、どこに向かっているのか知らなかった。そもそも川というのは、旅人みたいにどこからかやってきて、どこかへ向かうものだということを知らなかった。僕にしてみれば、川には終わりも初めもなかった。それは単に流れるものだった。

マン・ティヌにザリガニがいないか聞いた。マン・ティヌは、多分いるだろうけど、川の底が泥になっているから、バゼル川みたいに素手では取れないと言った。そこでマン・ティヌは、ピンでザリガニを引っかける針を作ってくれた。竹の竿に縫い糸を縛りつけて、乾いたサトウキビの輪切りを糸の先につけた。こうして僕は釣り糸でザリガニを釣ることを覚えた。

このやり方は大したものだった。息を止めて糸に集中して、感じられないほどかすかな流れの動きに神経をとぎすます。そして指先、糸の端でザリガニが動くのを感じる。水から引き上げるときの快感といったら！

一日に十匹以上とれた。マン・ティヌは僕がもっと辛抱強く、もっと上手にやれば、もっとたくさん取れるだろうと言った。

それ以上に僕が目を見張ったのは、ザリガニの世界は自分が想像していた通りだったということだ。丘、あぜ道、道、畑、小屋。全部透明な水の中にあった。お父さん、お母さん、子供のザリガニがいて、水の中の言葉で話していた。大きいのを捕まえたら、それはお父さんか、仕事から帰ってきたお母さんかもしれなかった。そうすると子供たちはいつまでも泣くだろうから、涙のせいで川がさらに大きくなるだろうと思うと悲しくなった。小さいのを捕まえたときは、巣からひながとられてしまったときの親鳥が一日じゅう、さらに次の日も狂ったように鳴くのと同じで、親ザリガニが泣くところを思い浮かべた。後悔する一方、ザリガニたちが仲間内で、僕の垂らしたおいしいミミズみたいに見える釣り針には用心するように伝え合うのではないかと心配になった。

要するにこういった気晴らしのおかげで、何もつらいことはなかった。

ある日曜日、マン・ティヌはきれいな服を着て、前にはいてからずいぶん経っていてかなりきつくなった半ズボンを僕にはかせて、一緒にサンテスプリに行くことに決めた。

「何しに行くの」

「お前には関係のないことだよ」

マン・ティヌは、僕が理由を知りたがってしつこいとぼやいていたけど、それまでなぜか言いたがらなかったことを、遠まわしに言わなければならなくなった。

お母さんが手紙に返事をよこしたのだ。「まだ整理がついていない」から迎えに来られない、とのことだった。それでもお母さんはお金をいくらか送ってきた。

それ以上のことはよくわからなかった。

マン・ティヌはかごを持って、僕を連れて出かけた。マン・ティヌは早足で歩き、僕は小走りであとをついていった。マン・ティヌの服のすそはカチンコチンに糊づけされていて、歩くごとにすそにかかとが当たり、かすかに太鼓みたいな音した。

僕とマン・ティヌはそのようにして、丘の上と下を結ぶ小道を下っていった。それから白い凝灰岩の大きな道で、花柄のドレスを着た女の人たちや、しっかりしわを伸ばした白いズボンの男の人たち、重そうな袋や野菜や果物をいっぱいに詰めたかごをのせたロバに出くわした。

マン・ティヌは、顔見知りの人たちとすれ違った。

「なんだか急いでいるみたいだね」と人は言った。

「ええそうよ」マン・ティヌは答えた。「少しでもミサに参加できるように、早く着きたいからね」

僕たちは大通りを離れる。しばらくサトウキビの茎のあいだを通る小道を、次に大きな木の下の道を、線路沿いを、手すりのない橋の上を歩く。どれだけ僕が一生懸命走っても、マン・ティヌとの距離は開いていくばかりで、僕はおいてけぼりになって、田舎で迷子になりそうになる。もう人を見かけなくなっていたからだ。マン・ティヌはどんどん歩いていく。僕のことを気にかける様子もなく、小さな声で独り言を言いながら、丈の長い服のすその裏でかかとが鳴らすトントンという音をあとに残しながら歩いていく。

息を切らせて立ち止まり、「マン・ティヌ！」と大声で言う。僕はしゃくりあげてしまう。マン・ティヌは振り返って立ち止まる。まるで僕が後ろからついてきていることを考えもしなかったみたいに、僕が泣いて涙を流していることに驚いていた。僕はすっかりしょげて、マン・ティヌに追いつく。

マン・ティヌは身をかがめておんぶしてくれる。こうして旅はずいぶん楽になって終わる。

教会の入り口は人でいっぱいだった。そこにはマン・ティヌみたいに、田舎から来た人たちがたくさんいた。たいていが靴もはいていないような人たちだった。女の人たちは、マン・ティヌが着ているのと同じような服を着ていた。女の人たちは階段の上にかごを下ろしていた。教会は全然見えなかった。教会の中から、鈴が鳴る音や、泣き声みたいな歌が聞こえていた。あるとき、自分のすぐ近くでひとつひとつ小さな硬貨を投げる音が聞こえた。マン・ティヌは、お金を集めているのは神父さんだと伝えるために僕のほうにかがみこんだ。

「小銭を入れるために神父さんが小さな箱を差し出してきても」マン・ティヌは僕に優しく説明した。「お辞儀するだけだよ。びくびくするんじゃないよ」

教会の中にすし詰めになった人たちを吐き出すため、全部の鐘がカリヨンを鳴らすと、僕たちは教会の中に入った。マン・ティヌは僕の手を引いた。おばあちゃんは、いいにおいもしなさそうな花で飾られた棚や、テーブルみたいな台にのせられた、本物の人間ぐらいの大きさをしたいくつかの像にそれぞれお辞儀をして、かがんで軽く片ひざをついた。

ときどきマン・ティヌは完全にひざまずいた。僕にも同じようにしなさいと小さな声で言って、ぶつぶつ祈りをあげた。マン・ティヌは三つか四つの像の前でそうした。それはマン・ティヌのお気に入りの像らしかったけど、あまり僕は好きになれなかった。というのも僕が特に強い印象を受けたのは、大きな堅い木の十字の上で、手と足に釘が打たれている像で（ちょうど、僕らが捕まえた小さなトカゲを小屋の柵の上に張りつけたときみたいに）その像は血を流していた。ひげが生えていて、髪は長く、ほとんど何も身に着けておらず、肋骨が浮き出していた。その像は、小屋の真ん中でボロの腰巻をつけて板の上に寝るメドゥーズさんのことを思い出させた。でも、その像は黒人ではなかった……

マン・ティヌは屋外の市場を何周か歩いた。広場全体がごちゃ混ぜになって、袋、かご、山になった野菜や果物でいっぱいで、人であふれかえって、ざわめいていた。マン・ティヌは、マニヨック粉の袋からそれぞれひとつまみずつとって、味を確かめながら通り過ぎていった。マン・ティヌは二壺分のマニヨックの粉を買う前に、ずいぶん味見した。次に同じ道順をたどって、ヤマイモに触り、重さを確かめて、どうするか思案し、考え直して、ひとつだけ買った。アボカドを買うときも同じだった。トロマンにするでんぷんを買うときも同じだった。マニヨックの糊のときも。シュ・カライブの根を買うときも多分同じだった。

僕はマン・ティヌについていかなかった。マン・ティヌは広場の隅に生えている木の下にかごを置いて、かごを見ておくのと休憩させるため、僕をその横に座らせた。マン・ティヌはタマネギをたくさん持ってきて、残っているお金を数え、しばらく考えごとをして、また買い物に戻った。バナナを一房持ってきて、お金を数え、考えごとをして、また買い物に戻る。

マン・ティヌは週一回のスープのための肉と骨を四分の一リーヴル、塩漬けのタラ、砂糖、それに肉の脂身一枚で買い物を終わらせた。

最後に温かい腸詰の塊とパン一切れを持ってきてくれた。すごくお腹が空いていたので、おいしかった。マン・ティヌは何も食べなかった。習慣通り、朝にコーヒーを一杯飲んだだけだった。

僕が昼ご飯を食べているあいだ、マン・ティヌはまたしばらくどこかに行って、紙に包まれた大きなパンの塊に似た包みをかかえて戻ってきた。そして出し抜けに、こう言った。

「お前が農園で悪さを覚えるのもおしまいだよ。ちょっと勉強して、自分の名前が書けるようになるように学校に行くんだよ。お前のお母さんが送ってきた四スーを『お屋敷』に持っていかないで済むように神様が計らってくださった。洋服を買ってやったからね」

空は晴れて穏やかな午後だった。

マン・ティヌは頭にかごをのせて、いつも通りもうやり終えたこと、これからやることをぶつぶつ言いながらゆっくり歩いていった。特に口にしていたのは僕を学校に入れることだった。僕はマン・ティヌの陰に入って、日を避けながらついていった。かごの隅に入っている、買ってもらった馬の形をしたお菓子のことを考えていた。小屋に着いたら、すぐにそれをもらう約束をしていたのだ。

……ああそうさ。素晴らしい一日、素晴らしい旅だった。

川に行く月曜日、その次に畑に行く日々、土曜日、また長い時間をかけてサンテスプリに行く日曜日。

ときどき、町にいるレオニさんとかいう人が僕の洋服をいつまでたっても仕上げない、とマン・ティヌがぼやいているのを耳にした。

マン・ティヌは、サトウキビ畑では僕が心配の種だと言う日もあった。それは雨が降り続く時期で、僕をどこにいさせたらいいものかわからなかったからだ。サトウキビ畑にいるときは、かごと藁と葉っぱを結んで、いくらか雨風から防ぐ居場所を作ってくれた。でもサトウキビがまだ若いときは、僕を安全な場所に置いておくことができなかった。そんなとき、マン・ティヌはいらいらしていた。手を休めると、かごをひっくり返して大きな帽子みたいにかぶって、かごを葉っぱで覆って僕を強く抱きしめて、こっちも泣けてしまいそうな声で何かを言っていた。

もしかしたら僕は、雨に当たって、黒人小屋通りでやっていたように、仲間たちみんなと溝で遊んだり、濡れた土を手でこねたりするほうがよかったのではないかと思う。雨の日、マン・ティヌは僕のせいで気も狂いそうなぐらい悲しげだから、こっちも悲しくなった。

マン・ティヌ本人は絶対に雨宿りしようとせず、いつもよりひたすら急いで仕事をしていた。夕方になると、その古ぼけた藁帽子には、堆肥がいっぱい積もっているように見えた。身にまとったボロ着の生地が濡れて、骨張った体に張りついていた。泥で濡れた手足は、乾いたパンを水につけたみたいに膨れあがって、体の節々は錆《さ》びつき、どのおばあちゃんよりも素敵できれいなマン・ティヌが急に恐ろしい姿になって、お母さんにもおばあちゃんにも黒人女にも、人にさえも見えなかった。

マン・ティヌは毎晩、学校の話とレオニさんがなかなか仕上げようとしない服のことを口にした。

僕はその件についてなんら感じたり思ったりすることはなかった。この話でマン・ティヌに何か尋ねるようなことすらなかった。

そのことをメドゥーズさんに話した。メドゥーズさんは、学校というのは頭のいい子供をやるところだと言った（頭のいい子供って何だろう？）。何はともあれ、学校に行くにはちゃんときれいな服を着て、そこではフランス語をしゃべらなければならない。そう聞いてわくわくした。でもただそれだけだった。

この雨のあいだずっと、日が暮れると外出しなかった。僕とマン・ティヌはびしょ濡れになって、震えながら帰ってきた。黒人小屋通りはぬかるみそのもので、地面は芯まで腐ってしまったみたいだった。それでも僕がメドゥーズさんのところに行きたいと思う気持ちに変わりはなかった。でもマン・ティヌは、「育ちのいい子は雨の日には親のところにいるもの」と必ず言うのだった。

だからちょっとでも太陽が出た日には、またメドゥーズさんのところに通った。いつも同じ調子だった。ちょっとしたおつかいに行く、火を焚く、話の前置きの沈黙、なぞなぞ、お話になると、あ！　マン・ティヌに呼ばれて途中で終わってしまう。


ある晩、夜がふけてもメドゥーズさんが帰ってきていなかった。僕はそれまでに、もうメドゥーズさんの家の周囲を二回りしていた。困った。マン・ティヌは、メドゥーズさんのところにまた行くのを許してくれないだろうし、カナリが勢いよく音をたてているのは、もうすぐ晩ご飯になるということだったからだ。

もう一度家を抜け出した。今度もまたメドゥーズさんの小屋の戸は閉まっていた。外から閉められていて、戸と戸の枠に打たれた二本の釘がボロボロの紐でぐるぐる巻きに結ばれていた。僕は待つことにした。もしマン・ティヌのところに帰ったら、もう外に出られなくなるからだ。だから小屋の敷居に座って、メドゥーズさんが座るところに足をのせた。いや、ここは駄目だ、その横じゃないと。疲れや痛みがうつるから、子供は年寄りたちがいつも座る場所に座ってはいけないのだ。

時間が経って、心配していたことが起きた。マン・ティヌに呼ばれてしまったのだ。それにメドゥーズさんは帰ってこない。僕は返事をせずにその場にいた。しばらくしてまた呼ばれた。そのあとも何回か長々と呼ばれた。しまいにはその声は震えていて、怒っているみたいだった。呼び声に負けて、マン・ティヌを安心させてすぐに帰るからと伝えるために「マーンアンアン！」と叫んだ。でも実際僕は、もう影で暗くなった道の奥にメドゥーズさんがゆっくりとした足取りでやせた姿を見せやしないかと、目を凝らしていた。

「じゃあそんなふうにメドゥーズさんのところにいると、話に夢中になって自分の母ちゃんのことを忘れるのかい。帰ってきてご飯を食べることも忘れるのかい。メドゥーズさんのゾンビの話でお腹がいっぱいになるのかね。私が声を嗄《か》らして呼んだとき、メドゥーズさんはなんて言ったんだい」

「メドゥーズさんはいなかったんだ、マン」

「だったら何してたんだい。メドゥーズのところにいたんじゃないの」

「そうだよ、メドゥーズさんの家の前」

「じゃあ、メドゥーズの家の前の暗がりにひとりでいるほうが、育ちのいい子みたいに自分の母ちゃんと一緒にいるのよりいいって言うんだね」

マン・ティヌはまるで投げつけるみたいに皿を渡すと、僕が農園で身につけた悪い習慣に文句を言い続けながら、天に向かって、レオニさんはいつになったら僕の洋服を引き渡すのか、うかがいを立てた。

食事が終わってマン・ティヌが話をやめたとき、はねつけられるのを気にしながら、もう一度言った。

「メドゥーズさん、帰ってきていなかったんだ、マン・ティヌ」

「だから何なの。メドゥーズさんに食べさせてもらってるわけじゃないでしょうが」

マン・ティヌは皿を洗っていた。僕はなんとかわかってもらいたくて泣き出した。

「どうしたんだい」マン・ティヌが僕に尋ねる。

「メドゥーズさんが……」

「静かにしな、わかったかい」

でも大声で泣くのをやめられない。突然マン・ティヌは外に出ていく。僕は涙をこらえる。僕をぶつため、小屋の裏に木の枝を取りに行ったと思ったからだ。

マン・ティヌはなかなか帰ってこない。僕は小屋にひとりぼっちで、テーブルの上に置かれた石油ランプが弱々しく光って小屋の一角を照らしている。暗がりの中、外でマン・ティヌは大きな枝を探しているに決まっている。とにかく僕はすっかり涙をぬぐって、泣きやんだふりをする。

マン・ティヌがいたのは、思っていたように小屋の裏ではなく、もっと遠くだった。突然マン・ティヌの声が聞こえてくる。

「あの人、まだ帰ってきてないんだよ」

マン・ティヌは、メドゥーズさんが帰ってきていないから僕が泣いているというのを、誰に話しているんだろう。

するとジェズネのお父さんが言うのが聞こえた。

「寝ているもんだと思ってたけどな。あんた、メドゥーズが小屋の中で寝てるんじゃないってのは確かなんだな」

「ええ」マン・ティヌが答えた。「戸が外から閉まってたからね。それに私が帰ってきてからジョゼがずっとそこにいたから、帰ってきたら見かけたはずだよ」

マン・ティヌがヴァレリヌさんを呼ぶ声がした。闇の中、メドゥーズさんが仕事から帰ってきていない、遅くなっても誰も見かけていない、それはおかしい、という話し声がそこらじゅうでする。

僕はこんなにも多くの人に事態を伝えたことに満足して体が熱くなる。長椅子から起き上がって、外に飛び出し、どうやってメドゥーズさんがいないことに気がついたか言いたくなる。でもそれと同時に、事情がわかるにつれて心配になり、胸騒ぎがするせいで不安はさらに大きくなる。

マン・ティヌは相変わらず帰ってこない。黒人小屋通り全体が、動揺と不安にとらわれているのが感じられる。

僕は立ち上がり、用心しながら歩いていって、戸に軽く触れて外をのぞくことにする。

よその小屋の戸が開き、強い明かりがもれて暗がりを照らす。呼び合う声や、話し合う声はひどく興奮していて、何を言っているのかほとんどわからない。

もう「お屋敷」にも、メドゥーズさんがどこで仕事をしていたか聞きに行ったことだろうと思う。誰かが様子を見にいくようなことを言っている。

誰かが言った。

「どうしたかわからないままで夜を過ごすわけにいかないだろう」

「もしお前らが行くなら俺も行くぞ」別の人が答える。

みんな黙ったまま、しばらく時間が過ぎる。すると突然、黒人小屋通りを下った先の暗闇が、たいまつで明るくなっていることに僕は気づく。短刀や棒を持った男の人たちが集まって、遠くのほうへ行った。

もう大きな興奮は収まったらしい。ほとんど聞こえないひそひそ声がするだけだ。

マン・ティヌが帰ってきた。しばらくひとりでいて怖くなかったか、僕に尋ねた。マン・ティヌは息を切らせていて、ついさっきまでどんな状況にあったか忘れてしまっているみたいだった。

「みんな見にいったよ」マン・ティヌが言った。

マン・ティヌの声は動揺で震えていた。

「神様！」マン・ティヌは言った。「まさかのことがありませんように……」

マン・ティヌはいても立ってもいられない。物を手にしては立ち止まって、また別の物を手にして、耳をすまして……

また外で話し声がしはじめた。

「もうしばらくひとりでも大丈夫かい」とマン・ティヌは僕に尋ねる。

大丈夫じゃないかもしれない。一緒に連れていってほしかった。

「ううん」僕はおずおずと答える。

「じゃあ帽子を取ってきて、一緒に来なさい」

たいまつを持った男の人たちが今しがた出発したのとだいたい同じ場所に、明かりを高く掲げるジエズネがいる。ジエズネの持つ明かりは大きなマッチみたいで、集まって地べたに座っている男の人や女の人を照らしている。明かりがいっぱい当たっている人もいれば、ほとんど当たっていない人もいる。

サンルイさんがこう言うのがはっきり聞こえる。

「俺はもう何度も、メドゥーズさんには仕事はきつすぎるから、プチットバンドに入ったほうがいいって言ったんだ。でもメドゥーズさんは嫌がって、プチットバンドの若い連中に馬鹿にされるだろうって言っていたよ」

めいめいがメドゥーズさんについて何か言った。思わず噴き出しながら、こんなふうに言って話を終わらせる人もいた。

「かわいそうなもんさ！」

するとしばらくみんな黙りこくって、また話を始める。そしてみんながあれこれしゃべる。でもそれはもうメドゥーズさんのことではなかった。みんな日々のことや、僕にはわからないことを話していた。

消えかかった火をもう一度大きくするため、ジェズネがときどきたいまつを傾けるのを見つめるのにも飽きてくる。たいまつの火は木の一番先についている芯のところが青で、先のほうで黄色や赤になっていた。いくつかに裂けたような炎の先からは煤《すす》が上がって、暗闇をさらに黒くしているように思えた。

たいまつの明かりは木の枝や葉のあたりまで高く伸びて、僕らの背よりも高くなった。木から染み出て輝く松脂《まつやに》がときどき手足にこぼれ落ち、ジェズネは顔をゆがめて小さな悲鳴をあげる。

僕は黙っている。みんながメドゥーズさんについてする話が聞きたくて、どうして帰ってこなかったのかを知ろうと耳を傾ける。それになぜだかわからないけど、まるで戦争に行くみたいな武器を持ってメドゥーズさんを探しに出た人たちのことが気になる。僕には、メドゥーズさんがお話の中で言っていた国に行ってしまったかもしれないように感じられる。

もしそうだとしたらどれだけいいことだろう。どうしてだろう。

多分単純に、メドゥーズさんが僕の想像をかき立てた冒険譚の主人公になっているのを、なんとなく見てみたい気がしたからなのかもしれない。

それと真夜中にこんなところに自分がいるせいで、夢見心地になっていたせいだと思う。

突然、大きな声がする。

「ほら、帰ってきたぞ！」

混乱した声が響き合い、同時に先頭のジェズネに導かれ、人だかり全体が道のほうに向かう。

闇の中、遠く向こうに大きな明かりとたいまつが集まっているのが、こっちに向かってくる。

「神よ、主よ、聖母よ！」僕の周りにいる女の人たちが小声で言う。

僕は心臓が高鳴りだして、聞こえないぐらい小さな声で何かを繰り返しつぶやいているマン・ティヌのところに行く。

「あの歩く早さからすると、メドゥーズは男たちと一緒にいるわね」ヴァレリヌさんが言う。

「メドゥーズが見つかるまでは帰ってこないはずだよ」マン・ティヌが答える。

「メドゥーズはあの中にいるにちがいない」また別の人が言った。「ときどき立ち止まったりしているだろ。あんたたち見えるか」

「ああ、多分メドゥーズがいるせいだな」サンルイさんが締めくくる。

そしてメドゥーズさんを探しに出た人の列が、通りを下った先に現れる。僕たちが近づいていくと、明かりではっきり人影が見えてくる。

「何か担いでいるぞ」

「神様！」

「ああそうだな。あの歩きぶりを見てみろよ」

メドゥーズさんを探しに出ていった男たちよりもさらに熱くなって、みんなが一斉にしゃべりだした。メドゥーズは発作で倒れたのだと言う人もいれば、昨日の晩から何も食べていなかったから、虫に腹を刺されたのだと言う人もいる。他のある人は、汗をかいて水を飲みすぎたのだと言う。僕は人がいろいろ言うせいで心配になるばかりで、何が起きているのかわからない。

しかし現実には、四、五人の男の人たちが何か黒くて長くて、骨ばって、半分ボロ布で包まれたメドゥーズさんらしいものを担いでいる。

それはまさしくメドゥーズさんだった。

「もし俺たちが探しに行かなけりゃ、マングースの餌になってただろうな！」オラスさんが声をあげる。

探しに出た男の人たちはみな息を切らせて、汗だらけになっている。そのうちの何人かは、メドゥーズさんを担いだまま早足で歩いたものだから、足元がふらついている。小さな声しか出せず、かろうじてこういうのが聞こえる。

「もしこんなことだとわかってたら、ハンモックを持っていっただろうよ。見た目は藁みたいだけど、腹に死神がいるもんだから、疫病神みたいに重くなっていやがる」

カルメリアンの一言で起こった大きな笑いとともに、メドゥーズさんの亡骸《なきがら》は黒人小屋通りに着いて、本人の小屋に入れられる。

あまりにもたくさんの人がメドゥーズさんを囲んでいるせいで、ひと目見ようにも見られない。僕はメドゥーズさんを見つけた人たちの話に耳を貸さない。哀れみ、嘆き、ため息、笑い、冗談が混ざって、これは悲しい出来事なのか、ありふれたことなのか、大したことではないのか、よくわからない。どこかお祭りみたいだったけど、マン・ティヌや何人かの他の人たちの様子からして、はしゃぐ気にはなれない。

人が入っては出ていく。マン・ティヌは、その場にいるように僕に言いつけて、外に出ていった。一緒に女の人たちもたくさん出ていった。僕はメドゥーズさんを囲む人たちのあいだをかき分けて入っていく。

メドゥーズさんは仰向けに寝かされて、肌と同じ色をした腰巻がかけられている。二本の足と腕が収まるように、幅の狭い黒い板の上に横たえられたような格好だ。目が半開きで、まるで起きているかのように見える。でもその目は、いつか一緒にともした火で輝いていた目とは違う。

灰色の髪と、赤茶けた羊の毛みたいなひげの真ん中にすきっ歯をのぞかせた口が、ひきつったような薄笑いをうかべていて、メドゥーズさんは自分の周りにこんなにも多くの人が集まっているのをおかしく思っているみたいだった。道の真ん中で死んでいるネズミを思わせる笑みだ。

一見したところ、メドゥーズさんの顔つきに、変わったところはちっともなかった。それでもメドゥーズさんのことをしばらくじっくり見つめていると、心臓が高鳴りはじめ、胸がいっぱいになった。寝ているところに僕が小屋に入っていっても気がつかないときみたいに、「メドゥーズさん！」と呼びたい気持ちになった。

でも、そのこわばった姿と静かな顔は、死んだことを示していた。


その夜はいろいろなことがあった。

女の人たちは、遺体を運んできた男の人たちののどの渇きを癒すラム酒を持ってきた。マン・ティヌは、小さな壺に水をいっぱい入れて持ってきて、まだ緑色の小枝を浸すと、メドゥーズさんの頭の近くに置いた。ヴァレリヌさんはろうそくを持ってきて、壺の横に置いて火をともした。そして、まだやってきていなかった黒人小屋通りの他の人たちが訪ねてきた。

「ほらな！　メドゥーズはこうやって俺たちから逃げようとしたんだ」

「ああ、そうさ！　あんまりにも狭すぎるもんだから、ベッドの上じゃ死ねなかったってわけだ」

「しようがないさ。サトウキビに殺されたんだ。メドゥーズはサトウキビの中に肉も骨も残していくつもりだったんだよ」

深い沈黙が重くのしかかった。次に同情の声や放言が沈黙を追い払った。押し殺した笑い声が起っては、ため息が続いた。

外からはまた少しずつ話し声が聞こえた。暗闇の中、小屋の前で地べたに座っている姿はほとんど見分けがつかないけれど、声だけで誰かわかるのがとても面白く思えた。

突然、重々しく尾を引くような歌が、暗闇で姿の見えない男の人たちが座っている場所から聞こえてくると、急に怖くなった。

歌はゆっくりと広がりながら立ちのぼり続け、胸騒ぎを鎮め、僕は夜の中、暗闇のてっぺんにいざなわれたみたいだった。途切れることなく、歌は方向を変え、曲がりくねりながら、重苦しく立ちのぼり続けた。

闇の中を長く巡ったあと、歌は再び地面まで降りてきて、男の人たちの胸の奥に入った。

そうすると、すぐに威勢のいい声が、不思議なリズムにのった単調な歌をさえぎった。嘆き声がして、男の人たちの体が暗闇の中で動いた。

歌が終わったところで、また別の男の声がした。

「エ、クリック！」

人だかり全体が声を張って答えた。

「エ、クラック！」

メドゥーズさんが僕に言っていた、同じ話の前置きを思い出した。

その夜、話はいつまでも続いた。

ひとりの男が立ったまま（この人は物を語る名人だった）手に持った一本の棒を使って、いろいろな動物の動きや、いろいろな人の歩き方の真似をした。それはおばあさんだったり、せむしだったり、足が曲がった人だったりした。この語り部は歌にのせて話をした。手に持った棒を大きく振って、みんなの声が嗄れるまで歌を歌わせた。

ときどき、話と話のあいだに、誰かが立ち上がって、メドゥーズさんのことを語って、みんなをやむことのない笑いに巻きこんだ。

「メドゥーズは死んだ」男はその場に合わせた口調で言った。「お伝えするのは心苦しいのですが、紳士淑女の皆さん、私の知るところによりますと、私たちにとって一番つらいのは、メドゥーズが死んで苦しむところを見られなかったことであります。メドゥーズは死ぬために、姿をくらましに行きました。なぜなら……メドゥーズの魂胆を考えてもみてください！　なぜならメドゥーズは、私たち酒飲みで運のない兄弟に、グラン・エタンにある自分のサトウキビ畑を継がせたくなかったのです！」

「ひびの入ったカナリも」他から声がした。

「着古して穴のあいたズボンも」別の声がした。

「使い古したパイプと割れたクイも」

「それにやせた体で磨きをかけた床板も」

「土曜日の晩にベケからもらっていた金も銀も……」

そしてみんなが笑いながら声を合わせて、同じ言葉を繰り返した。

「土曜日の晩にベケからもらっていた金も銀も！」

こうしてほら話を続けた。女の人がひとり立ち上がって、メドゥーズさんの気前のよさを称えながら、各自がメドゥーズさんから引き継いだ物を申し出るようにと言った。あの人には古くさい藁帽子、この人には穴のあいた腰巻と使い古した鋤、そしてみんなに土曜の晩にベケからもらっていた金と銀……

「エ、クリック！」

やがてみんな黙ったまま、メドゥーズさんの冥福を祈って一杯飲むことになった。そしてラム酒をあおって、声を合わせて笑った。

「エ、クラック！」

小屋の中では立ったままの女の人たちが何も言わず、あるいは小声で話しながら、亡骸を見つめていた。

マン・ティヌは、メドゥーズさんの足元にひざまずいていた。

そしてマン・ティヌは、まだ眠たくないかと僕に尋ねにきた。遅い時間まであれこれあったにもかかわらず、僕はこの夜、語り部が通夜に来た人たちをいざなう不思議な世界に引きこまれて、その顔立ちや表情が暗がりの中でも見分けられるようになるぐらいまで起きていた。

語り部の歌い上げる賛歌が最高潮に達するたび、狭い床板の上で冷たくなっている年老いた黒人の亡骸が夜空に舞い上がって、ギニアに飛び立つのを見届けようと、僕は待っていた。

第二部

なじみの年寄りメドゥーズが死んだのを忘れるのは割と簡単だった。マン・ティヌが毎日のように口にしていた重大なことがとうとう起きたからだ。レオニさんが洋服を仕上げたというので、ある月曜日、いつものように僕を川に連れていくかわりに、マン・ティヌはきれいな服を着て、僕は新しい服（半ズボンに黒い細縞《ほそじま》が入った灰色のキャラコの上着、それと前日にサンテスプリで買ったラタニアヤシの小さな帽子）を身に着けてプチブールに向かった。

マン・ティヌは仕事のあと、暗くなってからでも、何度かプチブールに足を運んでいた。できるだけ「お屋敷」で物を買わないようにしていたからだ。このプチブールがプチモルヌに一番近いのだとしても、僕には遠くにあるようにしか思えなかった。

プチブールは木造の小さな家が並ぶ通りで、水汲み場が点々と並んでいた。きれいな水が古びた石材の上にしぶきを立てて流れるのを見るのが好きだった。

学校は町の小さな教会の横の小高い丘の上にあった。教会は学校からあまりにも近いせいで、校庭代わりになっていた。学校は低い建物で、屋根は波打ったトタンで覆われ、周りは軒下になっていた。子供たちはみんな校庭や教会の入り口で遊んでいた。あちこち飛び跳ね回って、楽しそうに叫び声をあげているので、僕ははじめ気おくれしていたけれど、すぐに中に入って遊びたくなった。靴をはいている子供たちがたくさんいたけれど、大半は僕みたいにはだしで駆け回っていた。それにメドゥーズさんが言っていた通り、みんなとてもきれいな格好をしていた。

マン・ティヌは、子供たちが叫び声をあげてひしめき合っている中を通り抜けて、軒下を歩いている赤銅色の肌をした女の人に会いに行った。その女の人はかわいらしい服を着て、きれいな靴をはいて、後頭部とこめかみで大きくふたつに編んだ髪は、首をつたって胸の上を通り、腰の位置まであった。その人はマン・ティヌと丁寧に話をして、こっちに向かって微笑《ほほえ》んだ。僕はその人に質問されるのを待っていた。なぜなら来る途中、マン・ティヌが質問されたときの答え方を教えてくれたからだ。「お名前は」と聞かれたら「ジョゼ・アッサンです」。「何歳ですか」なら「七歳です」。何か聞かれるごとに「はい、先生、いいえ、先生」ととても丁寧に答えなければならなかった。でもそんなことはちっとも聞かれなかった。

マン・ティヌは、僕にお利口にするように言いつけて、行ってしまった。僕は遊んでいる子供たち、そしてその先生のことをずっと見ていた。先生が軒下の端まで行って、鐘についた鎖を引っ張ると、プチモルヌで昼ご飯のときと仕事に戻るときに鳴る鐘に似た音がした。鐘の音で子供たちは軒下に集まった。

他の子たちと一緒に入った大きな部屋は、これまで考えてみたこともないようなものだった。他の子供たち（みんな僕と同じぐらいの歳の女の子や男の子だった）と同じように長椅子に座って、壁に貼られていたり、書かれていたり、掛けられていたりする物を眺めたり、先生が大きくて黒い板の上に白できれいなものを書いたり、優しい声でしゃべっているのを、聞くというよりは眺めているので十分満足だった。

十一時の鐘が鳴ると、朝方に連れていかれた女の人の家へ行った。マダム・レオンスの家だ。マダム・レオンスはマン・ティヌとほとんど同じ肌の色をしていたけど、かなり太っていて、頭にマドラス織のスカーフをかぶり、だらっとした丈の長いドレスを着ていて、その下からはき古したスリッパを引きずる音が聞こえた。

マダム・レオンスにはそれまで会ったことなかったけれど、デリア母さんが僕の生まれる前にお手伝いさんをしていたせいで、僕のことが他人であるふうでもなかった。

僕はマダム・レオンスからおばあちゃんが持ってきたクレトン織の小さな袋をもらった。その中には昼ご飯が入っていた。ヤマイモの塊《かたまり》がふたつ入った小さなお椀と油をしみこませて焼いたタラ一切れ。マダム・レオンスは廊下を指差して言った。「あっちに行って食べなさい。床板の上に脂《あぶら》をこぼさないように。食べ終わったら水を飲みに行きな。水汲み場は向かいの道の近くだからね。そうしたらあそこの戸の前に座って、学校の子供たちが下りていくのが見えたら、一緒についていくんだよ」

マダム・レオンスと一緒に住んでいる人たちは家の奥を行ったり来たりしていた。家の奥は謎で、立ち入れない場所のように思えた。話し声が聞こえたけれど、人の姿は見えなかった。

言いつけられた通り、自分がいることがわからないように少しも音を立てないで昼ご飯を食べた。食事を終えると水汲み場に行って、喉の渇きを潤《うるお》し、顔と足を洗った。

次に廊下の入り口の近くに行って、道行く人を眺めて最初にやってくる子供たちを待った。

夕方、授業が終わると、町よりも高いところにある田舎に帰るため、他の子供たちがそれぞれに別れる場所で僕もみんなと別れた。ひとりでプチモルヌにつながる道を歩いていると、自分が前とは別人になった気がした。いろんな顔や、物や、新しい響きにあふれた一日を過ごしてきたのだ。僕は興奮で震えた。黒人小屋通りとそこにあるすべての物への愛着の上に、新しい世界への愛着が重なり合った。

マン・ティヌが小屋の前にいるのを見つけた。お帰りのキスはされなかった。僕にキスをすることはほとんどなかった。それでもマン・ティヌの僕を迎える目が、優しさと満足感に満ちているのがすぐにわかった。

「今日一日、どうだった」と僕に尋ねる。

実際、マン・ティヌがこれほど優しい口調で話しかけてくることはなかった。

そこで僕は全部こと細かに話した。すでに新しい物の名前をたくさん覚えてきた。授業、机、黒板、チョーク、スレート板、インク、インク壺……「手をつないで」、「静かに」、「整列」、「解散」といったようなことも覚えた。

僕がこんなおしゃべりだったこともなかった。マン・ティヌはパイプを吸うときよりも穏やかで明るい顔をして、話を聞いた。本当に僕が変わったことが目に見えている様子だった。


マン・ティヌは僕を朝早く起こす。茶碗にマニヨック粉と薄いコーヒーを入れて食べさせてから、クイにいっぱい入れた水を渡してうがいをさせ、目の端、耳、鼻の穴、首を注意深く確認すると服を着せる。最後に、マン・ティヌがいってらっしゃいを言って、あれやこれや言いつけを続けるのを尻目に、僕は昼ご飯の袋をひっつかんで逃げるように家を出る。

ほとんど毎日丘のふもとでクールバリルかフォン・マソンから通っている仲間と会うから、学校まで一緒に歩いていく。

毎日新たな感動がある。それは先生が一週間のうち月曜日から日曜日までを言わせてから、僕ひとりにもう一度繰り返させたこと。また新しい仲間ができたこと。嫌いな奴とケンカをしたこと。あるいは黒板に書いた文字を指差したり、ぼんやりしているのやおしゃべりするのを懲《こ》らしめるために使われる長い竹の棒で叩かれたりしたことだった。

ただ唯一気乗りしないのは、マダム・レオンスの家の廊下に行って、昼ご飯を食べることだ。自尊心からそう感じたのかもしれない。それに廊下と、昼ご飯の入った小さな袋を置きに行く薄暗い部屋にしか入ったことのないその家は、誰も僕がいることを気にも留めやしないから、なんとも言えない嫌な気分になる。最初の日から、廊下にいて完全によそ者扱いされているということがはっきり感じられた。マダム・レオンスは僕を置いてくれるとマン・ティヌに愛想よく約束したにもかかわらず、家の入り口に追いやっているのは、よくわからない。

木曜日、マン・ティヌは僕をサトウキビ畑に一緒に連れていく。この休みの日、特に何もない畑に新しくサトウキビを植える時期は気分がいい。一番の楽しみは、植えつけ用のサトウキビが端を切られて、積み上げられたのを吸うことだ。

ザリガニ釣りも上達した。僕は遊びながら晩ご飯の「添え物」をまかされていることが誇らしい。今やマン・ティヌと一緒に過ごす木曜の昼間は、これまで感じたことのないような喜びで心を満たしてくれる。この上なくうれしいのは、次の日にはまた町と学校に戻れることだった。日曜日にはサンテスプリまでマン・ティヌについていった。でも月曜日に一緒に川に行く楽しみはなくなった。

少し前に、マダム・レオンスの家の向かい、水汲み場の反対側に同級生のひとりであるラファエルが住んでいることがわかった。ラファエルも僕がマダム・レオンスの家にいることに気がついていて、一緒に学校から帰るようになった。昼ご飯のあと、通りの向こうから出発の合図をしてくるのがラファエルだ。

ラファエルは上級生のクラスだ。授業は下級生と上級生で分けられている。ラファエルはノートに物を書いているけど、僕は一枚目のスレート板をもらったばかり。そういったことに加えて、町生まれで町に住んでいるということから、ラファエルは僕に対してある種の優越感を持っていた。でも、だからといって僕らがお互い親友になることの妨げにはならない。

ラファエルは僕よりも薄い肌の色をしている。髪は黒くてなめらかで、いつも頭にぴったり張りついている。それでも着ている物は僕とほとんど一緒で、僕と同じではだしで学校に行く。ラファエルにはお兄さんがいて、町にあるもうひとつの学校に通っている（僕らの学校は町の下のほうにあって、もうひとつのもっと大きい学校は町の上にあった）。それと、まだ家にいるほんの小さな妹も。

ラファエルのお母さんはマダム・レオンスみたいに横に大きいけど、スカーフはかぶっておらず、髪の毛は縄みたいで、頭の上で大きく結ってある。ラファエルのお母さんはココナッツのお菓子やケーキを作って、窓の端に置いた小さなトレーの上に並べて売っている。

昼ご飯のあと、水汲み場で水を飲んで手足を洗いに行って、ゆっくりしていると、ラファエルも手足を洗いに出てきて、車道の端で話をする。僕はラファエルのお母さんの家の玄関にまで行くほど仲よくなって、ラファエルのお母さんに学校に戻る時間だと言われるまで、僕らはそこで静かに遊ぶ。

そんなふうにして、ラファエルと遊ぶため、昼ご飯の時間をできるだけ短くした。そのおかげで正午にマダム・レオンスの家の廊下や玄関の前にいると感じる嫌な気分も、少しずつ晴れていった。

それでもラファエルのお母さんが怖い。マダム・レオンスに似ているからだろうか。もしかしたらラファエルのお母さんも同じで、僕にかまうことは一度もなかったのかもしれない。ラファエルと一緒に外にいるあいだもごくたまに目を向けるだけで、こっちを見る目つきが厳しく、何かこちらを勘ぐっているように思えたからかもしれない。

ラファエルはお母さんのことがかなり好きみたいだ。ラファエルはお母さんをマン・ニニと呼んでいる。本当はおばあちゃんらしく、悪い人ではないらしい。さらにラファエル本人はとても優しくて、僕にこんなふうに言うぐらい仲よくなった。

「残念だなあ！　毎週日曜日にマン・ニニはデザートを作って、ケーキやお菓子を作るときに使った型や鍋を舐めてきれいにさせてくれるのに、君がその場にいないなんて。砂糖とかシロップとかだよ！　それがどれほどおいしいか考えてみなよ！」

ラファエルはおばあちゃんから売れなかったケーキをもらうこともときどきあって、そうなったときは僕にも分け前をくれると約束してくれた。

ラファエルはいろいろなことを教えてくれた。ビー玉遊び、たが転がし、石けり、カシューナッツの実を使った「ブロカージュ」。

すごい、ラファエルはなんていろんな遊びを知っているんだろう。遊びの天才だ。学校では休み時間のあいだ、みんなラファエルとばかり遊びたがる。みんなラファエルと同じ組になりたがる。鬼ごっこをするときラファエルは僕らより足が速い。転んでも痛がらない。僕らはラファエルのとりこになっていた。

だからラファエルが先生に叩かれると、僕はどれだけつらいことか。というのも授業中、ラファエルは特にじっとしていられない性格で、おしゃべりで、うわの空だからだ。本読みや計算、書き方になると先生に叱られたり、竹の棒で足を打たれたり、定規で手の平を打たれるお仕置きを受けるのも当然だ。どれだけ強いとはいっても、ラファエルが身をよじらせて、叫び声をあげると、僕の胸は張り裂けそうになる。

でもラファエルに行いを正すように言うつもりにはならない。同時に、先生に対しては、ちっとも反感を感じない。

いや、そんなとき僕はラファエルをかわいそうだと思う。ラファエルが叩かれるときの痛みを僕も感じる。ラファエルがうつむいて頭を抱え、長椅子に座ったまま泣くかたわら、僕はラファエルの痛みが和《やわ》らぐ様子を注意深く見る。もうラファエルが悪さをしないように、少なくとも二度と先生に見つからないようにと願う。

ラファエルは顔を上げる。まだわずかに頬は濡れたままで目は赤かった。それでもその表情がまた明るくなると、僕も気が楽になって、ラファエルと一緒に元に戻る。


ある日、廊下で昼ご飯を食べていると、マダム・レオンスのはき古したスリッパの音がした。僕は焦った。自分の周りをきょろきょろ見回して、うっかり食べかすをこぼしていないか確かめた。

「ほら」マダム・レオンスが僕に言った。

マダム・レオンスはアルミの皿を差し出した。僕は立ち上がって受け取った。

「ありがとうございます、マダム・レオンス」

それは赤豆と一切れの肉だった。最初びっくりして、わけがわからなかったけれど、すぐにそれを食べはじめた。マダム・レオンスが背を向けると、僕は食べるのをやめた。赤豆と肉はおいしかったけど、マダム・レオンスの態度の無愛想なことと言ったら……

本当はこの食べ物はよろしくない物に違いないとふと疑った。マダム・レオンスが僕の居場所として廊下と敷居を指さした最初の日以来、マダム・レオンスが現れるたびに僕はその目の前では犬ころみたいになってしまう気がする。だめだ。この豆と肉を食べるのはやめよう。

僕はゆでたバナナとタラを腹に詰めこむと、マダム・レオンスのアルミの皿を持って道を走って渡り、バシャッと皿の中身を水汲み場に流す。皿をきれいに洗うと、マダム・レオンスのところに持っていく。

「お皿も洗ったのかい」驚きを見せながらも満足した様子でマダム・レオンスは声をあげた。「よくできたね。何でも自分でできるいい子だ」

「じゃあそれなら」優しい声でマダム・レオンスは続けた。「お昼ご飯を作って持たせなくてもいいっておばあちゃんに言いなさい。わたしがお昼を食べさせてあげるからね」

勘違いだったのだろうか。マダム・レオンスはいい人じゃないか。それなのに怖がっていたのだ。マダム・レオンスが作ってくれた豆、それにとりわけあの素晴らしい一切れの肉を味わわなかったとは、なんて馬鹿だったんだろう。

午後ずっと、マダム・レオンスの提案のことで頭がいっぱいだった。豆と肉の料理がこの先食べられそうだということよりも、マダム・レオンスの気前のよさが、どれだけマン・ティヌを喜ばせ、元気づけるだろうかと考えていた。

マン・ティヌにこの素晴らしい知らせを伝えるため、急いで黒人小屋通りに帰った。

それにこんな申し出をしてくれたマダム・レオンスの好意が、僕の胸の中で広がり、周りの世界から愛情をこめて熱く抱きしめられている感じがした。

でもマン・ティヌは僕の言うことを信じようとはしなかった。

マン・ティヌは僕が勘違いしたのではないかと思ったのだ。というのもすでにお昼に家に置いてもらい、面倒をみてもらうという世話になっているからだ。この知らせはマン・ティヌを喜ばせるというよりも、むしろ悩ませた。

「本当だとは思えない」僕が寝に行くとき、とうとうマン・ティヌは言った。「お前がマダム・レオンスに頼んだんだろう！」

「違うよ、マン」

「本当だね」

「うん、マン」

「お昼は十分かい」

「うん、マン」

「足りなかったらちゃんと言うんだよ」

「いつも十分だよ、マン」

昼に食べきれなかった分を四時に食べることすらあった。

結局、マン・ティヌは次の週にマダム・レオンスに会って何があったのか聞いて、もしそれが本当なら、おわびとお礼を言うため、町に下りていくことに決めた。

マン・ティヌはこのことを神様の意志にまかせた。

いずれにしても翌日の朝、マン・ティヌはいつものように昼ご飯を持たせようとした。一晩たっても疑いは晴れていないみたいだった。

正午、学校から出ると廊下に行って、マダム・レオンスがアルミの小さな皿を持ってきてくれるのを待っていた。僕は心配しすぎて、皿の中身が何だろうかと考える余裕はなかった。心配、いやむしろ苦痛だった。自分でもわからないけど、どうしてつらいのか考えることができなかった。

まもなくサンダルの足音がして、マダム・レオンスが戸口から顔を出して言った。

「そこにいるのかい。中に入って食べなさい」

マン・ティヌと一緒に来た日に入った小さな部屋を通り抜けた。部屋にあるたったひとつのテーブルは、毎朝昼ご飯を入れた小さな袋を置いていく場所だった。マダム・レオンスについて、その隣にある薄暗い、小さな部屋に入った。思うにそれは台所だったに違いない。というのもそこにはレンガでできた調理台、テーブルがあり、壁には鍋がかけられ、タマネギを炒めたにおい、脂身がすえたり焦げたりしたにおい、野菜を炒めたにおいがしたからだ。マダム・レオンスは汚れた皿やほかの料理道具の置かれたテーブルの近くの腰掛に僕を座らせた。調理台の上にある鍋をふたつみっつ開けると、順々にスプーンで軽くすくって、こう言いながら昨日と同じ皿を差し出した。

「ほら、お食べ」

すぐにマダム・レオンスは隣の部屋に行った。戸が開いた瞬間、台所よりももっと暗い部屋が見えた気がした。

そこでマダム・レオンスは食事をしていたに違いない。フォークと皿が当たる音が聞こえたし、男の人の声が聞こえたから、旦那さんと一緒だったはずだ。

でも、旦那のレオンスさんの姿はまったく見えなかった。おそらく、まだ僕がいないうちに工場から帰ってきて、僕よりあとに工場に戻っていたからだ。

台所は好きになれなかった。そこはあまりにも暗かった。まだ犬ころみたいに廊下にいるほうがましな気がした。牢屋にいるみたいな気がした。もう食べるのはやめた。

急に逃げ出したい気になった。でもすぐに逃げ出すのも怖くなった。

突然椅子が動いたような音が聞こえた気がしたから、すぐに皿の上に盛られたヤマイモと魚の上にフォークを下ろした。誰も入ってこなかったから、食べ続けた。

食べ終わると、太陽に当たって、空気をいっぱい吸い、ラファエルと遊んで、しばらくのあいだ圧迫感を感じていた心や体を少しほぐすため、水汲み場に行って皿を洗おうと思った。でも僕はためらった。また急に椅子が動き、スリッパを引きずる音がした。手に皿を持ったマダム・レオンスが入ってきて言った。

「食べ終わったかい。じゃあお手伝いするんだよ、おちびさん」

「はい、わかりました」僕は従順に答えた。

「じゃあね」マダム・レオンスは言った。「皿洗いを手伝ってもらうからね」

「はい、わかりました」

「おいで」とマダム・レオンスは言った。

僕とマダム・レオンスは台所に入る前に通った部屋に戻った。そこでマダム・レオンスは、石を敷いた中庭に面したドアを開けた。苔《こけ》が生え、水垢のついた壁がすぐ目に入った。レモンの木陰にニワトリの糞が積もって、狭い場所を埋め尽くしていた。そこにニワトリが五、六羽閉じこめられていて、おそらく餌を持ってきたと思ったのだろう、こっちに寄ってきた。

庭の隅では、赤い水受けの中に水が流れ、あふれた水がもうひとつの小さな水受けに流れ、その小さな水受けからもあふれて溝に流れていた。

マダム・レオンスは使った小皿、大皿、鍋、グラス、スプーン、フォークを小さな水受けに入れて、どうやって洗うか教えた。まずグラスから洗い始める。指二本に石鹸をつけて、グラスの中に入れて回しながらこする。そしてあふれる水で石鹸を流し、「涙が流れないか」確認するためにかざして見る。次はフォーク、スプーン、ナイフ。それから皿。最後に鍋は灰をつけたぼろきれでしっかりとこする。

もちろん、真剣にやった。マダム・レオンスが僕の仕事を確認したあとに、ちゃんとできていた、本当にいい子だと言われて安心した。

これにはかなり時間をとられた。というのも、このじめじめした中庭や薄暗い部屋を出て道に着くころには、ラファエルはもう出発してしまっていて、どれだけ急いで走っても学校に遅れてしまうのだった。

夜、マダム・レオンスが確かに昼ご飯を食べさせてくれたことを言うと、マン・ティヌはうれしさのあまり気を動転させ、誰よりも思いやりの深いマダム・レオンスに天の神の祝福のあらんことを祈うのだった。

それまで、遊ぶ時間を奪われたことは一度もなかった。だからマダム・レオンスの台所と庭で、毎日時間を過ごすのは忌まわしい習慣だった。地中に深く閉じめられて、そこから二度と出られなくなるかもしれないという感覚から逃れることができなかった。マダム・レオンスと、いつも姿の見えない旦那は、ありとあらゆる災いをもたらすような人に思えた。なぜかはわからなかった。食べ物をもらっているけれど。実際のところ、この家でひどい扱いを受けたようなことは一度もなかった。でも、気が休まることがなかった。マダム・レオンスのことが相変わらず怖かったし、卑屈な気持ちにいつも苦しめられるのが嫌だった。常にあの台所が忌々しかった。疑いや嫌気を押し殺しているのを気にしながらご飯を食べていた。それにこの皿洗いの仕事のせいで、ラファエルに合流にして遊びに行けなくなるのが何よりもたまらなかった。

相変わらずマダム・レオンスの顔には善意がないように見え、言いつけられたりやらされたりすることには、ろくなものがないように思えた。誰かにそのことを言ってしまいたくなった。たとえば憲兵とかに。

洗い物が少ないときや、すぐに終わったときには、男物の靴の泥落としと靴磨きをさせられた。二足、三足、大きな靴、ボタンがいっぱいついていたり、先がとがったりしているブーツ。

最初この仕事をさせられたとき、僕は沈んだ表情で、それでもかなり気をつかって、嫌気や腹立ちを表に出さずに、マン・ティヌにそのことを言った。

「結構なことじゃない」マン・ティヌは言った。「マダム・レオンスはいい人なんだから。少しぐらいお手伝いして、お返ししないと」

マン・ティヌはまたしてもこの人柄のいい女のために、神様とすべての聖人の祝福を祈った。完敗だ。

靴磨きは皿洗いに比べると何千倍も嫌だった。皿洗いのあとに残された数分間、ラファエルと遊びに行くことの妨げになったからかもしれない。皿洗いは、食事のあとに決まりとしてやることに慣れていった。一方で、昼ご飯のあとにブーツを磨くのは消化に悪く、気分が悪くなった。それに靴磨きのせいで午後学校に行くのが遅れた。

その上いつからかマダム・レオンスは、午後の授業のあと、プチモルヌに帰る前に近所の店におつかいに行かせるため、道草をしないで早く戻ってくるようにと言った。そのせいでフォン・マソンやクールバリルやランベルトンの仲間たちと一緒に帰れなくなった。

靴磨きよりも買い物のほうがさらに嫌だった。

そのせいでしまいには、遅刻を理由に先生に叱られないですむ午前中の授業のほうが好きになるほどだった。午前中の授業は見世物や遊びのように楽しかった。花柄か白の服に、きれいな前掛けで着飾って、ふたつに編んだ長い髪をあるときは胸の上に揺らし、またあるときは肩の後ろに流して、先生は黒板に大きな文字を描いた。次に長い竹の棒で指しながら、先生はひとつひとつはっきりと発音した。最後にさっと教室全体を見渡して、僕らに繰り返すよう合図した。

そうすると、僕らはみんな一斉に繰り返した。先生がまた何かを言って、僕らは繰り返した。先生が言って、僕らが繰り返す。

僕は最初に先生の口を見て、言葉を発したあとにしかめ面をされないように努めた。繰り返すにつれて、どの口からも正しい発音が聞こえるようになると、先生の顔には満足げな表情が浮かんでいった。そこから黒板にきれいに書かれた白い文字の番となり、竹の棒で指し示された文字を僕らは頭に刻みこもうとじっと見つめた。僕らの声が先生の声にこだまして、合唱をするみたいにひとつになるのに夢中になっていた。

同時に、読むことから書くことに移る厳しさも味わった。

おしゃべりを最初に始めた者には強烈な平手打ちをするとしっかり脅しておいて、僕らに自習をさせ、そのあいだ、先生は教室の隣にある自分の部屋に姿を消した。

先生が帰ってくる足音でみんなが走って席に戻るとき、ドキドキするのが好きだった。

先生がノートやスレート板を見直すときに感じる緊張感も好きだった。

先生が「片づけなさい」と言うと、僕らが「教室で怠《なま》けるのはやめましょう」と声を合わせて言うのも好きだった。

休み時間も好きだった。

女の子たちは軒下で遊んでいた。僕ら男はどこへでも、マンゴの木の下とか、学校の周りに住んでいる人の庭とか、好きなだけ遠くまで行った。聖像を眺めに行ったり、父なる神の赤いランプを吊るした鎖にできたハチドリの巣を見に行ったりするため、教会の中に入ることもできた。中には、祭壇を縁取る金色の房飾りをちぎりに行く連中さえいた。

教会の裏のサトウキビ畑の一画で鬼ごっこをした。

植樹林、茂み、やぶ、そこらじゅうが遊び場になった。僕らの叫び声を響かせるのにも、憲兵や泥棒、逃亡奴隷、ヒヨコ、マングース、犬、オポッサムがいると想像するのにももってこいだった。

僕らは放牧された若い家畜みたいに駆け回った時期があって、人の手が入っていない場所を荒らした。そして何事もなかったかのように学校の近くの教会の広場に集まって、いろいろな遊びをした。遊びはもう少しおだやかでこぢんまりしたものではあったけど、同じように叫ぶ声や呼び合う声、文句や言い争いがあって楽しかった。

そこでも中心はラファエルだった。

でも正午にひとたびマダム・レオンスの家に足を踏み入れたが最後、残りの一日はそこで終わりだった。

いつまでこの苦痛が続くことになるんだろう。慣れてしまうこともなければ、やめることもできなかった。

ある午後、僕はいつもより遅れて学校に着いた。皿洗いと靴磨きのあとに、庭をほうきではかなければならなかったからだ。学校に遅れたのをマダム・レオンスのせいにして、怒りながら涙を流して文句を言った。それでもマダム・レオンスはまかされた仕事をぐずぐずやっているからだと言って、僕のせいにした。

ある晩、マダム・レオンスのためにあちらこちらで買い物をして居残り、プチモルヌに帰るのがかなり遅くなってしまった。マン・ティヌは、言い分を聞こうともしないで、道草を食ったのだろうと僕を叱った。そのせいで晩ご飯になるまで、外でひざまずかせられる羽目になった。

あの憎らしい女は、どれだけ僕に不幸をもたらすのだろう。

ある日マダム・レオンスは食事を持ってきて、台所を通り過ぎていった。戻ってくると素焼きの水差しを手に持っていて、僕にこう言った。

「ほら、水場まで行ってこれにいっぱい水を入れてきて」

マダム・レオンスがそう言い終わるやいなや、僕は飛び上がって水を汲みに行く。取っ手を持って水差しの下半分を水受けの中に入れ、蛇口の水が入るように、細くなった首のところは水受けの水から出た状態にする。水がたまると水差しを水受けから出して、すぐに台所で待っているマダム・レオンスに持っていこうとする。でもそこを離れようと腰を上げたとき、ガシャン！　水差しは庭の敷石の上で割れた。指を滑らせたわけでもなく、手も離していない。どこにもぶつけていない。手は取っ手の一部を握り締めたまま震えている。

陶器が割れる音と服の上に広がった水しぶきの跡に呆然としていると、すぐにマダム・レオンスの大声が聞こえる。

「割ったのかい」

……もう何が何だかわからなくなる。目の前も、周りの音も、手にしている物も、足元も。気がついたら家の外にいる。とにかく走っている。マダム・レオンス、レオンスさん、犬、もしかしたらみんな後ろから追いかけてきているかもしれない。走っているのを人に見られていることも気にせず、誰が追ってきているか振り返って見ようともせず、道をまっすぐ走る。

いつから走っているかわからない。どこに向かっているのかもわからない。

走りながら、行く道を妨げるものは何であれ飛び越えた。炎や熱く焼けた炭、川、サトウキビ畑も。走っているのは、自分でそうしようと思っているからではない。放たれた鉄砲の弾みたいなものだ。それでも握りしめた拳みたいに少しずつ心臓がしめつけられて、ひざまで、すねまで下っていくぐらい重くなって、はだしの足がとがった石を踏んでいるような感じがする。

地面に倒れてしまいそうな重さを感じた。走れなくなって、道に迷って、捕まるだろう。もう走れない、大声をあげよう。おそるおそる後ろを振り返ると、誰もいない。

誰も追いかけてきてはいなかった。

逃げきったんだ。ああ救われた。

それでもまだ足を止めることはできなかった。焼けるように熱くて荒い呼吸に引っ張られて、ときどき思わず後ろを振り返りながら、歩き続けた。

家や人、道がはっきり見え、周りが僕の目にもう敵意がないと映るようになるまで歩き続けた。胸の中でかなづちで叩いたように心臓が打ち、脚が疲れて、石で足の裏の皮がむけたから、隠れ場所を探そうと思った。

そこで僕は、自然と学校へ行く道をたどった。

学校は閉まっていて、軒下には誰もいなかった。僕が最初に着いたのは明らかだった。教室の入り口に腰を下ろして、心の乱れを鎮めようとした。

まず、ただ学校に着いただけのふりをしようとした。それでも半ズボンの前が水で濡れていたので、触ろうとしたら、陶器のかけらをまだ握っているのに気がついた。水差しの取っ手の残りだ！

言葉にならない怒りがこみ上げてきて、涙があふれ出る。

「水差しを割ったのは僕じゃない。勝手に水差しが落ちたんだ」なのに、マダム・レオンスは「割った」と僕のせいにした。でもそうじゃない。どうしてそうなったのか、絶対に説明できないだろう。でも僕のせいじゃない。

「マダム・レオンスは僕のせいだと思っている。ぶたれるかもしれない。僕のことを犬ころ以下だとみなすだろう。僕のことを嫌って、いろんな嫌がらせをするだろう」

僕はあまりに腹が立って、胸が痛んで、大きな声をあげて泣くことだろう。

でも先生なら話を聞いてくれるかもしれない。こんなにも早い時間に学校に着いたのはまずかったかもしれない。

上着の袖で涙を拭いて、学校の隣にある茂みに古い陶器のかけらを捨てに行く。そして戻ってきて腰を下ろすと、胸が苦しく、頭は空っぽで気を紛らわせることはできなかった。

とうとう生徒たちがやってきた。同時にドアが開き、先生が出てきて、最初の鐘を鳴らしに行く。

その午後、僕がうなだれているようには見えなかったかもしれない。いつものように遊んだからだ。ときどき、起きたことが突然頭をよぎって、胸が早鐘を打ったけど、授業や歌、遊びでそんなことは忘れて、自分は学校にいるからと心を落ち着かせた。学校にいるというのは、もっとも快適で、どんな家よりも一番優しく包まれていることだった。

授業のあとの夕方、なんてことだ。思いもよらない問題を解決しなければならなくなった。

どうやってマダム・レオンスの家の前を通らずに、プチモルヌに帰ったらいいんだろう。町には道がひとつしかなく、マダム・レオンスは通り沿いに住んでいた。

どうやっても、たとえ走ったとしても、姿を見られるおそれなしに、あの忌まわしい家の前を通ることはできないだろう。けれど、それができなければ捕まる。マダム・レオンスは間違いなく、僕が学校から帰るのを見張っているだろうし、姿を見られて呼び止められれば、それに従うことになって逃げられないのはわかっていた。

校庭を離れたのは自分が最後だった。僕は腹を決めた。

町でただひとつの道は、丘のふもとから川のように走っていて、両脇には家が隙間なく並んでいた。

丘の中腹にサトウキビやマンゴの木、大きなパンの木に囲まれて、小屋もまばらになっているところがあって、そこはオーモルヌと呼ばれていた。

その木々の下には小屋と小屋のあいだに小道があって、町の端からもう一方の端までつながっているはずだった。つまりオーモルヌを通れば、町に平行して行けるはずだった。

そこで学校の周りの迷うこともあった小道に入って、オーモルヌの深い茂みの中を行った。道を進んでいくには、相当勘に頼らなければならなかったけれど、ひとりでそこから一本の道に抜け出て、毎朝町に着いたら足を洗う水汲み場の真裏まで降りてきたとき、自分は恐ろしい困難に打ち勝ったのだという自信と安堵を感じた。

それでもマン・ティヌの家に戻ったとき、僕はおどおどしていた。

マン・ティヌのほうを見ると、マン・ティヌが何か知っているような気がした。親たちというのは、何でも知っているものじゃないだろうか。いやそんなことはない。マン・ティヌはそのことについて何も口にしなかった。僕は落ち着いた様子で、おどおどしないようにした。

それにしても、どれだけお腹が空いていたことだろう。

昼ご飯を食べなかったにもかかわらず、午後は少しもお腹が減るのを感じなかった。でもその晩、マン・ティヌが火を焚きはじめるとすぐ、道でとがった石を踏んづけたときの足の裏と同じくらい、お腹が痛くなった。

不安がなくなった一方で、空腹感が頭まで上ってきて、こらえていないと気が遠くなりそうだった。あまりにもつらく、空腹は何かしらが足りていないというよりも、何か重過ぎて、とがっていて、大きなものが膨れたみたいな感じがして、ぐったりした。

翌日の朝、具合はよくなっていて、落ち着いた。

学校に出発した。

自分はどうしようとしていたんだろうか。行きも帰りも、決してマダム・レオンスの家の前は通らない。オーモルヌを抜けて行く。正午にお昼ご飯は食べない。十一時から一時までのあいだ、学校の周りをぶらつく。特にマン・ティヌには、こうなったとは言えない。もちろんいつかばれるだろう。いつかマン・ティヌはプチブールに行って、マダム・レオンスに会うだろう。けどさしあたり、僕はこんなふうに決断していた。

それは思ったよりもつらくはないことがすぐにわかった。

空腹を気にしないように努め、水汲み場でいっぱい水を飲んで紛らわせようとする一方で、オーモルヌの中をうろついた。そのあたりでは昼になると毎日、魔法にかけられたみたいに恵みがもたらされた。ある人は僕が通りかかるのを見かけると、おつかいを頼んでお駄賃に二スーくれた。あるいは実のなったグアバの木や真っ赤になった桜桃が見つかった。しまいにそこらに生えている果物の木が見つけられるようになり、小屋からかなり離れていれば気おくれも遠慮もせずにいただいた。小屋の近くにあったときには、隙をうかがって頂戴した。僕は、エドゥアルジヌさんのオレンジ、テノルさんのマンゴ、マダム・セケダンのザクロ、マダム・ユフォドルのカイミットを失敬した。

次に刈り入れが始まった。それからはもう昼ご飯を手に入れるための手はずはいらなくなった。プチブールの周りで、近くでも遠くでも、サトウキビ畑は短刀を振る「刈り取り役」に委ねられた。サトウキビの汁に引き寄せられるハエのように、子供たちは吸えるサトウキビは全部吸いに行って、空腹を癒した。

サトウキビの昼ご飯が、マダム・レオンスのおいしい魚や大きな肉の塊に取ってかわるようなことなどはなかっただろう。

ああ、あの女の家にいなくていいというのはなんと幸せだろう。今ごろサトウキビをかじりに行く昼の時間を全部奪われて、死んでしまっていたところだろう。

あまりにもサトウキビの汁でお腹をふくらませたせいで、学校の午後最初の鐘が鳴って、走って畑を離れるころには、お腹から水が流れるような音がして、巨大な鈴みたいに鳴った。それは、水を飲んだあとに歩く馬の腹がたてる音に似ていた。

もう何も困ることはなくなった。マダム・レオンスを恐れる必要もない。オーモルヌの道もはっきりわかってきたし、毎日昼ご飯もかなり簡単に見つかった。

確かに僕はえり好みするほうではなかった。

こういったことのすべては、マン・ティヌ、学校の先生、学校の仲間たち、それにもうずいぶん前から学校でしか会わなくなったラファエルにさえ知られないままだった。

このことは秘密だったのだ。そして僕はよくこの秘密を守ることができた。むしろ、それで僕が守られた。それでも、そのせいで頭を抱えることもあった。どうしてもお腹が空くことがあって、仲間に打ち明けてしまいそうになった。それでもいつも怖くなり、恥ずかしくなって、あるいはなんだかわからないようなみっともなさを感じて、思いとどまった。

休み時間がかなり長くなって、さらに遊びが盛り上がり、興奮状態にさえなる時期がやってきた。授業でも本を読むことよりも、歌うことのほうが多くなった。

なぜだかわからないけど、学校が終わりにさしかかっていて、当分のあいだ、これまでより二倍も三倍も長く、子供たちは親のところにいることになるということがわかった。

だから先生は、一日に六回もこんなふうに歌わせていたのだ。

お休み万歳
お休み
お休み……だ！

それで、ある日からマン・ティヌにまたサトウキビ畑に連れていかれるようになった。

木曜の昼のあいだだけマン・ティヌと一緒にサトウキビ畑で過ごすのが楽しかったのと同じぐらいに、毎朝ついていくのが億劫になった。どの畑にもうんざりして嫌だった。

まず学校が懐かしく思える悲しみを味わった。当面、学校は閉まっていて、また再開されるまで戻れないことはよくわかっていたものの、サトウキビの中にいたせいで不安と後悔に打ちのめされた。

他の子たちと一緒に大きな声を合わせて、勉強せずに一日を過ごすのは苦痛だった。学校の鐘を耳にしないのは変な感じがした。正午に鳴るプランテーションの鐘には気が滅入った。先生に会って、声が聞きたかった。

大勢いる学校の仲間たちのあいだを駆け回ったり、耳が鳴り、喉が嗄《か》れるぐらい叫んだりできないことがつらかった。

よくラファエルのことを考えていた。

土の塊に振り下ろされる鋤《すき》の不規則な音と、風に鳴る葉音以外は何も聞こえないサトウキビ畑で、マン・ティヌの近くにいて、座ったり、立ち上がったり、草を抜いたりする以外には何もすることがない……ときどきアリの列を乱して殺すぐらいで……退屈だった。

ところで黒人小屋通りの仲間たちから引き離されることになったあの事件があって以来、自分ひとりでできる遊びを除いて、遊ぶということはほとんどなくなった。学校に通い始めて、黒人小屋通りの仲間と会うことはもうほとんどなかった。友情もほとんどなくなっていた。お互いにつき合うのが憚《はばか》られた。お互いにある種の劣等感を感じているように思えた。僕らは黒人小屋通り式に大威張りで好き勝手することもなくなった。遊ぶことも、ぶらつくことも、遠くにある「けものみち《トラス》」を目指して遠出することもなくなった。声がいつまでもこだまして手に汗握った、あのつたがからまった深い藪の中に入りこむこともなくなった。

とにかく毎日サトウキビ畑に行くのは嫌だった。サトウキビ畑に行く日々が長く続きすぎて、なんとなくもう学校に戻れないのではないかとさえ思っていた。

そんな気分を紛らわすために毎晩小屋で学校ごっこをやった。木炭で壁に自分の知っている字を書いて、それを竹の棒で指しながら、先生の役と生徒の役を同時にやった。学校で習った歌全部をごちゃ混ぜにした僕の歌に最初は感心して誇らしげだったマン・ティヌに、「夜だから歌はやめなさい!」と怒鳴られるまで大声で歌って、学校ごっこを終わらせるのだった。

マン・ティヌはまたお母さんに手紙を書くと言い出した。

学校が再開するせいで、新しい洋服がいるからだ。毎週日曜日、サンテスプリから帰ってくると、マン・ティヌは僕の服を作るために値切った生地のことについて、独り言を言っていた。このころもしひどい雨期でなかったら、また学校に行けるのだという見通しのおかげで僕は昼間、我慢して畑に行くことができただろう。僕は容赦ないにわか雨や恐ろしい嵐の音に感じやすくなっていたのだろうか。この時期が例年になく激しかったからだろうか。いずれにせよ、以前のように降られっぱなしで、びしょ濡れになりたくなかった。

マン・ティヌが以前、僕のことで頭を悩ませたのと同じように、僕はマン・ティヌのことをかわいそうに思った。ずぶ濡れになってほしくなかったけれど、マン・ティヌはくたくたになるまで、前にもまして鍬を引くのだった。

悲しみがどんどん募っていって、サトウキビ畑は危険に思えた。メドゥーズさんはそのせいで誰にも看取られることなく死んだのだ。そのうち、特に嵐の日とかに、目の前でマン・ティヌもそうなるかもしれなかった。

日が傾き始め、マン・ティヌが頑固な「雑草《パラ》」の束を必死に抜こうとしているとき、僕は急に困惑に襲われた。

メドゥーズは疲れて死んだのだとわかった。サトウキビの根元、雑草やギニア草の茂みで、にわか雨や嵐、厳しい太陽の光が、夜になってメドゥーズさんを打ちのめしたのだ。マン・ティヌも太陽や夕立といったものを、雑草の中で、サトウキビの根元で、サトウキビの葉に囲まれて、全部浴びていた。

授業の再開の時期がもうすぐ来るはずだった。というのもマン・ティヌが、お母さんに宛てて書いてもらった手紙を送ろうとしていたからだ。僕をまた学校に通わせるかどうか、ひとりでああでもないこうでもないと言いながら、思いとどまっていた。何か事を行おうとするとき、マン・ティヌはいつもそうだった。まずそれについて口にしはじめる。もちろんそれは独り言で、決して他の誰にも言わない。一度、二度、そのあと何度も繰り返す。ひたすらそのことを繰り返し言い続けて、最後に勢いで実現させるのだった。

そしてある日、マン・ティヌはいつもより仕事を早く終わらせて、お母さんへの手紙を書いてもらいにプチブールのシャルロットさんのところに下りていった。僕はマン・ティヌのこの決断に胸がいっぱいになった。学校に戻ることで、この悲しく惨めな農園での日々に終わりを告げる勝利が、垣間《かいま》見《み》えるようだった。

　でもマン・ティヌはその晩、すっかり取り乱した様子で帰ってきた。

「学校に行ってたとき、お前はどこで昼ご飯を食べてたの、ジョゼ」とマン・ティヌは僕に尋ねた。

　マン・ティヌに叱られるとき、こんなにも落ち着き払った、深刻な声で叱られることはなかった。話しかけてくる声の調子が、あまりにも深刻で動揺していたせいで、僕は答える前に、それはいつものように尻叩きにつながる質問なのか、それとも何か悲しいせいで震えを抑えようとしても声に混じって悲しみがあふれてしまっているのか、どっちだろうか考えた。

　僕は質問に答えないままでいた。

　自分がやってしまったことについてだとしたら、マン・ティヌの質問はどこか変だ。答えられなかった。

　どうして、水差しを割ったというのは本当かどうかと問いただささなかったんだろう。あるいはどうして壊したのか、どうしてマダム・レオンスのところから逃げ出したのかとか。結局こういったことを知りたいのではないだろうか。

　でなければ、マダム・レオンスがマン・ティヌに何を言ったか想像もつかない。

「さあ！」マン・ティヌが再び言った。「学校に行ってたとき、どこで昼ご飯を食べてたんだい」

「どこでもないよ、マン」

「どこでもないってどういうことだい」

「どこでもないんだ」

「じゃあ何を食べてたんだい」

「何も」

「それじゃどうしてお前は、もうマダム・レオンスの家に行っていないって言わなかったんだい」

どの質問にも答えなかった。それに、マン・ティヌもしつこく探ろうとしなかった。マン・ティヌは、割れた水差しのことは言わなかった。僕はこれほどまでにマン・ティヌが悲しんで、うなだれているのを見たことがなかった。

呆然として、マン・ティヌは泣き崩れた。

「かわいそうな子！　そんなふうに昼ご飯も食べないでいて。虫に胸を刺されていたかもしれない。死んだ子が、お腹を空かして死んだ子がうちに運ばれてきたかもしれない！　どれほど恥ずかしいことだろう！　それにデリアはなんて言っただろう。わたしはどうやってあの子に説明しただろう。誰もわたしが知らなかったなんて、わたしが無実だなんて信じなかっただろうね。孫にご飯を食べさせないで学校に行かせていたおばあさんとして、鎖につながれて連れていかれただろうね。神様、お聞きください。わたしがこの子にマニヨックの粉を少しもあげなかったとお思いでしょうか……」

このマン・ティヌの反応が理解できなかった。マン・ティヌから強烈な平手打ちはもらうことはなかった。このマン・ティヌの悲しみ方は、尋常ではないように思えた。マダム・レオンスは僕が水差しを割ったと言わなかったのだろうか。逃げ出して、マダム・レオンスのところにいるように思わせておいて、昼になったら町をほっつき歩いていたのは、僕のほうではなかっただろうか。

いや、ちっともわからない。

翌日も昼のあいだずっと畑で、相変わらずつらそうな声でマン・ティヌが話しかけてくるので、僕は少しずつ言葉が出なくなっていった。

一週間のあいだマン・ティヌはほとんど毎晩、町に下りていった。僕にとっては好都合だった。毎回マン・ティヌは、お菓子とかパンの切れ端とかを持って帰ってきて、僕はそれを両方とも野菜にソースをかけた晩ご飯のあとにデザートとして食べた。

ある日、マン・ティヌは小屋を大掃除するみたいに、棚を片づけていた。でもマン・ティヌは、鉢や皿やグラスを洗って元に戻す代わりに、ボロ布に包んで、竹のかごに入れていた。同じように、マン・ティヌは小屋にあるものを全部まとめた。

近所に住むヴァレリヌさんがマン・ティヌに聞いたので、何が起こっているのかわかった。

「あんた、まるで出ていくみたいだね」

「ああ、そうだよ」マン・ティヌは答えた。「シャルロットさんは子供好きな人じゃないからね。ジョゼがあの人のところでご飯を食べさせてもらえるように頼む苦労もないし。マダム・レオンスがその役を買って出てくれたけど、まあねえ……そうするしかないだろう。来週になったらまた学校が始まるし」

「いつ引っ越すつもりなんだい。少しだけなら手伝ってあげられるけど」

マン・ティヌは黒人小屋通りから離れようとしていた。プチブールに住むことになるのだ。

僕は学校に戻って、昼はマン・ティヌの家に行くことになる。家でご飯を食べることになる。町の子になるのだ。

引っ越しは数日後のことだった。

僕の目には、万事こともなく進んだ。大人というのは子供には決して理解できない、驚くほどの力を持っているのだとあらためて思わされた。

すべてはまるでマン・ティヌがメドゥーズさんの話の中に出てくるようなおばあさんであるかのように実現した。それは主人公が困っているときに現れて、苦しみから救い、願いをかなえてくれるおばあさんだ。

本当にマン・ティヌは、夢をかなえてくれる妖精ではないだろうか。

子供には理解できないような段取りですべてが整って、僕は目を見張った。

僕たちはクール・フュジに引っ越した。

二棟が平行に並んだ長屋は屋根が瓦葺《かわらぶ》きで、屋内は仕切りで区切られていて、おおむね舗装された狭い袋小路に面していた。

すべてに地元の大貴族で所有者のフュジという名前がついていた。

明らかにお母さんがお金を送ってきた様子だった。というのも、新しい服ができて、また学校に通うことになったからだ。

毎朝マン・ティヌは、プチモルヌにいたときと同じことをした。コーヒー、僕のための薄いコーヒーとマニヨックの粉を入れた器、僕の昼ご飯の野菜、竹かごに荷物を詰めこんで、いつも通りに言いつける。

「服を破らない。ボタンをおはじきにして遊ばない。転んでひざを破らないように、あまり速く走らない。寝室においてあるものを動かさない。わたしを怒らせるようなことは何もしない」

そしてマン・ティヌはパイプに火をつけて、かごを頭にのせ、神様に加護を祈り、プチモルヌへと出かけた。

マン・ティヌは、町に住んでいながらも大半の人が近くのプランテーションに働きに行くのと同じで、プチモルヌにつなぎとめられたままだった。

僕のほうでは、昼に帰ってきて、昼ご飯を食べ、部屋中をくまなく探し回って、砂糖の箱を見つけてデザートにしていた。

そのあとは、学校の鐘が鳴るまで果物を探しに出歩いた。

夕方遅くまで学校の前で仲間たちと遊んで、自分が特に何かやらかしてしまっていないことを確認してからクール・フュジに帰った。ときどき道の端の水汲み場まで、顔と手足を洗いに行った。マン・ティヌの帰りを待ちながら、袋小路の入り口で人が通り過ぎていくのを見ていた。工場で働く人たち、リヴィエールサレに寄って町と海、都市の各地域をつなぐ小さな汽船でフォールドフランスから帰ってきた旅行者たち。

その時間は、クール・フュジの住人たちが仕事から帰ってくる時間でもあった。昼ご飯に多くの人が帰ってくるところからすると、大半の人が町からさほど遠くない工場で働いているみたいだった。

僕は住人全員を知っているわけではなかった。マン・ティヌもほとんど近所づきあいをしていなかった。

そのうち、デリスさんと呼ばれている人と顔見知りになった。とても小柄なおばあさんで、背が低くやせていて、顔はしぼんでいた。でも不思議なことに、足が今まで見たこともないぐらいに大きく膨れ上がっていた。

よれよれのスカートからのぞく脚の一方は、どこにでもいる黒人のおばあさんのスカートから出ている脚と同じだった。でももう一方の脚はひざから下が腫れあがり、丸くなって、はちきれそうなぐらい膨れており、大きな黒ソーセージの形をしていた。足首のところでくびれ、足首から先もひざ下と同じような形で、半分に割ったヒョウタンをひっくり返したようになっていた。足の指には大きないぼがいくつもあって、小石みたいに見えた。驚きなのは、デリスさんはこんな足でも、足音を立てずに、不自由なく歩くことだった。

言っておくけれど、それまでにも黒人小屋通りで丹毒やリンパ管炎にかかった人を見たことはあった。でも僕には、デリスさんの象皮病はこの上なく恐ろしい化け物みたいに思えた。

あとでわかったことだけど、それは昔、デリスさんにふられて顔に泥を塗られた色男がかけた「呪《カン》術《ボワ》」のせいだった。

隣の部屋のメゼリさんとも顔見知りだった。背の高い人でいつも家にいて、着ているのはシャツ一枚だけだった。部屋に男と一緒にいるときはいつも僕にラム酒を買いに行かせた。

プランテーションで働いているに違いないと思われるトゥサンさんもいた。プチモルヌで働く人たちみたいに、いつもズボンの上から前掛けをしていた。

服におさまった胸に瓜がふたつ入っているみたいに揺れる女の人がいた。この女の人には、ほぼ一日中泣いている幼い子供がいた。この子は、母親が仕事に行っているあいだひとりで家に残されていたからだ。

僕の目に一番感じがよくて立派な人に映ったのは、語り部で、歌い手で、プロの太鼓奏者のアシオニスさんだった。その奥さんのティルイズは、マン・ティィヌより多少若いぐらいだったけれど「ベレ」のダンサーとしてかなり評判だった。

アシオニスさんは、工場でもプランテーションでも仕事をしていない。昼のあいだ自分の家にいると、近所からも遠くからでも、毎日誰かしらかが死んだ人の通夜のために「歌い」に来てほしいと頼みにやってきた。そういうわけでほとんど毎晩アシオニスさんは太鼓を背中に担ぎ、バチを持って、ティルイズにつき添われて出ていく。

アシオニスさんはときどき、一度に別々の場所で頼まれることがある。みんなアシオニスさんにお願いをして、あちらこちらでかなりの謝礼や、パーティーでのありとあらゆるおいしい食べ物や飲み物を約束する。そんなときアシオニスさんは怒ってみんなを追い出し、あとになって客の中でも一番ねばった人のところに行く。

毎週土曜日の夜、アシオニスさんはプランテーションに演奏しに行く。そこでティルイズが死のラジアの合間に、魂を悪魔に売った女のように「ベレ」を踊るといわれている。

マダム・ポポも優しかった。マダム・ポポは朝、コロッソル〔原註：アンティルで朝に食べられる肉厚で汁気の多い果物〕を売って「マビ」〔原註：ジンジャービア〕を作っていた。

クール・フュジにはまだ他の人もいて、ほとんど見かけたことがなかったけど、笑ったり、しゃべったり、言い合いをしたりするのが聞こえた。

クール・フュジのよその部屋に入ったことは一度もなかった。それでも外から見て、他の部屋もマン・ティヌの住む部屋とそっくりだと想像していた。同じぐらい小さくて、同じぐらい薄暗くて、床板は外れていて、動いたり歩いたりするたびに物が踊るぐらいがたがたしている。ゴキブリもネズミもドブネズミも同じくらいいる。屋根は日の光が漏れるのと同じだけ雨漏りする。

部屋の隅に、マン・ティヌは黒人小屋通りのときと同じように、箱四つと板、藁とボロ布でベッドをこしらえた。ベッドの枕元に置かれたもうひとつの箱の上に、ちゃんとした服を入れたカリブかごを置いた。テーブル、棚、料理道具、残りの物全部は黒人小屋通りに住んでいたときのように「居間」に置かれた。

他の住人たちの部屋をちらっとのぞいて気づいたところでは、ひとつの部屋がインドカーテンや壁紙、新聞紙でふたつに仕切られていた。手前にあるのが居間で、カーテンの奥にあるのはきっと寝室だろう。

僕は長いあいだ、どうしてマン・ティヌも同じようにしないのか考えていた。最終的にどうやって行きついたかわからないけれど、家に男がいる女の人が、ベッドをカーテンで隠しているのだという結論に至った。

生活を送る中で何かが変わった。毎週木曜日マン・ティヌについてサトウキビ畑に行く代わりに、町に残るようになった。僕はもうプチモルヌに行かないようになった。

大半の町の子供がそうするように、リヴィエールサレの川原を散歩して過ごす。川の土手には小さなカニの穴がいっぱいある。仲間たちとカニを捕まえて足をちぎって遊び、競争用のカヌーの形にした木の端を水の中に入れて、ザリガニを取る。

年上の仲間が水の中に飛びこんで手足をバタバタさせ、向こう岸にたどり着くのを見ているうちに、僕は泳ぎ方を覚えた。

友達の数はかなり増えた。大きな腹をしていることからパンスと呼ばれていた太っちょのミシェルとは特に仲がいい。ミシェルは強くて絶対に泣かない。ミシェルには逆にヒョロヒョロで臆病なエルネストという弟とオルタンスという妹がいる。

三人はいつも一緒にいる。

ソソとも仲がよかった。ソソは泳ぎがうまい。自分の言うことを聞かないと水の中で嫌がらせをするので怖がられている。

それにカミーユ。カミーユの半ズボンにはどんなズボンつりもベルトも合わなくて、思いもよらないときに、まったく思いもよらない場所でずり落ちる。

ラファエルは相変わらず親友だ。でも僕らは学校でしか会わない。マン・ティヌの家から離れたところに住んでいるのと、ラファエルはおばあちゃんからこまごまとした家の仕事を放課後言いつけられているからだ。

ミシェル、エルネスト、オルタンス、カミーユ。こういった連中とは学校の外、たとえば川の近くといったようなところで顔を合わせていた。ラファエルとはほとんど学校だけの仲だった。学校が終わってしまえば、ラファエルと会うことはまずなかった。

授業では似たような仲間が僕の隣に座った。ヴィレイユだ。よく先生に叩かれて、「ノミみたいに怠け者」、「カササギみたいにおしゃべり」と叱られていた。それでもヴィレイユはすごい奴だ。

ヴィレイユは日焼けしていて、肌と髪（黒くてしなやかな長い髪をしている）は毎朝ココヤシ油で洗ったみたいに輝いている。服は肩と胸、太腿がきつそうで、半ズボンはいつも分厚い肉のついたお尻ではちきれそうになっている。ヴィレイユがしゃべると誰もが振り返って、たとえ小声で話そうとしても先生に聞こえる。というのもヴィレイユは大人の声をしていたからだ。背が高くて、仕事をして、馬に乗って、タバコを吸い、女の人に声をかける男の声をしている。それに、大人みたいに手の甲とすねには太い毛が生えていた。ヴィレイユは靴をはいて学校に来る数少ない生徒のひとりだった。ディグの農園管理者の息子だと思う。

ヴィレイユは人気者で、その隣の席にいるおかげで僕は得をする。ヴィレイユはいろいろなことを知っている。目もくらむような、あっと言わせるような話をして、僕らを喜ばせたり、興奮させたり、ぞっとさせたりした。

たとえばジャンガジェの話だ。夜になるとどんな動物にでも姿を変えられる人間のことだ。ときには植物に化けて、悪魔の命令で植物の姿のまま他のいい人たちに悪さをする。

ヴィレイユは空飛ぶ棒の話を聞いたことがあるという。翼の生えた棒の形をして、ジャンガジェたちが、夜になると風の音を立てて田舎を飛びまわり、その音が病気や不幸、死までをも小屋にもたらすらしい。

だから、親の家の屋根に木の十字架を立てるようにとヴィレイユは勧めた。ヴィレイユが言うには、空飛ぶ棒を殺すことができる武器は十字架だけだからだ。

ジャンガジェが動物の姿を借りるとき、たいていは野ウサギに化ける。たとえばある夜、パーティーからの帰りに突然白い物がさっと道を横切ったりする。ウサギだ！　そいつはジャンガジェだ！　十字を切らなければならない。

ジャンガジェはときどき大きな犬の姿でも現れる。夜、四辻で目からまばゆい光を放って、口から火を噴いているのに出くわすことがある。

毎夜、三本しか脚のない大きな馬が町の上から下まで駆け抜けるとヴィレイユから聞いた日、どれだけ僕らの胸が騒いだことだろう。しんと静まり返ると、町の人たちみんなにこの化け物みたいな動物の足音が聞こえるらしいのだ。

ヴィレイユは、ジャンガジェだと噂される人たちの名前を挙げた。ジュリオスさんやマダム・ブロフ、ゴディサールさんやティカさんといったような人たちには礼儀正しくしないといけなくて、笑ったりからかったりするのは慎まないといけなかった。

ヴィレイユはゾンビの災いから身を守る方法を教えてくれた。いつもマオの繊維をじかに腰周りにつけておくのだ。

メドゥーズさんが教えてくれたとおり、べケやお金持ちはみんな泥棒のジャンガジェだとヴィレイユは言った。

こういった、実際に自分で体験したり目撃したりした本当の話以外に、ヴィレイユは作り話もした。しかし、その話しぶりは本当の話をするときと少しも違わなかった。

「あるところにお母さんがいなくて、代母の家に住んでいる小さな男の子がいました。当然クールバリルみたいな田舎です。代母はそれはそれは意地が悪くて、男の子を叩いていました。その小さな男の子は名前をポロといいました。夜、晩ご飯のあと、代母と男の子は寝巻きに着替えて寝ようとしていました。寝室はたったひとつでとても小さかったので、代母はポロと寝床を分けず、ふたりとも同じベッドで寝ていました。ところで、代母に旦那さんはいませんでした。代母はランプを吹き消して、ポロもすぐに眠ってしまいました。ポロはよく眠りましたが、朝早くに目が覚めました。一番鶏の鳴き声で目を覚ましたのです。どこにも行くところがなかったので、ベッドの中にいました。ポロには、夜が明けるころの物音が全部聞こえていました。壁の隙間から入ってくる光で、寝室にある物すべてがはっきりと見えました。もう一度よく寝室の中を見ました。目を再び開けたとき、隣に代母がいないことに気づきました。代母は居間にいるわけでもありません。明かりはついておらず、音もしませんでした。とはいっても、ポロは怖くありませんでした。でも突然『ウォウウォウ』と聞こえたとき、何か変だと思いました。何かが小屋の屋根の上を飛んでいるのです。すると同時に音はやみました。大きな鳥が小屋にとまったような気がしました」

「その音のせいで、ポロは心臓が高鳴りはじめました」

「それからすぐに、小屋の戸が開く音がしました。そして誰かが寝室の中に入ってきます」

「代母だ！」ラファエルが声を上げた。

「でも、その入ってきた人には皮がありません」ヴィレイユがまた話しはじめた。

「なんてことだ！」

「ウサギみたいに皮を剝がれたその人は、ゆっくりと寝室に入ってきました。ポロはじっとしていました。代母は寝室の戸の反対側に行くと、そこで何かを戸から外しました。それは自分の皮だったのです！　代母は上着やズボンを着るみたいに自分の皮を着て、体にぴったり合わせるためにぶるっと身を震わせると、元に戻ったのです」

「当然、昼のあいだポロが叩かれない日はありませんでした。すでに言ったように、それはそれは意地の悪い女だったのです」

「その日以来、ポロは代母がランプを消しても眠りませんでした。ランプを消して間もなく、ポロには、代母が起きてまたランプに火をつけるのが聞こえました。そして服を全部脱いで丸裸になって、何か小さな仕草をして、こうやって、こうやって、それでおまじないのような言葉をつぶやくと、服を脱いだみたいに皮が落ちました。代母は皮を拾い上げると、戸の裏についている釘に掛けました。そして『ウォウウォウウォウ』と小屋の上に飛び上がりました」

「じゃあそいつは空飛ぶ棒だったんだ！」

「ポロは代母のことがちっとも好きではありませんでした。それにジャンガジェだということに気づいてからというものの、さらに嫌いになりました」

「ところである日、代母はポロの肌が裂けて血が出るまで鞭で打ちました。そして夜、寝る時間になったころ、代母はポロに言いました。『傷にちょっと薬をつけさせてちょうだい』代母は手に持ったヒョウタンにいっぱい入った液体で、ポロの傷を洗いました。ああ！　それは塩水だったのです。どれだけこの幼い子が痛がったか、どれだけ痛くて悲鳴をあげたか考えてもみてください」

「寝るときになって、ポロにはふとある考えが浮かびました」

「ポロは、代母が悪魔のように空を飛び回りに行くために皮を脱ぐのを待って、空に飛び上がったところで、起き上がって塩水の残りが入っているヒョウタンを取りに行き、脱ぎ捨てられた代母の皮を手にしました。その中に塩水をあけて内側にしみこませ、用心深く元の場所に掛けておきました」

「夜が明けたころに『ウォウウォウウォウ』といつものように代母が帰ってきました。戸の反対側に行って皮を手に取ったのはいいのですが『痛い痛い！』と代母はうめき声をあげました。『痛い痛い！』体に皮をかぶせようとするたびにうめくのです」

「痛い痛い」とヴィレイユが言う。

顔をしかめたり、ピクピク動いたり、体をよじらせたりするのがあまりにも印象的で、真に迫っているものだから、僕らは代母にいじめられるポロへの同情がこみ上げる。仕返しのときは勝ち誇って大笑いする。そうすると、ほら、先生が急いでやってくる。

僕らは散らばって、腕で頭を覆って身をかがめ「先生、僕じゃありません」と大きな声で言う羽目になる。竹の鞭が魔法の世界を粉々に砕く。グループのみんな、ヴィレイユまでもが痛くてむせび泣く。

たとえそうなったとしても、僕らは何が何でも、この面白い話の最後を聞こうとする。

すぐあとで、ヴィレイユは捨て身で口の前に手をやって、僕らに小声で言う。

「代母は皮をかぶることができませんでした。夜が明けたときに、代母は死んでしまいました。ジャンガジェは太陽の光で死ぬからです。代母は立派な小屋と大きな土地を持っていたから、ポロはそれを受け継ぎました。立派な馬を買って、素敵な女の人と結婚しましたとさ」

ヴィレイユはなんてすごい奴なんだ。最高の友達だ。ヴィレイユがあまりにもすごいから、先生がいくら一番悪い生徒だと言っても、僕らはヴィレイユに感心するばかりだった。

学校は共学だった。でも僕らは休み時間のあいだ、女の子たちと遊べなかった。女の子たちはいつも軒下で先生に監視されていて、教室でも女の席と男の席が分かれていたからだ。一緒に遊べなかったせいで僕らは女の子たちにいたずらをしたり、からかったり、心ないあだ名をつけたりした。

しかしそれ以上に、ジョルジュ・ロックとのつき合いは熱かった。褐色の丸い顔にまっすぐな髪で、キャロット帽みたいな形の頭をしていて、黒い大きな目はいつも憂鬱で曇っており、唇は重く垂れ下がっている。ジョルジュ・ロックは僕よりも背が低い。もしかしたら僕ほどやせていなかったかもしれないけど、いずれにしても僕より丈夫な感じもしない。いつもきれいな格好をして、毎週月曜日と金曜日に着ている服を変えて、ヴィレイユ同様ブーツをはいているけど、ヴィレイユとまったく同じで、休み時間のあいだは走り回れるようにはだしになる。

知り合ったのは学校ではなかった。ジョルジュ・ロックの親は、クール・フュジからあまり遠くないところに住んでいた。ときどき昼に、あるいは毎晩、道を通りかかるたび、僕は軒下に彼が座っているのを目にした。

ある日、僕らは同じ学校に通っていることに気がついて話すようになった。最初に声をかけたのはどっちからだったろう。それ以来、特に学校では会いに行かなかったものの、昼と晩は毎日ジョルジュの家の軒下へ話をしに行った。

ジョルジュ・ロックの両親の家は近所の家に比べてずっと立派だった。明るい色に塗られていて、家の正面にはよろい戸のついた窓があった。僕は一度もジョルジュ・ロックのお父さんやお母さんを見たことがなかった。

お母さんはいつも家の中にいるみたいで、お父さんのジュスタン・ロックさんは毎晩、自動車で帰ってきた。ジョルジュは遠くでクラクションの音が聞こえるかエンジンの音が聞こえるかすると、すぐに話をやめて僕にこう言う。

「パパだ！　逃げて！」

ジョルジュ・ロックと話をしに行くのは、こっちにとってもあっちにとっても、何かしらの危険がつきまとっているような雰囲気があった。いつも僕に来るようにせがむのだけれど、言いつけを破っているような感じだったのだ。

それでも僕はジョルジュ・ロックととても仲がよくなった。一緒に遊んでいて楽しいとか、何か才能があるからとか、親切なわけでもなかったけど、ジョルジュ・ロックのことが好きだった。特にいつも悲しげで、ジョルジュ・ロックが口にする話で、僕の胸が痛むせいだった。

そのときまで僕は、友達と一緒にいて憂鬱に感じたことは一度もなかった。それまで会った友達の中で、自分のことを不幸せだと思っているのは、ジョルジュ・ロックが初めてだった。

彼は、七歳の子供だった僕の心の中で最も感じやすくて暗い、特別な場所を占めるようになった。ジョルジュ・ロックは毎日不幸をかかえていた。毎日泣いていた。夜六時か七時ごろに会いに行くと、ジョルジュが口にするのは身の上の不幸だった。

メリさんがジョルジュのことをお母さんに言いつけて、お母さんに殴られたのだ。メリさんは、その姿と名前からクロッグミを思わせる、黒い服を着て細い脚をした黒人のおばあさんで、ジュスタン・ロックさんの家では一番信頼されている女中らしく、ジョルジュの目つけ役をまかされていた。あれを汚した、これを捨てた、あれをしなかった、こんなことを言ったというので、ジョルジュは叩かれたり、叱られたりした。

僕の場合、同じようなことをしてもたいてい叱られなかった。一方で、ジョルジュは何をやっても殴られた。ときどきネコの尻尾を引っ張るとか、靴のかかとをすり減らし過ぎるとか、靴を磨かないとか傷つけるとか、歯を磨かないとか、爪をきれいにしないとか、食事のときのフォークの持ち方が悪いとか。そういうわけでいつも落ちこんでいた。のちにジョルジュが自分の運の巡りの悪さについて打ち明けたり、本当のことを話したりしていくにつれて、僕はその身の上を知った。僕にとって、ジョルジュは哀れみの的になった。

あんなにも立派な家で、陰になった涼しいところに一日中お母さんがいて、工場の現場監督で自動車を持っているお父さんがいればこの上なく幸せだろうに、そうではないなんて、どうすれば想像できただろうか。

軒下で地べたに座りこんだジョルジュ・ロックが自分の悲しい身の上話をつぶやくのを、僕は隣にいて聞いてやらなければならなかった。

ジョルジュ・ロックは家ではジョジョと呼ばれていたけど、かわいがられてはいなかった。背の高いムラートのお父さんは、ひげを生やしてパナマ帽をかぶっていた。それに、ときどきよろい戸の裏で足音や声が聞こえたジュスタン・ロックの奥さんは、お母さんじゃなかった。

ジョジョが、自分の本当の母親はグラシユズさんだと打ち明けたとき、びっくりしないわけがなかった。グラシユズさんはクール・フュジの近く、ジュスタン・ロックさんの家からも近いところに住んでいて、僕がいつも見かける、ときどきおつかいに行ってあげたことさえある人だ。

どうしてジョジョはお母さんの家に住んでいないのだろう。どうしてお母さんの家にいるのを見かけたことがないのだろう。どうしてお母さんのところに行かないのだろう。

「たとえば、本当のお母さんじゃないあの女の人に叩かれるんだったら、どうして本当のお母さんのところに行かないんだい」

ジョジョがした説明は、さらに驚くほどかわいそうなものだった。

ジュスタン・ロックさんは年老いたベケの私生児だった。工場長になる前、ジュスタンさんはルプリズ農園で管理者をしていた。

グラシユズさんはそのプランテーションで働いていて、農園管理者や会計役にとって自分の思うがまま、まだ胸が芽吹いたばかりの若い娘や柔らかく麝香《じゃこう》が香る肌の若い女が畑でかがんで仕事をしているところを手籠《てご》めにすることなど、わけもないことだった。グラシユズさんはジュスタンさんの子供を身ごもった。

　グラシユズさんは若くて、琥珀色《こはくいろ》の肌をした肉づきのいい美しいカプレス〔原註：オクタヴォン。訳注：ここでゾベルは八分の一の混血オクタヴォンと言っているがおそらく間違いで、実際にはカプレスは四分の一が白人、四分の三が黒人の混血〕だったから、ジュスタンさんは自分の妾《めかけ》にして、子供を自分のものだと認めた。そしてジュスタンさんが工場長に昇進したときから町に住み始めた。三部屋ある住まいに、心優しく慎ましやかで従順でもあるグラシユズさんは、ジュスタンさんと一緒に住んだ。彼女の以前の女友達の目には、ムラートで工場長の男に選ばれた運のいい人に映ったけど、現実には主人と寝る女中みたいな境遇だった。

　そんなふうにしてジョジョは生きてきた。多分、僕はそのころまだプチモルヌにいた。ジョジョは一度も叩かれたことはなく、何も苦しむことはなく、お父さんにかわいがられていた。町の男の子の中で誰よりも自由で、誰よりも幸せだった。

　ある日、すべてが変わった。

　ジュスタン・ロックさんは立派な家を建てた。新しい家具を運びこませて、自動車やムラート、何人かのベケやドレスを着た女の人たちが集まる式を挙げた。ジュスタンさんは結婚したのだ。

　ジュスタンさんはジョジョを立派な家に連れてきて、そこに来たマダム・ジュスタンと呼ばれる新しい奥さんと一緒に住まわせた。ジョジョのお母さんは、三部屋の住まいから一部屋の住まいに移ってひとりで住むようになり、ジョジョが会いに行くたびに涙を流してジョジョを抱きしめた。

　僕から見れば、それは残念なことだったけど、こういった変化が、どうやってジョジョ本人に真の不幸をもたらしたのか、まだわからなかった。

「僕も少し涙が出た」ジョジョは言った。「お母さんが泣いているのを見たからね。お母さんの家によく行ったけど、何かがすごく変わったとは思わなかった。朝学校に行くときと十一時に家に帰るときと午後学校に戻るときは、毎回お母さんにキスしに寄ったもんさ。特に学校から帰る四時には、お母さんが僕のためにとっておいてくれたおやつを食べて、家の前で遊んで、遅くまでいたんだ」

「でもどうしてだかわからないけど、ある日ママン・ヤヤに（ちなみにお父さんにそう呼ぶようにって言われているんだけど）、お母さんの家にそんなに長くいるのはよくないって言われたんだ。それで僕は午後の授業が終わったあと、お母さんの家にいる時間を短くした。だから授業が終わって帰ってきて軒下に自分ひとりだけになったら、お母さんのところに走って行ったんだ。とはいっても、ちょっと出かけてお母さんに会うくらいだったけど。だって、お母さんがすぐ近くにいるのにこんなふうに軒下にひとりでいられないからね」

「そうしたら、そこで待っていると、よくメリさんが僕を探しに来て、実際そうさせていたのはママン・ヤヤなんだけど、毎回ママン・ヤヤに叱られたんだ」

「毎日同じことの繰り返しで、ついにある晩、ママン・ヤヤから話を聞いたお父さんに大きな皮のベルトで尻を叩かれた。『お前が言うことを聞かないからだ』って怒鳴られた。『わたしの許可なしにママン・グラシユズの家に行くのは禁止だ』ってね」

「翌日、学校に行くときそのことをママン・グラシユズに言ったら、晩になってお父さんが家に帰ってきたときママン・ヤヤが、お母さんが家の前に来て、本物のプランテーションの黒人女みたいにわたしを呼びとめて罵《ののし》ったってお父さんに言いつけたんだ」

「ママン・ヤヤは、あなたが結婚する前に薄汚くて卑しい黒人女とつき合うような馬鹿じゃなかったら、恥をかかされるようなことはなかったでしょうね、ってお父さんを責めたんだ。その晩、僕は何発か平手打ちを食らった。それ以来、メリさんは僕が学校に行くとき、お母さんの家に足を一歩も踏み入れさせないためについてくるようになった」

「ある日、ママン・グラシユズはメリさんと喧嘩をした。別の日にもお母さんはここに、お父さんの奥さんを罵ったり、呪ったりしに来たことがあった」

「それでも機会を見つけてはお母さんに会いに行った。でもメリさんが僕のことを見張っていて、ママン・ヤヤとお父さんに告げ口するんだ。それで何でも僕のせいされる。いつもみんな何かしら僕に文句をつけて殴ったり、お父さんが僕を殴るようにしむけるんだ」

その結果、ジョジョはよそに他の子供たちと遊びに行くため、軒下の境を越えることはできなくなった。ジョジョはいつも落ちこんでいて、いつもびくびくしていて、ママン・ヤヤが動く音が聞こえたり、メリさんの話し声がしたり、お父さんの自動車が帰ってきたりすると、僕に逃げるように急《せ》き立てた。そして、また晩になったら来るようにと、毎日乞うように言うのだった。お父さんの車が帰ってくるまで軒下で縮こまっていることしか許されていないジョジョとは逆で、僕は晩ご飯のあとに少しばかり近所に遊びに出る自由に恵まれていた。

ジョジョはこういったことを一気に話した。ひとつひとつの事柄から、ジョジョは自分の不幸は計り知れないものなのだと思いこんでいた。

ときどき、自分がいつもやり慣れた大騒ぎやいたずらを、ジョジョと一緒にしたい気がした。でもジョジョは黙りこくったままだった。僕のしゃべる声や笑い声はいつも大きすぎると言っていた。

町に住みはじめてから僕がマン・ティヌに叩かれなくなった分、ジョジョは僕の目にいっそう、哀れに映った。僕は、服からボタンを外してラファエルとおはじきをしていつも負けて取られるとき（ラファエルは誰とやっても勝った）、あるいはどうしても食べたくなって砂糖をくすねたとき、ときどき一発か二発平手打ちを食らうぐらいだった。一方で、マン・ティヌは以前よりも甘くなったわけではないけど、ずいぶん僕のことを気にかけるようになっていた。晩に授業で何を習ったか尋ねてきたり、ちょっとした話や物語をしたり、歌を歌うように頼まれることもあった。ときどきは、砂糖二スー分や胡椒一スー分を包んだ紙に、何が印刷されているか読んでくれないかとも言ってくるのだった。僕がこういった紙切れを石油ランプの光にあてて必死に格闘する一方で、マン・ティヌのどこでも優しい目に感心の色が浮き上がるのを見かけたのは、一度や二度ではなかった。

日々の生活は同じことの繰り返しになり始めた。町や家々のことも、そこらじゅうの茂みのことも、町の近くならどんなに小さな小道のことも知っていた。マダム・レオンスの家のあたりはもう怖くなかった。あれやこれやでよく知られた人たちのことも、どの木に一番よく実がなるのかということと同じぐらい知っていた。

何か新しく発見することは、もうなかった。

時間は平然と流れた。あるいはむしろまったく時間が過ぎている感じがしなかった。人も物も、僕の仲間たちも同じままだった。

それにもし学校で新しいことを習っても、自分が変わっていくとか、何か困るようなことがあるとかいうわけでもなかった。

ものごとがあまりに穏やかに進んでいったせいで、当たり前でほとんど意味がないように思えた。町の上のほうにある、上級生が通うマダム・サンブリの学校に進んだこと、教理問答の授業に入ったこと、仲間が何人かいなくなったこと、そのなかでもヴィレイユは、多くの人が言うところによると不良になって田舎の若い娘を妊娠させたということだった。

それ以外は何も進展はなかった。

最初マン・ティヌが僕を学校に入れたのは、少しばかり読み書きを習って自分の名前を書けるようにするためだった。

そのうち自分の苗字と名前と言葉をいくつか綴《つづ》れるようになると、僕はプランテーションに働きに行かなくてもいい、工場で働く人にきっとなれるとマン・ティヌは言った。

それまで工場はひとつも見たことがなかったけど、工場で働けるという見通しを誇らしく思った。だから僕は早く大人になりたかった。

今やマン・ティヌは進学クラスに行けるように、勉強を続けないといけないと言うようになった。僕はあまりそのことに魅力を感じなかった。正直なところ、どうすればそうできるのかわからなかったし、見当すらつかなかった。

変わらず学校にいられる以上にうれしいことはなかった。いつもいい仲間がいたし、学校では何もかもが陽気で楽しかった。

とはいえ、教理問答は少し退屈でつらかった。

とある日曜日のミサのあとでマン・ティヌが司祭のところに登録しに行ってからというもの、毎晩学校が終わってから教理問答を習いにファニさんの家に通わなければならなくなった。

「教化師」であるファニさんは子供たち誰もが恐れ、大人たち誰もが尊敬する人だった。

ファニさんはその口先で、誰であれ自分の思うままに救ったり地獄に落としたりする力を持っていて、自分の姿を天使にも悪魔にも変えることができるみたいだった。司祭と話をしているときは、聖母より神々しかった。市長さんや学校の先生とおしゃべりしているときは、課題の本で見た侯爵夫人よりも気品があった。でも道端で誰かを罵るときや、怒ったときや、僕ら子供を叩くときは、ジャンガジェの女よりもひどくて醜かった。

僕は昼も夜もファニさんが死んでしまいますようにと願っていて、ずいぶん長いあいだ、大人になったら火あぶりにしてやると心に誓っていた。

どういったわけでファニさんが町の子供たちの心の教化をまかされているのかはわからなかった。ファニさんは親たちが子供を教理問答に入れていない場合、どの子供が内容を理解できる年ごろになっているかうかがっていた。

だから僕はジョジョやミシェルパンス、ナニズやその他二十人ぐらいの子供たち同様、ファニさんのところに通っていた。

ラファエルはそこにいなかった。ママン・ニニは字が読めたから、自分でラファエルに教理問答を教えていた。

それ以来、学校のあとはマン・ティヌの家に飛んで帰って、ファニさんの家の玄関前の道に集まっている仲間たちに合流するためすぐに家を出るようになった。

たいてい、まだそのときファニさんは家にいなかった。プランテーションでも工場でも働いていないのに、いくつもあちこちに用があるらしかった。でもファニさんがやってくるときには、僕らは全員勢ぞろいしていなければならなかった。少しでも遅れたら詳しく理由を説明させられて、長くつらいひざまずきをさせられる羽目になった。

僕らはファニさんがやってくるのが遠くに見えると、遊ぶのをやめて、お互いに手をつなぎ、口を固くつぐんでいなければならなかった。

ファニさんはとにかく気が短かったのだ。

深い沈黙が僕らの上にのしかかり、その威圧感の中で立っている仲間たちは、まったく僕と同じで、思わずひざまずいて、十字を切ってファニさんに挨拶してしまいそうな気がしていただろう。

でも僕らはできるだけ天使みたいな声で、声を合わせて「こんばんは、ファニさん」とだけ言った。というのも、僕らが一様にファニさんへ抱いているべき愛着の証として、この決まり文句を言わされていたのだ。

そうしてしっかり手をつないだまま、僕らは道と玄関の敷居のあいだにあるテラスみたいなところで、円を作ってじっと立っていた。

教母は家に入ると荷物を全部下ろして、服を着替え、深く瞑想しながら、いかめしく、ほぼ完璧な仕草で恭《うやうや》しく十字を切ると、祈りを始めた。

その箇所はまだ難しくなかった。僕らの中にはお祈りのこの箇所を知っているのがいて、連中は声いっぱいに唱えた。お祈りを知らない連中は調子を外さないようにするしかなかった。というのも、教母のファニさんは恍惚とした様子であるにもかかわらず、異常なまでの監視をやめることなく口の動きを追っていて、わずかな間違いにさえ反射的に気づいた。

次に懐に入れた小さな本を開くと、教理問答の稽古を始めた。

ファニさんが問いを読んで、僕らはそれを繰り返した。そしてファニさんが答えを読み、もう一度ゆっくり読み上げると、それを一言一言繰り返させられた。僕らは一緒に繰り返した。

「もう一度！」

さらに一回、二回。

「もう一度！」

またもう一回、そしてもう一回……

僕らは大きな声で、みんな一緒に調子を合わせて繰り返した。繰り返すことによって、最後には文句がほぐれて、歌うようなリズムにさえなって、僕らはやむことなく練習した。そのとき僕は、ファニさんが本物の聖女であるかのように消え失せていることに気がついた。すると寝室か台所の奥から「もう一度!」と叫んで、僕らを発奮させるために一緒になってお祈りを繰り返した。

このあいだ、おそらくファニさんは、かまどに火をつけて、野菜の皮をむいて、アイロンをかけていた。

しばらくしてまた出てきた。ファニさんは別の問いに変えて同じやり方をし、僕らを放っておいたまま家の中へ家事をしに戻った。

道を通りがかる人たちは、教会の入り口を通り過ぎるときに捧げるのと同じ、そうでなければ葬列とすれ違うときと同じ敬意をもってこっちを見ていった。この光景がファニさんに対する町全体の尊敬をさらに高め、彼女の地位をさらにおそるべきものにするのと同時にうらやむべきものにもするように思えた。

稽古は、あたりが暗くなって、ファニさんが本を読めなくなるまで続いた。本を読めなくなると、稽古を終わらせるために僕らが円になっているところに戻ってきて、長い夜のお祈りを指揮した。このお祈りの中身は、盛りだくさんな食事にでもたとえられそうなもので、心地よい前置きとともに、多少長かったり、僕の好み通りに多少難しかったり、多少中身のあるものだったりした。そしておしまいの連禱はまさにデザート、食後酒でもあった。

しかしその翌日、すべてがすっかり変わった。

ファニさんは前日に稽古で僕らに答えを繰り返させておいて、今度は問答に取りかかった。その晩は鞭を手に現れた。僕らが前日の晩にたどたどしく繰り返した内容をすっかり忘れていなかったとしても、ファニさんの威圧感と、絶対に叩かれるという恐怖心で、どれだけ頑張っても思い出すことはできなかっただろう。

たとえば悔悛について質問されて、僕は「悔悛というのは秘蹟で……」と始めたけど、黙りこんでしまい、目がくらみそうになるたびにそう繰り返した。僕はむしろ、頭や背中にとどめの一発をさっさと食らうのを望んでいた。というのも、答えを探しているふりをするあいだ不安と苦痛にさいなまれるのは、肌を鞭で打たれるよりもつらかったからだ。

僕はその状況から解放された。ファニさんは僕を鞭でこつこつ叩きながら答えを言って、僕はそれを五十回繰り返すことになった。そしてファニさんは次の子に取りかかった。

僕らの中で逃げ出す者はひとりもいなかった。

そして翌日の晩になっても、僕らはできるようになっているわけではなかった。

それでも僕はこの教理問答の稽古で一番悲惨なほうではなかった。何人かの子供は物覚えが悪くて、親たちがファニさんにまかせた子だったりすると、脚から血を流して帰ることすらあった。

ジョジョはそのうちのひとりだった。


教理問答を習っているということで、僕らは四旬節のあいだ毎週金曜日に教会で行われる共同の祈りを義務づけられた。それでファニさんの家に行く代わりに、僕らは小さな教会の前に集まった。そこにはとりわけ女の人たちが集まっていた。クール・フュジの女の人はほとんどそこにいた。マン・ティヌがその場にいないわけがなかった。マン・ティヌは仕事着のままだったけれど、身だしなみのために腰周りの帯を外して、肩掛けをしていた。

お祈りが六時に始まった。司祭は姿を見せなかった。信仰に篤《あつ》い人たちが一列目の席を占めていた。

聖体拝領台のすぐ前には祈禱台が三つ立ててあって、毎週日曜日に司祭を補佐する年老いたポポルさんと、ファニさんと、マダム・レオンスがそこにひれ伏しに行った。町では、このマダム・レオンスはお祈りがとても上手というので評判だかららしかった。

もっともマダム・レオンスを見かけたのはそのときだけだった。

教理問答に通っていた僕らは、いつも日曜日には僕ら専用になっている小さい長椅子に座らなかった。列席者たちは日曜日の人だかりとさえ比べものにならないほど多かったから、僕らは普通の長椅子に座った。

お祈りを始めたのはポポルさんだった。ポポルさんは、それほど大きくはないけどかなり厚みのある本を読んでは手を合わせ、まぶたを閉じてお祈りを唱えた。みんなひざまずいて手を合わせ、うつむいたままで聞いていた。ポポルさんがゆっくりした声でつぶやいているのを聞いているうちに、声が少しずつ僕の中に入りこんできて、頭の中であの世の光景になった。ラッパを吹く天使や白くおとなしい羊の群れ、聖者たちの行列が青、赤、黄、そして金色の長い服を着て……

次にマダム・レオンスの番に……

なんてことだ。マダム・レオンスの番が来るころにはすでに暗くなりはじめていた。その近くにはろうそくが一本ともっているだけで、父なる神のランプが教会の真ん中に一本の細い光を放っていた。最初、僕らはじっとしたままでいたけれど、緊張の糸が緩みはじめた。

その上、マダム・レオンスは僕らが笑ってしまいそうな声でお祈りを唱えた。「狂ったヤギの鳴き声」だとミシェルパンスが言った。あるいはナニズが「ニワトリがたまごを産み落とすときの声」だと言った。

信仰に篤い人たちも、大半が一日の長い仕事で疲れていたのと、しばらく黙ったままじっとしていたせいで体がだるくなった。眠気でぼうっとして、頭をこっくりこっくりさせていた。暗くなったのをいいことに、僕らは笑いたくてたまらなくなった。まだ一言も言葉を交わしていないのに、噴き出す声がすぐ近くで聞こえた。僕はこらえられる限り、拳を握り締めて、唇を噛んで、骨が砕けるぐらいに体をこわばらせて、笑いをこらえた。

突然お祈りは調子を変え、マダム・レオンスの声が止まり、列席者は重々しく歯切れの悪いつぶやきを続けた。僕らは不意をつかれ、列席者のつぶやきが十分に充満していたこともあって、危険を冒して笑い声を漏らし、声を大にして笑った。

そこからもうこらえ切れなくなって、なんら特別なわけもなく僕らは笑っていた。聞こえてしまうという不安も、たとえ薄暗い中で黒い肌をしていたとしてもすべての聖人たちに見られてしまうに違いないという恐れさえ、笑いを抑えることはできなかった。

ときどき口まで上ってくる大きな笑いを噴き出すまいとこらえていると、僕らの中で誰かひとりがおならをした。そのせいで我慢の堤防が決壊して、みんなの嘲笑が洪水となった。

すぐさま厳罰が降りかかった。鞭を忘れず持ってきていたファニさんは暗がりの中、手探りで背中に鞭をふるった。頭を伏せる時間がなかった者には、顔に大きな一撃が入った。そして耳をつまんで見せしめをふたり連れていくと、聖体拝領台の前でひざまずかせた。

最後に式の終わりの係がファニさんに巡ってきた。

ファニさんは手早くひと言ふた言つぶやくと、象牙の塔、黄金の家、朝の星、動物や聖人たちの名前、特に聖女たちの名前といった言葉を長々と列挙しはじめた。ファニさんが知っている聖女の名前の数は、プチブールの住民の数よりも多かった。それぞれの名前のあとに、僕らの薄ら笑いを覆いつくすような低い声で全員が「我らのために祈りたまえ」と答えた。

それからしばらくしたある晩、教理問答の稽古から帰るとマン・ティヌの寝室に近所の人たちがいた。床の上には、着古した仕事着で足に泥が跳ねた跡をつけたまま、マン・ティヌが目を閉じて横たわっていた。ときおり口からうめき声が漏れていた。

「あんた、自分は親不孝者だって自慢できるだろううね」デリスさんが言った。「自分のお母さんが死にそうになって帰ってきたというのに、家にいないなんて……」

どれだけ教理問答に行っていたと言っても、遊んでいたのだろうとみんなに責められた。

それにしてもマン・ティヌはどうしたんだろう。煎じ薬を飲ませたり、毛糸の毛布をかけるようにと話したり、カナリのふたみたいに汗をかくようにと熱い煎じ茶を飲ませたり。僕はラム酒とやわらかいろうそくを買いに行かされた。戻ってきたときも相変わらずカップや椀、壺や葉っぱ、薬用の花を持って、人が出入りしていた。

火を焚いてお湯を沸かすと、マン・ティヌの汚れた服を脱がせて、カリブかごの中に入っていた白いシャツに着替えさせるというので僕は外に追い出された。ランプがともされた。

あとになって、デリスさんが晩ご飯を持ってきてくれた。

みんなが行ってしまうと、やっとマン・ティヌに近づいて「ただいま、マン」と言うことができた。深く眠っているように見えるにもかかわらず、マン・ティヌはうめき声をあげて目を開け、こう言った。

「ご飯は食べたかい」

「うん、マン・ティヌ。病気になったの」

「ああ、坊や《イシュ》」とマン・ティヌは言った。「あんたの母ちゃんは具合がよくないんだよ。体は疲れて骨ばっかりで」

何も言うことがなくて、長いあいだベッドのかたわらで、横たわったマン・ティヌの胸が上下するのをながめたり、なんら苦しんだ形跡もなく、ただもう精根尽き果ててしまっているらしい顔を見つめたりしていた。

石油ランプがテーブルの上で光りながら煙を立てていた。マン・ティヌの漏らす息の間隔が長くなっていくと、胸が痛んだ。マン・ティヌは寝ていたのか、ずっと朦朧《もうろう》としていたのか、わからなかった。ところが突然目を開けて、足元に僕がいるのを見ると、マン・ティヌは言った。

「まだそこにいるのかい。足を洗って敷物を広げて寝なさい」

その晩、僕は外に出るのが怖かった。外に足を洗いに行かなかった。毎朝部屋の隅に押しこんでおく、塊になったボロ布を取って床板の上に広げた。そのまますぐに寝ようとしたところ、マン・ティヌの声がした。

「服を脱いで寝巻きに着替えなさい。お祈りも忘れるんじゃないよ……」

翌日の朝、おばあちゃんは横になったままだった。近所の人たちがコーヒーを入れたポットや煎じ茶を入れた椀を持ってやってきた。マン・ティヌは仕事に出られそうになかった。

僕は気がかりになって、頭を抱え、もどかしくすら思い始めた。というのもデリスさんに（あんな足をしていながら誰よりも献身的だった）難しい名前の薬を、ほとんど近所の人全員のところへもらいに行かされたし、最初の鐘が鳴って学校に行く時間になっても、おばあちゃんが病気だから近くにいなければならないとデリスさんに言われたからだ。

数日間、僕は学校に行かなかった。部屋の中、マン・ティヌのそばで一日を過ごした。マン・ティヌが枕元に置かれた箱の上の煎じ茶のポットを手で探ると近づけてあげ、飲み終わったときは器を手から取って、頼まれた物を持ってこられるようにいつも準備していた。

マン・ティヌが寝ている様子のときはこっそり外に出た。それでも呼び声が聞こえるように、戸口からすぐのところで、サトウキビ畑でしていたような他愛ないことをして遊んだ。

朝昼晩と近所の女の人が来てマン・ティヌの看病をした。ありとあらゆる種類の植物をたくさん持ってきて、その人たちはときどき煎じ茶や煎じ薬について、ずいぶん大声で言い合いをしていた。

デリスさんはいつも、マン・ティヌにトロマンのおかゆを持ってくるとき、僕の晩ご飯も一緒に持ってきてくれた。

数日後、看病でかなり大切な役を果たしていたデリスさんは、ベッドのかたわらに集まった女の人たちに、「占い師《セアンシエ》」がマン・ティヌは暑いからと冷たい水を飲んだせいで肋膜炎にかかったのを「見た」と説明した。

みんな気を落としている様子だった。デリスさんは町にいるお母さんに手紙を書くように勧めた。けれど、つい先日いくらかお金を送ってきたばかりだから遠慮がないと思われる、それに自分の仕事を離れて無駄に見舞いに来ることになるだけだからとマン・ティヌは言い訳して、もう少し具合がよくなるのを待ったほうがいいと手紙を送るのを嫌がった。

その一方で、マン・ティヌは毎晩うなされていた。すでに何日もタバコを吸っていなくて、息が詰まると漏らしていた。

デリスさんは吸い玉を当てるようにと言い出した。プチブールでおそらく吸い玉を当てるのが一番うまいアシオニスさんが、マン・ティヌのわき腹を少し傷つけてから小さなヒョウタンをくっつけた。アシオニスさんは、マン・ティヌの血がもう水に変わっていると言った。

そしてひどく興奮気味に人が部屋を出入りして、あれやこれやと騒いだ日のあと、女の人たちは長い竹に縛りつけたハンモックを持った男たちを連れてきた。嘆いて泣くマン・ティヌは、ハンモックにくるまれた。

「行かないとだめよ」デリスさんがマン・ティヌに言った。「治さないと」

マン・ティヌはハンモックに寝かされ、竹の端は男の両肩に乗せられ竹の上からかぶせたマン・ティヌをくるむシーツの端が、ところどころたなびいていた。

そのとき、マン・ティヌが大きな声で泣きながら僕を呼んだ。

「ジョゼ、ジョゼ……」

「ジョゼ！」僕は呼ばれた。「お母さんにさようならを言いに来なさい」

シーツの端をめくると、マン・ティヌは冷たくなった手で僕の顔を包み、涙で濡れて凍りついたような顔に、僕の頬を押しつけた。

そしてもう誰も僕にかまうことなく、みんなでハンモックの周りに列を作って袋小路を通り過ぎ、表通りにたどり着いた。

僕は戸の敷居のところにいて、どっちのほうへおばあちゃんが連れていかれたのかを確かめることさえ思いつかなかった。

つまりマン・ティヌは死んだのだ。それでもメドゥーズさんは……もしかしたら死に方にもいろいろあるのかもしれない……マン・ティヌはまた戻ってくるだろうか。もう会えないのだろうか。デリスさんは、具合がよくなるだろうと言ったのだが。ああ……

クール・フュジに多分たったひとりだけ残ったメゼリさんは僕を見つけてやってくると、僕の顔に手を当ててこう言った。

「ジョゼ、かわいそうな子！」

僕はメゼリさんに体を寄せてむせび泣いた。

メゼリさんは僕を自分の家に連れていき、冷たい水を飲ませてくれて、パンもくれた。

「来週になったら、お母さんは帰ってくるからね。病気を治すために病院に連れていかれたのよ。治って帰ってくるから」

デリスさんが足を引きずって、やっとのことで帰ってきた。必死に足を引っ張っているみたいだった。デリスさんから、マン・ティヌはサンテスプリの病院にいると説明された。

デリスさんは洗い物をすませ、部屋をきれいに片づけ、ご飯を作ってくれて、夜になったら自分の家に来るほうがいいか、ひとりでマン・ティヌの家で寝るほうがいいか、僕に聞いてきた。僕は自分だけで寝るほうを望んだ。

「怖くないかい」デリスさんが言った。

いいや、マン・ティヌは死んでしまったという懸念はなくなり、もう何も気がかりではなかった。それで僕は、愛情いっぱいの気持ちでマン・ティヌのベッドに身を寄せた。

デリスさんが僕の世話をかって出てくれて、ご飯、着替え、着る物の洗濯をし、ときどき相手もしてくれた。泥だらけになったり、デリスさんが仕事から帰ってきたときにクール・フュジにいなかったりすると叱られることもあった。マン・ティヌが行ってしまった翌日から、デリスさんは僕をまた学校に通わせた。

僕はジョジョにだけ悩みを話した。自分をさいなむ不幸のせいで、自分はジョジョと対等だという、ある種の自負を感じていなかったかといえば、僕にはわからない。

それでも、マン・ティヌが当分いなくなるだろうということはすぐにわかった。

僕は息苦さを感じはじめた。どうしてだかわからないけど、急にクール・フュジの人たちにまるで厄介者みたいに扱われていると感じたからだ。僕のことを見かけると、みんな僕をおつかいに行かせた。僕がよく言うことを聞くのをいいことに。親切につけこむ人こそ、僕のことを見くびっているように思えた。

週の終わりの前にあたる金曜日になっても服を替えていなくて、垢だらけでひどく汚らしくて自分でも恥ずかしかった。それにいつも腹を空かせていた。消えることのない空腹。夜、晩ご飯を食べたあとでも、食べた分の二倍か三倍はまだ食べられたかもしれない。幸いなことに、眠気のおかげで空腹を忘れることができた。その代わり、朝、目を覚ますときには、その分もっと腹が減っていた。砂糖のたっぷり入った薄いコーヒーで混ぜたマニヨック粉もなく、ブリキの器の底に残ったわずかなコーヒーと、前日の夜に炒めたり朝に熾火《おきび》であぶったりした野菜だけだった。その上、朝は特に、果物を探しにオーモルヌを駆け巡る時間がなかった。

教室に入るやいなや、何か食べたい、マニヨック粉と甘いコーヒーを大きな器に入れたものを手づかみで味わいたいという欲求にかられた。

それは、先生がちょうど朝ご飯を用意しに行くときだった。

本を読む授業のあと、先生は作文の課題を与えて、僕らが作文をやっているあいだ、自分は部屋に行って大きな陶器の椀に大きなパンの塊をのせたトレーを持って戻ってくるのだった。

先生はパンを器の中で小さくちぎる。パンは黄金色をしていて指の中で乾いた音を立て、小さなくずがきらきらと光って落ちるのを、僕は我を失って拾って食べそうになった。そして銀でできた小さなスプーンを器の中に入れ、とろりとしたバニラのにおいがする、きっと砂糖がいっぱい入っていておいしいに違いない、牛乳がいっぱい入った茶色いココアのしたたるパンを先生は口に持っていく。

僕は書く手を止める。先生を見つめる。美しいスプーンを持つ手は、ほっそりしてきれいだった。髪がきれいに結ばれている。肌の色は明るく、少しおしろいをつけてビロードみたいなつやがあり、目は澄みきっていて穏やかで、スプーンを持っていくときかすかに開ける口は特に美しく、一番残酷でもあった。

それにピンクと青の花が描かれた白い陶器の器、銀製のスプーン、光沢のあるマホガニーの盆。こういったものすべてが、この朝食の味を完璧にするに違いない。その分どれだけ僕の苦しみが増すことか。

本当にこのミルクココアを味わいたいのだろうか。そんなものはこれまで一度も口にしたことはない。そんな朝ご飯にありつくのにはまだふさわしくないのかもしれない。ときどきマン・ティヌは生のカカオを使って水ココアを作ってくれた。おかゆの材料のでんぷんを加えてとろみをつけたり、器に入れたマニヨックの粉にかけてくれたりすることもある。

でもお腹が減って、胸が痛くなり、手が震えて、物を書くこともできない。目が回る。

先生のミルクココアを目にしたことで、もう苦痛しか感じられないほどに苦しめられる。実際にひとたび先生が食事を終えて、盆を部屋に持って帰り、戻ってきて椅子に座って「直すからノートを持ってきなさい」と言うと、僕はもうお腹が空いていないことをはっきりと感じる。

それでももう少しあとになってまた空腹を感じるようになると、それを和らげる幻覚は、バニラの香りのするミルクココアの入った大きな器にパンという形で現れた。そんなものをデリスさんに期待することはできなかった。どう頑張っても、デリスさんがこれ以上僕に食べさせるのは無理だとわかっていた。僕はデリスさんのことがすごく好きだった。その化け物みたいな足のことがもう気にならないぐらい愛着を感じていた。

これと同じ時期にジョジョにふりかかった大きな不幸が、僕自身の悲しい境遇を数日間忘れさせた。グラシユズさんが町を離れ、プチブールの反対側にあるシャサンにヤマイモとサツマイモの大きな畑を持っている男の人と一緒に行ってしまったのだ。

義理のお母さんはジョジョに泣くなと言った。

ある午後、ジョジョが家の片隅で隠れて泣いているのをメリさんが見つけて大声で言った。

「まあジョジョは泣いたりしてどうしたのかしら」

そこで義理のお母さんであるジュスタン・ロック夫人は、お父さんが帰ってくるまで罰としてジョジョを閉じこめた。

ジョジョのお母さんも、死人や病院に入った人みたいに遠くに行ってしまったのだ……

こういった悩みごととは裏腹に、僕らは夕暮れに夢を語らって楽しんだものだ。

「僕が大人になったら、お父さんもママン・ヤヤも死ぬだろう。僕は工場長になる。お父さんよりも立派な自動車を買って、マン・グラシユズを迎えに行って、立派な家を建てて、一緒に住むんだ。でも僕はマン・ヤヤみたいな意地悪な女とは結婚するつもりはない。それよりお母さんと一緒にいるほうがいい」とジョジョは言っていた。

「僕は大きな土地を持つんだ。このあたりの田舎全部くらいの大きい土地さ。サトウキビは植えない。少しばかりおやつにする分は除いてね。サトウキビってのは吸うとおいしいからね。僕は自分と一緒に野菜や果物を植えたり、ニワトリやウサギを育てたりする人を雇うんだ。仕事をするときでも破れてない半ズボンや上着を着て、日曜日には立派な服を着て、子供たちは学校に行けるようにする。マン・ティヌはまだ死んでなくて、ニワトリの世話をしてたまごを集める。マン・デリアが家事をするんだ」

僕は本気でそう夢見ていた。それでもジョジョは悪意もなく僕に現実を思い出させた。

「でも君にはそんなの無理だよ。君は白人じゃないし、ベケじゃない」

「かまうもんか」

「じゃあ、君のところで働く人はベケと同じぐらいちゃんとご飯を食べて、ちゃんとしたところに住むってわけなんだ！　そうしたらもう黒人はいなくなるけど、ベケはどうしたらいいんだい」

僕は答えに困って、恥ずかしく思い、少し悲しくなった。

マン・ティヌが病院から戻ってきた日、僕は学校に行っていた。マン・ティヌはたったひとりで歩いて帰ってきた。昼にベッドに座って、疲れた表情をしてはいるものの、同時に輝くような顔をしたマン・ティヌを僕は見つけた。僕は驚いた。「マン・ティヌ！」と叫んだものの、敷居に立ったまま、足を踏み出せなかった。

「おいで」マン・ティヌは言った。

僕はうれしさで気が動転して混乱し、こらえきれない涙があふれ出てきて、声をあげて泣きながらマン・ティヌに近寄った。

その年、僕は初聖体をしなかった。マン・ティヌが病気になったからだ。しようがないと割り切ったものの、ジョジョやラファエルといったような仲間が初聖体を済ませたので、自分はおくれをとったように感じた。

子供のためのお祝いや式の数々をあきらめることも同時に学んだ。ちゃんとした服や靴がない。靴がないのは、初聖体をしなかったせいでもあった。特に僕みたいな身分の子供にとって、初聖体が初めて靴一足をおろす機会になっていた。

ジョジョのところに遊びに行けなくなったのはまた別の話だった。ある晩、僕らは軒下でいつものように小さな声で話をしていた。道にメリさんがやってくるのが見えたから、僕らは口を閉じて、いつも通り用心のためにじっとして、顔を伏せてメリさんが家に入るのを待った。

このとき、メリさんは僕らの近くまで来て立ち止まると、ジョジョに尋ねた。

「何を話していたんだい。どうして私を見てびくっとしたのかね」

「何でもないよ」とジョジョは答えたけど、体が震えていた。

「何でもないだって」脅すようにメリさんは言った。「毎晩そこにいる黒人の子と大声で話をしていて（言っておくけれどメリさんは見たところ僕と同じぐらい、あるいはカラス並みに黒かった）何でもないって言うの。ああそうね。奥様にもそう説明するといい」

メリさんが家に入ると、すぐにジョジョのことを呼ぶマダム・ジュスタンの声がする。ジョジョは自分を待ち受けているものが何かわかっている。ああ！　ジョジョは泣きながら駆けていく。

実際、ジョジョが僕から離れてすぐにわめくような泣き声が聞こえた。怒りと恐怖で張り裂けんばかりの泣き声だったから、僕は軒下から家の向かいの道に出て、中で何が起こっているのか見ようとした。もしかしたらジョジョが尻叩きのあとで戻ってこないだろうかと期待した。

幸いなことに僕は立ち上がっていた。メリさんが手に鍋を持って廊下から出てきて、僕が道にいるのを目にするとこう叫んだ。

「お前は運がいいね。水をぶっかけて、わざわざ他人様《ひとさま》の子に悪いことを教えにくるんじゃなくて、ちゃんと自分の母ちゃんのところにいるようにって、わからせてやろうとしたのに！」

あの嫌な女に僕らがなんと言われたかを知るには、翌日、学校でジョジョを待たなければならなかった。

「メリさんは、僕が君とクレオール語でばかりしゃべって、君から下品な言葉を教わっているって言いつけたんだ」

ジョジョは義理のお母さんのマダム・ジュスタンにお国言葉ではしゃべらないように言われていて、それに従っていたから、言いつけを破るときにはできる限り声を小さくしていた。

そのくせメリさん本人ときたら、お国言葉でしかしゃべれなかった。メリさんがそんな侮辱で僕らのことを悪く言ったのには呆れた。僕らが汚い言葉を大きな声で言っていたというそしりについては、そもそも全部でっち上げだ。マン・ティヌから聞いて僕が固くそう信じている通りに、大人というのは決して嘘をつかないものだとすれば、ますますメリさんが忌々しく思えた。

それからというもの、ジョジョは僕と遊ぶことを禁止された。ひとりも学校の友達がいないのは、ジョジョには相当こたえた。僕は最初それが心苦しくて、気分が悪くなるほどだった。でも僕は仲間にはこと欠かなかった。最初に友達になったのも、新しくなったのも。たとえばオドネとかだ。

オドネはオーモルヌに住んでいて、お父さんが馬を飼っていた。

放課後にオドネがしていた仕事は、昼には水を飲ませるために丘の反対側のふもとにある池に馬を連れていって、晩にはその馬のために道沿いの草を刈りに行くことだった。

僕はオドネと一緒に行って手伝いをした。

水を飲ませに行くとき、僕らはふたりとも馬の背中に乗って、晩には草を集めながらグアバや他の野生の果物を見つけた。

馬の世話で一番楽しかったのは、日曜の朝、水浴びをさせることだった。僕らは朝早く起きて、馬にまたがりジェニパの小さな湖まで連れていかなければならなかった。日はもう昇っていたけれど、まだあまり暑くなかった。

その日はポワリエのプランテーションで仕事をする人たちがほとんどみんな、水に入ったり、農園監督や会計役の馬に水浴びをさせるために来ていた。その機会を利用して、着古した仕事着を洗う人もいた。それぞれ自分の馬に乗って、水の中に入れた。馬は入っていくといったん水中に消えて、それから頭を上げて泳ぐのだった。馬にまたがる男の人の上半身が水の上に出ているのを見ると、バーミセリの箱に描かれている、半分馬で半分人間の姿が思い出された。

馬が岸に戻ると、男の人は馬から下りて、束にした藁で馬をごしごしこすり、汚れを落とすためにもう一度水の中を一回りしに行った。僕らも自分たちの馬に同じことをした。

鼻息を吐きながら泳ぐ馬に乗って水に入るのは気持ちがよかった。昇っていく太陽の下、肌に触れる水が心地よかった。

大人の黒人たちが裸になって立派な馬の隣に立つ姿が湖の水に映っているのほど、素朴で美しいものを見たことがなかった。

僕は学校で一番優秀な第一クラスに入った。女の先生ではなく男の先生になった。

先生はこの町の出身で、島のあちこちで勤めたあと、ちょうどプチブールの学校の校長に任命されたばかりで、町の住民の自慢だった。

ジョジョは相当焦ったに違いない。学校の先生はジョジョのおじさんにあたる人で、お父さんの兄弟だった。名前はステファン・ロックといった。

生徒たちのあいだに、この先生は「わからせる」のが得意で、強く殴るという噂がすぐに広まった。

この先生は竹の鞭でぶったり、手の平を定規で叩いたり、耳を引っ張ったりするのではなかった。自分の手で叩いた。平手打ちするのだ。

それが僕ら十一歳の田舎者の目には、学校の校長である以上に印象に残った。

先生は茶色く焼けた肌をして、背がとても高く、先がとがってピカピカに光った靴をはいていた。ピンとまっすぐにタックが入ったウエストの絞られた白い生地のズボンをはき、同じ生地でできた上着の胸の小さなポケットを金の時計の鎖が飾っていた。背筋を伸ばして、険しい表情をした顔は大きく、白い歯のあいだにはめこまれた二本の金歯、黒い口ひげ、鼻眼鏡にカンカン帽が特徴だった。

ステファン・ロック先生の手は大きくて分厚く、爪はアヒルのくちばしみたいに頑丈で筋が入っていた。黒板にものを書くといつもチョークが折れた。

こんな手で平手打ちされたら痛いに決まっている。

先生の口から出る声はとても小さかったのだけれど、その声を聞くだけで、気をつけるようにと言われているみたいだった。

それでも僕らがロック先生に最初に持った感情は、愛着と尊敬に満ちた憧れだった。学校で「上級生」になった僕らにとって、そんな先生に教わるのは誇らしく、同時に先生を恐れるというのは意にかなったことだった。先生が教えることはすべて、たとえ難しいことであっても、やる気をふるい起こし、興味を引くような方法でなされた。

とはいえ、数日経つと、もしかしたら誰にとってもそうだというわけではなくなったかもしれない。先生は生徒がそれぞれどの程度できるかを調べ、学校が始まる前に聞いていた生徒の評価を確認していった。

僕らはすでに平手打ちを食らっていた。僕は過去分詞の一致のときに平手打ちを味わった。ミシェルパンスは問題を解くのは得意だったけど、綴りを間違えて毎日平手打ちを食らった。ラファエルは相変わらずおしゃべりが理由だった。ジョジョは何かにつけてだった。先生はジョジョに毎回課題を繰り返させ、質問し、ひっきりなしにノートを見に行った。そのたび、首の後ろや耳に平手打ちが数発飛ばずに済むことはなかった。ジョジョは常に体を震わせていた。

学校で一番出来が悪くて、やる気がないのはジョジョであるようには思えなかった。でも先生はわずかな失敗でもジョジョを駄目扱いして、すぐに平手でひっぱたいた。

僕は、筋の通った理由もなしに先生がそんなふうにジョジョを殴るのは身内だからだと思った。それは間違いではなかった。あとになってジョジョ自身が打ち明けたところによると、お父さんと義理のお母さんが、たくさん勉強させて、できなかったときは殴るように学校の先生であるおじさんに頼んでいるせいらしかった。

常に先生から特別に目をつけられていたジョジョがあらためて、うらやましいというよりもむしろかわいそうに思えた。

以前のように晩に会っていたとしたら、ジョジョは自分の好きで住んでいるわけでもなく、いつも殴られることがわかっていながらいるお父さんの家と、毎日少なくとも平手打ち十数発が降りかかる学校で、板挟みになっていると語ったことだろう。でも僕らの学校での関係は、言ってみればジョジョのお父さんの家の軒下で話をしていたときや、休み時間に馬鹿騒ぎして遊んだときや、お互い当たり前のように一日を過ごしたときほど親密なものではなかった。それに、遊んだりはしゃぎまわったりできるときにわざわざ悲しい話をする子供なんているだろうか。僕は、ジョジョが落とし穴にはまったときや、おじさんである先生の重い手で張り手を数発顔に食らって泣いているときに、笑っていることさえあった。

実を言うと、僕らの日常は変化していた。ただ僕らの先生がいるだけで、学校に何か男らしいものがもたらされたというところだろうか。僕らには覚えなければならない教科があった。ノートもきれいにとらなければならなかった。大切に扱わなければならない学校文庫の本がたくさんあった。新学期が始まってからというもの、すべてが、ロック先生の平手打ちに対する恐れと、先生や親たちから叩きこまれた不安にとらわれていた。初等教育課程証明の試験だ。

僕に限って言えば、初聖体というもうひとつ心配の種があった。

僕はきっぱりとファニさんの教理問答の稽古をやめた。前の年に初聖体をして、今や聖歌隊に入ったラファエルが教理問答書を貸してくれた。僕は夜遅く石油ランプの明かりで、ひとりでやれるかどうか心配しているマン・ティヌを安心させるために、大きな声を出して勉強した。

その他は何も変わらなかった。

僕らは相変わらず気晴らしに遊んでいたし、それまで好きだったものは相変わらず全部好きだった。ときどきその報いがないわけではなかった。マダム・セケランの家の近くのマンゴの木に石を投げてトタンを破り、みんなで弁償する羽目にならなかっただろうか。ミシェルパンス、エルネスト、オドネと僕は、まだ刈り入れ時期でもないときに畑でサトウキビを切ったのを、ある日プランテーション管理者に見られて、親がそれぞれ十五フランずつの罰金を支払わされなかっただろうか。それにこのミシェルパンスは藪の中にツタリンゴを取りに行ったときに負った傷のせいで、何カ月も足を引きずっていなかっただろうか。

僕らは楽しくなることをして、説教や折檻を受けながら、毎日が充実しているのを感じていたのだ。

天気のいい夜には月明かりの下で遊んだ。

月に照らされた夜、それは村では夜のお祭りみたいなものだった。

晩ご飯のあと、みんな家の前に座っていた。椅子に座っている人もいれば、そのまま敷居に座っている人もいた。グループに分かれて物語をしたり、「ティムティム」をやったりした。独り身の人たちは声を出して歌ったり、鼻歌を歌ったりした。つき合っている相手がいる人たちはふたりで道を歩いていた。

子供たちは、遊び場になりそうな場所ならどこにでも集まって、大騒ぎしながらねり歩いた。こんなことをしながらずいぶん夜もふけたころ、町は月明かりを祝った。月が出ているときにしかしない話や、昼間や真暗闇の夜ではなく、月明かりのときにかしない遊びがあるみたいだった。

ときどき、どこで吹いているのかわからないフルートの音が（オーモルヌにあるトイさんの家のほうからだろうか。クール・フュジの反対側にあるマメスさんのところのほうからだろうか）澄んだ空に銀の糸みたいに流れこんできて、月の光が長いため息をついたかのように柔らかに広がった。どんな音も、この竹のフルートの音ほど月の明かりに似つかわしいものはなかった。お祝いであると同時に、物思いにふけったような夜に吹かれるこのフルートは、誰かしら黒人の小さな男の子が小屋の敷居に座って吹いていたのだろうか。なかなか想像がつかなかった。

僕はかなり騒ぐほうだった。お母さんの隣でぼんやりしながら、淡い青色をした空を進み、揺れたり音を立てたりしないで雲の流れを通り過ぎていく月を見ていることなんてできないような性質《たち》だった。

僕は以前通っていた「小さい子」の学校近くの教会の前に集まった、熱にうかされたような集団の中にいた。その中にたくさん女の子がいたときは、輪になって遊んだ。手をつないで作った輪がとんでもなく大きくなっても、僕らは手をしっかりと握っていた。数えきれないぐらいの人数で、小鳥が飛ぶように軽やかに、今まで一度も教わったこともない歌を歌った。月が明るくて、大勢集まってうれしくなって、歌を歌うのだった。

それから僕らは、垣根の下にじっと隠れている動物を手で探ったり、お互いに肩を寄せ合って座って「ブーリン」をし、かくれんぼをして少し走ったり、ボロ布を詰めたものでお互いを叩きあって遊ぶ「袋叩き」をした。

もしひとりまたひとりと親に呼ばれなかったら、僕らは間違いなく明るくなるまで遊び続けたことだろう。僕らは遊びながら、あるいは歌いながら水汲み場まで行って、足についた汚れを落とし、家に帰った。

そうこうするうちに初聖体の時期が来た。ファニさんのところには通っていなかったものの、僕は教わったことをまだ全部覚えていた。

マン・ティヌは熱くなって次の初聖体のことについて独り言を言い、計画を気にかけるのだった。黙想会に入るための白い揃いの上下がひとつ、罪の赦《ゆる》しを受けるためにもうひと揃い、ズボン、白い靴下、ハンカチ。そして特に聖体拝領者の服。ピケ地の揃いの上下、絹の腕章、白い藁の帽子、手袋、ろうそく、靴。全部雪のように真っ白な衣装だ。それは白い聖体のパンを口にするのに欠かせないものだったのだ。

こんなにもたくさんの物や生地や服が自分のために。僕は死ぬほど物欲しさを感じて、待ちきれなかった。でも、どうやったらマン・ティヌがこれら全部を手に入れることができるのか、見当がつかなかった。確かに、親が畑や工場で働いていたとしても、初聖体をした連中でそれ以外の格好をしているのは誰もいなかったけれど。

実際マン・ティヌは手紙を書くだけではなく、フォールドフランスに行ってマン・デリアをつかまえ、僕が初聖体をするのだということをわからせると言っていた。マン・ティヌは、神様が助けてくれるだろうと固く信じているようだった。

ああそうだ。年老いた黒人だったり、貧しい母親という部類の人間は、身にまとったボロ着の下で鳴る胸の中で、垢を金に変える力がある。土がこびりつき、汗をかいて空っぽの手で、この上なく貴くてけがれなき現実を花開かせる力がある。というのも、毎週日曜日になると、マン・ティヌはサンテスプリから帰ってくるたびに生地となる布や靴下をすでに持ってきていたのだ。

前もって長々と口にしたあと、急にマン・ティヌは僕を連れて代母に会うことに決めた。代母がいる限り、子供は挨拶の接吻をしに行かなければ、初聖体をするものではないからだ。

自分の代母と会ったことは一度もなかった。その人がマダム・アメリウスという名前で、トルオシャの町の向こうにあるクロワリヴァイユと呼ばれる田舎に住んでいることは知っていた。

ある日の朝、僕たちは家を出た。それは復活祭の休みだった。何か用事があるとき、悪魔のせいで寝坊してしまわないように、マン・ティヌは前日の夜はしゃべらないことにしていた。僕にもしゃべらないように言った。そして僕たちは朝早く出た。朝露で濡れた小道を通って、草原や眠そうにしている牛の群れを横切った。丘をいくつか越えた。僕たちが通り過ぎた農園では、犬が吠えてニワトリが鳴いていた。口も利かず、マン・ティヌは前を歩いていった。濡れた草のせいでスカートがまくれあがっていた。僕ははだしでその後ろを小走りでついていった。

太陽が輝くころ、何年も会っておらず、もしかしたら僕が洗礼を受けた日から二回しか会っていない代母のことを思い出して、マン・ティヌは話を始めた。マン・ティヌは、長いあいだ知らせがないせいで再会できるかどうかわからないクロワリヴァイユの住人たちの名前を挙げた。

僕たちは午前中のあいだずっとそうやって歩き、僕はもう少しで倒れそうになった。お腹が空いて、喉が渇いて、脚が棒みたいになっていた。ところどころにマンゴの木が屋根を覆っている小屋があり、小さな畑に区分けされたところにたどり着いた。そこがクロワリヴァイユだった。

子供たちが家の前に集まって立っていた。ときどき男の人や女の人に会うと、マン・ティヌはマダム・アメリウスの家に向かう道を尋ねた。みんなそれはすぐそこだと言った。行く道を示してくれるので、僕たちはまた歩き出した。それでも道を突き当たって、谷を渡り、丘を登って、大きなカカオの木のじめじめした陰を通り抜けても、また道を聞いて歩かなければならなかった。

代母は、黒人のやせたおばあさんだった。

マン・ティヌがいい人だと独り言で言っていたわりには、代母は贈り物をくれなかった。代母は僕にキスをして、僕が大きくなったのを見て、もっと前に連れてこられなかったのかとマン・ティヌを責めた。ヤマイモと油につけたタラと、僕が嫌いなゴンボ〔原註：アスパラガスの一種〕の昼ご飯を勧められた。代母は終始身の上の不幸を話していた。

マン・ティヌに最後に会ってから、代母は旦那さんと一番上の娘と兄弟のジルデウスをなくした。代母はずっと家族の病気と立て続いた悲しみを語り、残された財産をめぐって起こった騒動のことを話した。

マン・ティヌが、僕が初聖体を迎えるのだと伝える番になると、その知らせを受けた代母は、それがまるでこの上もなく悪い巡りあわせであるかのように声をあげた。

「アマンティヌ、でもどうして私に知らせるのがこんなにも遅れたの……なんて巡りあわせが悪いんでしょう。私の代子に立派な贈り物をできただろうに。たとえば初聖体の衣装だとか。今になって連れてくるなんて！　あと残り二週間でしょう！」

そのことついてはさほど代母が咎《とが》めなかったにもかかわらず、マン・ティヌは弁解してばかりだった。

僕への贈り物にふさわしいものは見当たらなかった。代母は残念だと言った。

マン・ティヌがいとまを告げようとしたとき、代母がブリキの箱に穀物をひとつかみ入れて、外に出てそれを振ると、家の前に数えきれないほどのニワトリが集まってきた。代母は一羽のニワトリの足をそっとつかんだ。代母はニワトリを撫でると、同情のこもった声でずっとこう言っていた。

「うちには何もないから、私の代子に贈り物できるものは何もないから、ティヌ、ほら。このニワトリをあげるわ。もし初聖体の日のごちそうにフリカッセにしなくても、立派な雌鶏になってたまごをたくさん産むようになるから。それにもしジョゼに運があれば、いつかこのニワトリが牛一頭と同じぐらいのものをもたらしてくれるかもしれないからね」

代母は秣《まぐさ》を一束抜くと、ねじってニワトリの足を結んだ。まだ何か僕に贈り物できるものがないか探し、ココナッツを見つけると、砂糖漬けを作ってあげるようにとマン・ティヌに言った。それに僕の身支度を整えるため、自分で作ったマニヨックの糊ひと握りも。

僕はすごくうれしかったんだと思う。疲れを感じていたにもかかわらず、こんなふうに一緒に遠出するときはいつも楽しかった。マン・ティヌも満足げだった。遠出するのがうれしかったのだろうか、それとも代母に再会したのがうれしかったのだろうか。代母からの贈り物に満足したのだろうか……僕を喜ばせるためにマン・ティヌは、ニワトリを片手で脇に抱えさせ、もう一方の手でココナッツを持たせてくれた。マニヨックの糊の入った小さな袋は、自分のポケットに入れた。

僕たちは急ぎ足で帰った。マン・ティヌは何度も太陽を見てこう繰り返した。

「太陽が向こうの丘にかかる前にベルプレヌに着かないと」

僕たちは丘の中腹のサトウキビ畑沿いの小道を歩いた。僕は贈り物を抱えているのがうれしくて、歩く元気がわいてきた。一瞬ココナッツを持つ手が疲れて指がつったみたいで、ココナッツが草むらに落ち、丘のふもとに向かって転がっていってしまった。

困惑している僕に、マン・ティヌは見つかるから大丈夫と請け合った。

「あそこまで下りて、茂みの中に探しに行くだけだから」

マン・ティヌが立ったまま待っているあいだ、僕は縛ったニワトリを道の脇に寝かせ、ココナッツが転がっていった茂みに下りていこうとした。直後に、マン・ティヌが叫び声をあげて地団太を踏んだ。ニワトリが逃げた！

草で作った紐が解けたニワトリはバタバタと音を立て、焦って行く手をふさごうとするマン・ティヌから逃げた。

下りかけた道を引き返して、僕もニワトリを追いにかかった。でもすぐにニワトリはサトウキビ畑の中に消えてしまった。

マン・ティヌは長いあいだニワトリを探し、僕自身が迷子になってしまいそうになった。ココナッツのことはもう忘れることにした。

僕たちが町に帰ってきたころには、夜になっていた。

このちょっとした出来事に、マン・ティヌは顔色を失っていた。その晩ほとんど泣き出しそうな声で、僕はまったくつきに見放されたかわいそうな黒人の子だと言いながら、この出来事をくどくど繰り返した。

僕自身はまったく他人事であるかのように知らぬふりを決めこんだ。

翌朝、マン・ティヌが最初に気がついたのは、夜のあいだに服のポケットをネズミにかじられて、入れ忘れたままになっていた糊の小さな袋が食べられてしまったということだった。マン・ティヌは呆気《あっけ》にとられて、そのことについてほとんど何も言わなかった。

ああ、わが麗《うるわ》しき初聖体の思い出よ。

この遠出の話を学校の仲間たちにしたところ、そのうちのひとりが、すぐにこう言った。

「お前の代母は絶対にジャンガジェだ！」

みんな同じ意見だった。僕もそう思った。代母は悪魔みたいな姿で、そのあとも僕の頭の中に残った。再び会う前に、代母は死んでしまったと思う。


ああ、最初の日曜日にあるプチブールの守護聖人のお祭りはそれ以上に激しく、僕とクラス全員の胸をかき乱さずにすむはずがなかった。

日曜日の夜から、おんぼろでやかましい音を立てる一台のトラックが、毎年のように木馬とともに来ていた。午後、角ばって硬く、大きな木片と釘でつぎはぎだらけになり、しみがたくさんついている、花飾りで飾られた小さな回転木馬はここにやってくるあいだ、村から村へ島じゅうを駆け巡り、町のいたずら坊主たちがみんな鼻息を荒くする中、市場に組み立てられ、帆布でできたとんがり屋根がのせられた。そして毎年のようにお祭り前夜にあたる土曜の夜、子供たちは回転木馬に三回ただで乗れることになっていた。

僕らはそれまでに黒人小屋通りで土曜日の夜に感じた以上に喉から手が出るほどお金が欲しくなった。というのも、回転木馬にもう二回か三回乗るために、お祭りの土曜の晩から必要な額（少なくとも十五から二十スー）を確保しなければいけなかったからだ。初聖体があったこの年、マン・ティヌの施しに頼るのは無理だった。さらに他の仲間たちに比べて不利なのは、こんな苦境から救ってくれるような兄弟やおじさんおばさん、代父や代母が僕にはいないことだった。でも僕はずいぶんいろいろと手伝いをしていたので、何人か義理堅い人から必ずや見返りがあるはずだと期待していた。

ラファエルやミシェルパンスといった仲間は、貯金していたことを自慢した。ザリガニを釣ったり、カニをとったりしたのをときどき売ったお金だった。僕は貯金なんてしたことがなかった。自分のお金をみんなと同じようにマカロンやケーキやその他のお菓子に使ったり、とりわけ文房具につぎこんだ。学校で習った詩や歌を書き写すのに、きれいなノートを使うのが好きだった。上等な吸い取り紙をノート一冊ごとに一枚、詩の題名を書くための赤いインクと緑のインク、歌の挿絵のための色鉛筆、バラの模様を書くためのコンパス、消しゴム。マン・ティヌは僕が学校で使うものについては一切口出ししなかった。

一方でマン・ティヌに厳しく禁止されていたので、仲間たちの大半がしていたように大人にお金をせびることはできなかった。それで頭を抱えることがときどきあった。

日曜の朝、マン・ティヌが教会の募金のためにくれたたったひとつの五サンチーム硬貨のことを思い出した。仲間から教わった通り、このときのためにちゃんと取っておいた。

あとでおばあちゃんにこう聞かれた。

「お前お金はいくらあるんだい」

「全然ない」

僕を絶望から救おうと、マン・ティヌは一スー硬貨を差し出して言った。

「わかってるね、回転木馬に乗るためにあげるお金はないからね……いいね、大麦糖を買うんだよ……」

そのしばらくあと、幸運にも偶然道で人に会って硬貨がふたつ三つ増えた。仲間たちの忠告に従って、市の立つ広場、回転木馬の隣にできたゲームのテーブルや掘っ立て小屋の周りをぶらぶらした。ゲームをしたり、酒を飲んだりしている人はときどき知らないうちにお金を落とすものだと、仲間の中でも一番要領のいい連中が言っていなかっただろうか。仲間たちの多くはすでにそうやって、十スーばかりか二フランまでも見つけていた。でも僕には何も見つからなかった。空になった落花生の殻やびんの王冠しか見当たらなかった。そこで僕は四方八方に向かって歩く人たちの大海原の中で、大きな人だかりの島ができているいくつかのトレーのうちのひとつの前で足を止めた。

お気に入りのゲームはルージュ・エ・ノワール、アントノワール、パタクラックだった。ゲームに勝つ人を見ていると、いつも運がついているラファエルとミシェルパンスに会った。来たときは二スーも持っていなかったのに、ふたりはゲームに勝って持ち金はもはや十八スー、一フランにまで達していた。腹を決めて（というのも、運の強い人たちが僕らに勝つための秘密を教えてくれたからだ。それは迷ったり恐れたりしないということだ）、僕は一スーを賭けて負けた。ああ、次のもう一スーは持ちこたえたので、次にまた一スーを賭けて負けた。もう一スー賭けて、少し粘って、さらにもう一スー賭けて（勝ったり負けたりすることで胸がどきどきしはじめたせいだろうか）、結局駄目で、お金は消えてしまった。

前日の夜にただで乗れた分を除いたら、まだ一回も回転木馬に乗っていなかった。木馬はミサのあと、朝から回りつづけて、正午を過ぎたところだった。

回転木馬についてきたオーケストラが町じゅうを引きつけた。遠くから聞こえるのは、ワルツのリズムを刻む太鼓の音だけだった。その音に合わせて回転木馬が回るのだった。こんなにも享楽へといざなう鐘の音、お腹に響く音が鳴っているのに、お金が入ってこないという危機的でほとんど絶望的な状況にあった。それでもひっきりなしに誘う声やあらがい難いよこしまな力によって僕らは市場に引き戻されるのだった。市場に近づくにつれて、リズムに乗った太鼓のばちやマラカスが目に入ってきた。旗で飾られた屋根が回っているのが見えると、クラリネットの音が頭とお腹の中で鳴り響いて、僕はいてもたってもいられなくなり、足どりを早めた。

音楽にのって肩を回し、腰を振って歩く女たち、変なふうに腰を横に振る男の人たち、白地に赤い結び目の服を着た子供たち、新しい服を着た子供たち、ぴかぴかに磨いた靴をはいた子供たち、快活に笑う黒人の子供たちを乗せた木馬を間近で見て、体の奥で熱い血のように強く心地よい太鼓の音を感じた。僕はうっとりとして、気を取り直すのに時間がかかった。

日暮れともなると、正装をした公証人たちが見回りに来て、掘っ立て小屋には明かりがともされ、お祭りの中やその周りにあるものが心を乱す輝きと響きを帯びた。だけど、僕の手には一スーすら舞いこむことはなかった。悪魔が（教理問答に出てくるような悪魔だ）近いうちに初聖体で清くなる僕の魂に十スーの値をつけたら、売ってしまっていたことだろう。

この年、僕は回転木馬に乗るため、前の年には思いもよらなかった手段を考え出した。

回転木馬は中からふたりの男の人が引っ張り、木馬の下の円盤状の板を回すことで動いていた。僕らと一緒には遊ばないような年端もいかない子供たちが、ふたりの男と一緒になって押していた。

この手助けの見返りとして、子供たちはお金を払わずに回転木馬に乗らせてもらっていた。一度回転する板に与えた力が最高に達すると、子供たちは上に飛び乗って、しゃがんだり立ったりして、一番いい木馬の上に乗っているのと同じぐらい楽しそうだった。

そうしよう……だけど強く押さないといけないだろうから、少し難しそうに思えた。ふたりの男の人は汗をかいて、はだしの足に削られた地面には真ん丸い跡ができていた。大きな太鼓の音に合わせて回転木馬が動いているときに飛び乗るのは、かなり難しそうだった。回転の速いことといったら木馬から下を向いても人だかりさえ見えないほどで、逆に人だかりから見上げても誰が乗っているのか見分けられないほどだった。でも自分もやれそうな気がした。押すのが終われば板に登り、上を渡って、また下で回転木馬を押す場所を見つければいいだけだ。

それでも、僕の足はたった一歩だけなのに踏ん切りがつかない。用心しないと……もしマン・ティヌが……マン・ティヌに見られたら不具になるぐらい殴られるだろう。この時間マン・ティヌはクール・フュジにいるから見つかることはないし、木馬を押しに行ってはいけないなんていう禁止事項はまだない。僕の良心とマン・ティヌを比べてみてもまったく大丈夫だ。それでも、そうは言っても……

ふと後ろを振り返る。誰かが僕の肩に手をのせたからだ。おお、こんなことがあるだろうか。ジョジョじゃないか。こんなときに、思いもよらなかったジョジョがいる。あのジョジョがたったひとりで、お上品な両親のつき添いもメリさんのつき添いもなくお祭りにいる。青いビロードの半ズボンもセーラーカラーの白い絹の上着も着ていないし、くるぶしを留める帯のついた靴も縞模様の入った白い靴下もはいていない。ジョジョはほとんど僕みたいな、学校に行く子供の服を着ている上に、粗末な靴をはいている。どうしてだろう。どういったわけだろう。

「君のことを探していたんだ」ジョジョが大声で言う。

ジョジョの目は勝ち誇った光に輝いている。ジョジョは僕の質問には答えないで、遠慮しながらもうれしさに震える手の中にある、丸められた百スーのお札を見せる。

「見つけたんだ」ジョジョが言う。

「どこで」

「僕の家さ。食事部屋でね。たぶんママン・ヤヤかパパがうっかり落としたんだ」

それにしてもジョジョはなんて運がいいんだ。家でお金を見つけるなんて。

「今朝見つけた。それで自分の部屋に隠したんだ。それに零点を取ったせいでお祭りには連れていってもらえないってわかってたから、みんなが寝たあとに窓をそっと開けて……」

なんてことだ。ジョジョはこんなにも度胸があって、怖いもの知らずだったなんて。

でも今大切なのは、五フランを使いきって、逃げ出してきたのと同じ方法でジョジョが家に帰ることだ。

まずケーキを買うことにした。だけど、僕らふたりのうちどっちが百スーの大きなお札をもってケーキを売っているシュトさんと顔を合わせに行くことになるのだろう。当然それはジョジョだ。いや、ジョジョは腰が引けている。シュトさんは勘づいて、メリさんに言いつけるだろう。ジョジョはそうなるのではないかと疑っている。大人というのは、子供のことをよく話すからだ。

そういうわけで僕が行くことになる。逆に僕だと、このお金を盗んできたのではないかとシュトさんに思われるおそれがある。人は黒人の子供に対して疑り深いものなのだ。僕も腰が引ける。ジョジョをけしかけると、心を惑わすものをみんな味わいたいという気持ちが、とうとうジョジョを突き動かした。

僕らはココナッツの砂糖漬けケーキ、人の形をした大麦糖、マニヨック粉のお菓子、落花生のコルネを選んだ。

頰張ったりかじったりしながら、僕らは木馬にまたがる。一回、二回、三回と連続で。ああ、我慢した気持ちを解き放つこの陶酔感といったら。次に奮発して炭酸レモネードのびん一本を、人から見えないところで家屋の壁にもたれて一気に飲み干す。

僕らはいろんなゲームに運を賭ける。負けた一スーはあきらめて、最初の一スーで勝ったところで勝負をおりる。ちょうど、この町で作曲された歌がアコーデオンで演奏されているのを聴くために舞踏会の前で立ち止まる。それは育ちのいい子供が、先生や親に聞こえないところで歌うような歌だ。

男の人や女の人は、愛の踊りや喜びの踊りの悩ましげな動きを模して踊る。

僕らはこの目で、男の人ふたりが言い合いになって、周りの人だかりも止めることができず、一方がすばやくかみそりでもうひとりの男の人の体を切り裂くのを見た。

最後に残った十スーで、僕らはそれぞれ回転木馬に一回乗って、ゲームをして、人だかりにまぎれて、また回転木馬に乗ったけどもうあまり面白くなくなったから、寝るために家に帰ろうと、町の下のほうに行った。

クール・フュジの入り口でジョジョと別れた。

マン・ティヌの部屋に着いたけれど、戸を押しても中に入れなかった。内側に大きな石が置いてあって、開かないようになっていたからだ。


翌日、学校でジョジョに会えなかったことにどれだけがっかりしたか。ジョジョがどうやって部屋に戻ったかを気にしていただけでなく、前日の夜にしたことを話しあうためにジョジョに会いたくてしようがなかった。

僕自身はとても満足していた。他の仲間が日曜のお祭りで何をしたか話を聞いても、ちっともうらやましくもなければ悔しくもなかった。ただ、ジョジョがその場にいないことだけが残念だった。

午後になってもジョジョは来なかった。会うのが待ちきれなくて、僕は心配になりはじめた。ジョジョが学校を休むことはなかったからだ。

日が暮れてから、危険を冒してジュスタン・ロックさんの家の前をうろついた。いつになってもジョジョは出てこなかった。悪いことがあったのだとは考えないようにしていた。帰るときに見つかって、歩けなくなるほど殴られたのだろうか。だったら学校でそうだとわかっただろう。僕らは誰でも平手打ちをされれば泣き声をあげるから、近所に住んでいる仲間にばれて、学校でその話をされるのだ。

ああ、翌日学校に知らせがもたらされた。

ジョジョが家出《マロネ》した。

僕にはそれが信じられなかった。

ジョジョはお父さんの家から逃げ出したのだ。逃亡奴隷みたいに林の中に逃げこんで……学校全体がその話でもちきりだった。

ただ僕だけが呆然としていた。どうすればいいかわからなかった。完全に気が動転していた。ジョジョが自分から家出したことが理解できなかった。でもいつのことだろう。僕と別れたあと、お父さんの家に帰らなかったのか、それとも見つかって殴られたあとだろうか。殴られるのを避けるために逃げたのか、それともママン・ヤヤに追い出されたのだろうか。

学校では誰も知らなかった。ただみんなその知らせを何度も口にして、広めようと必死だった。

「ジョルジュ・ロックが家出《マロネ》した。ジョルジュ・ロックが家出《マロネ》したぞ！」

僕が説明を求めたのは、クール・フュジのデリスさんだった。デリスさんはメリさんの友達で、町でうわさの種となっていたこの出来事についてクール・フュジの住人たちに話した。

真夜中、マダム・ジュスタンは物が落ちる音がしたのを聞いた。マダム・ジュスタンは旦那を起こした。泥棒じゃないかと怖くなったのだ。旦那のジュスタンさんが見に行くと、窓を閉める余裕もなく、ベッドにもぐりこもうとしているジョジョを見つけた。

「どういうわけだ、ジョジョか。どこから入ったんだ」お父さんが尋ねた。「おい、どこから入ったんだ」

寝巻きを着てベッドにいるものと思っていたジョジョが、先週着ていた学校に行くときの服を着て、足には靴下と、外ではく靴をはいている。

外に出る準備をしていたのか。帰ってきたところなのか。

「外に出ていたのか。それは結構」ジュスタンさんが言う。「明日の朝、話をしようじゃないか」

翌日の朝になってみると、ジョジョはいなかった。

「お母さんのところへ行ったに違いない」デリスさんが言った。

僕もそう考えることで気持ちが落ち着き、不安は消えた。

それ以来、ジョジョを思い出すたび僕の中では、囚人や誘拐された子供の姿で、本当のお母さんと自由を見つけるため、ある日夜明けに逃亡奴隷みたいに逃げ出したのだということになった。それでもときどきひどく気が滅入ったり、本当に胸が痛んだりすることがあった。

ジョジョと秘密で過ごしたお祭りの夜が悔やまれた。ジョジョが絶望して大きな森とサトウキビ畑に逃げたとき、どうして一緒に行かなかったのだろう。

僕の頭の中でジョジョは、恐怖で道に迷い、勘を頼りに泣きながら走っていた。そして僕の胸に、ジョジョがお父さんから盗んできた五フランで、自分はひどい目にあうことなくケーキやお菓子を分けてもらい、回転木馬に乗ったのだという罪悪感が重くのしかかった。

今ごろ、逃げ出したジョジョは幸せにしているだろうか、不幸せだろうか。お母さんにまた会えただろうか。学校に行っているだろうか。学業証明に出願しただろうか。

僕はジョジョがお腹を空かせて裸で歩いているのをまた思い浮かべた。でもメリさんやマダム・ジュスタンに会うたび、ジョジョは本当のお母さんのところにいて幸せなのだと信じることにした。

ジョジョがいないことで、クラスの雰囲気はずいぶん変わった。今や、誰であれロック先生に平手打ちを食らって、授業が中断されることはなくなった。書き取りを直すとき、問題の答えを直すときはとりわけそう感じられたように、どの授業にもジョジョが欠けていた。何でもジョジョから始まっていたからだ。本当に数日間、授業は妙に静まり返って始まるように思えた。とはいえ、しばらくするとまた熱がこもって厳しくなった。

先生は、午後四時が過ぎても試験の準備のために僕らを帰らせなかった。難しい書き取りや難しい問題、川や山の名前、戦争の名前、戦争に勝った日。

この教室で目をかけられているのは十人だった。町に住む人が言うには、ロック先生がサンテスプリに送ろうとしている十人だった。先生がこんなにも熱心だったから、初聖体と新たに秘蹟を受けるために四、五日休むことになっても、この準備の大詰めとなる試験の心配が晴れることはほとんどなかった。

ロック先生は、僕らに教科書を繰り返し読ませるだけではなく、朝も夜も学業証明書の大切さを語り、最も貧しい人間には一番必要で、それなしでは他の試験も受けられないし、お金を稼げる仕事もできないと言っていた。学業証明がなければプチットバンドに入る羽目になって、親の犠牲は無駄になる。

ロック先生は、僕らに向かってこんなお説教をすることに意味があると信じていたのだろうか。あるいはこのお説教の効果がわかっていたのだろうか。でも熱く励まされたことは確かで、僕らは試験の日まで本当に選ばれた者になった気分で過ごした。

その前日、ある日曜日に女の子全員と男の子の多くが、恥ずかしいことに僕を除いて、聖体拝領を受けた。というのも、近所のメゼリさんがベッドの上に裸で男と一緒にいて、触られているのを垣根の隙間から見たことを司祭に告白してしまわないために、僕は聖体拝領を受けるのをやめていたのだ。

そして午後にはファニさんが、教理問答のときみたいに聖体拝領を受けた子供たちを家の前に集めた。ずいぶん前から聖体拝領をせず、この精神上の代母とも関係がなくなっていたことで、僕はその中に入れ[illegible]た。どうなっているのか気になって、僕は道の向かいの茂みの中に陣取った。予想していた通り、それ[illegible]の集まりだった。立ったまま半円になって、正面にいるファニさんはドアの枠の中に立って腕組みを[illegible]った子供たちはこれから受ける試験に合格しますようにと大きな声で祈っていた。

最初、僕は自分がその中にいないことを少し残念に思った。僕は合格する機会を失ったのではないか。集まった子供たちは試験に御利益があるとされる聖人、聖エクスペディ、聖ミシェル、聖アントワヌに祈願していた。

ファニさんは手を合わせて顔を天に向け、口からは心を動かす願いが語られていた。

そしてファニさんのオルガンに合わせて魂を照らし、頭を冴えさせ、試験に合格させるために降ってきて、仲間たちの上に注がれる恩恵を僕ひとりだけが受けられなかった。でもすぐに僕は慰められた。翌朝マン・ティヌが、僕のために聖体拝領をしてくれたのだ。経験からわかっていることだけど、たいていマン・ティヌが神様に頼んだことは、すっかりかなえられる。そこで、ねたみ半分見下し半分で、公衆の面前に集まった子供たちが、息を切らしてお祈りを唱えるがいいさと思っていた。そして、先生から前日はしっかり休むようにと言われていたので、クール・フュジに帰った。

翌日必要になる物をマン・ティヌが用意してくれているあいだに僕は寝た。マン・ティヌが熱心に尽くしてくれればくれるほど、僕の目にはこれから経験する出来事がさらに重要度を増すように映った。マン・ティヌは初聖体の衣装にアイロンをかけ、五、六回しかはいたことがない黒いブーツを磨いてくれた。マン・ティヌが僕の持っていくサンドウィッチのためのタラを焼いているあいだに、僕は眠気に負けてしまった。

マン・ティヌは朝早く僕を起こした。金属製のコップに入れた濃いコーヒーを飲ませて、僕を着替えさせ、必要な物を持たせた。僕は日が出たばかりのころに出発した。ロック先生は五時に全員を自宅の前に集合させた。

ジョジョの頭の上で音を響かせた張り手や耳が鳴る平手打ちにもかかわらず、僕らはいつもロック先生に感謝していた。その朝、僕らが持っていた感謝の気持ちがこれほどまでに高まったことはないと思う。道を歩いていくあいだ、このかたわらにいる人、導き手のような人は忠告をしてくれた。先生が、僕ら本人よりも、どれだけ心配して感情が高ぶっているかが感じられた。

不安と希望に満ちてその一日は過ぎた。僕らの先生は書き取りの出来、問題の答えと作文の下書きにおおむね満足していた。先ほどの単語にも最後に「s」をつける癖にとりつかれたジェルメにも、比例算でわけがわからなくな[illegible]ジにも自信があった。

夜、サンテスプリの学校の校庭の暗がりの中、僕らは結果の発表を待っていた。

僕らは校庭を埋めつくす生徒や親たちの人だかりの中、文字通り手に手をとって一緒にいた。

ロック先生がひとりで僕らから離れ、戻ってきた。周りがざわめく中、書き取りの単語の綴りを言ったり、問題の答えを声に出したりする声がひっきりなしに聞こえた。

僕らはずいぶん長いあいだ立ったままでいたけれど、ほとんど疲れは感じなかった。それでも僕みたいに足が痛くなるのもいた。暗がりを利用して、僕は最初[illegible]ーツを脱いで楽にした。靴紐でブーツをつないで、なくさないようにしっかりと持っていた。

時間が経つにつれて僕らは緊張しはじめて、ひたすらおしゃべりをするのもいれば、もうほとんど茫然自失となっているのもいた。

突然どよめきが起こり、人だかりが前に詰め寄って、静まった。二階の窓が開き、明かりのついている四角い窓枠に見えたのは男の人ふたりの上半身の影だろうか。そのうちのひとりが、すぐに生徒の名前を呼びはじめた。

それに応じて身震いや抑えたような歓声、押し殺した悲鳴で人だかりが揺れた。僕はじっとしていた。その男の人ふたりが現れたと同時に、僕は頭に血が上ってお腹が痛くなった。僕は、魔法の窓から放たれて生徒の上に流れ星のように降りかかる名前に身動きせずじっと聞き入っていた。やむことなく星が降るように名前が呼ばれていくにつれて、すでに感情を爆発させている周囲から僕の心は離れていった。

僕は明かりで照らされた窓枠を見つめながら、結果を読みあげる男の人の声しか聞いていなかった
……アッサン・ジョゼ！

男の人の口から出たこの言葉に胸の真ん中を強く打たれ、僕は飛びあがった。

それまで一度も、こんな厳《おごそ》かな口調で名前を呼ばれたことはなかった。それまで一度も、自分がジョゼ・アッサンという名前に強く結びつけられていると感じたことはなかった。もしこの名前が呼ばれなかったとしたら、僕は多分石になってしまっていただろう。

仲間たちは抱き合っていて、僕のことも抱いた。

「僕らみんな合格だ！　十人とも！」と大きな声で言った。

僕は飛びはねることも叫び声をあげることもなく、されるがままでにやにやして、何も言うべき言葉が見つからなかった。ロック先生はかなり興奮している様子で、生徒の出来に胸がいっぱいだった。先生はむしろ苦笑いにも似た笑みを浮かべながら「よくやった、よくやった」と繰り返して、眼鏡の

奥で目を輝かせながら僕らを見ていた。先生は絶えず周りを見回し、何か言いかけてはやめて、もう一度僕らのほうに振り返ると「遅いから急ごう」と言った。

街灯が照らす下、サンテスプリではどの道も生徒たちの騒ぎ声であふれていた。

ロック先生は僕らを自動車修理工場に連れていってタクシーを借りた。僕ら十人は先生と一緒にすし詰めになって車に乗った。

プチブールについたとき、マン・ティヌはクール・フュジの他の住人と同じようにもう寝ていた。いつものようにドアの向こうに置かれた石で開かないようにしてある戸に触れると、マン・ティヌはランプをつけて言った。

「ジョゼ、どうだった」

僕は両手を上げて踊った。

「ああ！　よかった！」とマン・ティヌは言って胸の上で手を合わせた。

それだけだった。僕の晩ご飯はテーブルの上のふたをした皿に入っている、昼間のあいだずっと日に当てておいたから僕の寝床は柔らかくなっているはずだと言って、マン・ティヌはまた横になった。

その次の週、授業は事実上終わっていて、僕らが学校ですることといえば勉強よりも遊びだった。にもかかわらず、ロック先生は郵便で出す手紙を僕に見せた。またすぐあとで出願しなければならない別の試験の申請書だと説明した。奨学金の選抜試験だ。

学業証明の合格者十人のうち、他は年齢制限を超えていたので僕だけだとのことだった。この選抜はフォールドフランスで行われることになっていた。もし合格したらフォールドフランスの学校、リセに通うことになる。ロック先生は表情も変えず、微笑みもせずに重々しい声で言った。その下にはどんな喜びや期待が隠されているのかわからなかった。その声に熱がこもっていた分、先生の示す先の見通しがなおさら印象的に感じられた。

先生が言ったことがどうすれば実現するのかよくわからなかった。だから、そのあとも奨学金の選抜試験のことをあまり気にしていなかった。

僕らが遊ぶのをやめたのは将来の計画を立てるためだった。その将来というものが迫ってきていた。ラファエルはお兄さんが通っていたサンテスプリの上級過程に入って、初級教育免状を受けることになっていた。

女の子のメリダは運がいい。郵便局の女局長がついていてくれて、事務所で電話のかけ方を教わるのだと言っていた。

他のふたりの女の子は、リヴィエールサレに裁縫を習いに行くことになっていた。行き先が決まっていないのはロレットだけだった。両親が、そのうち男ができるのではないかと心配してサンテスプリにやるのをためらっていたからだ。

ロック先生は、僕自身が望む夢を白紙にした。当面のあいだ僕には、リセに通うため奨学金選抜を通過するという妙な、借り物の夢しかなかった。それでいつかは弁護士や医者になれるかもしれない……僕は真剣にそう考えていたのだろうか。

それでもやはり、試験を受けにフォールドフランスに行くと考えるとうれしかった。その機会に、お母さんのマン・デリアに会えるかもしれないからだ。

ロック先生と面談したあと、マン・ティヌは腹を決めた。

「さあ、この旅のためにわたしはイギリス刺繍のスカートを準備しないとね」

僕はよく遠くから海を眺めることがあった。湿原を流れの緩やかな大きな川が横切り、そして遠くで海に溶けていくのをオーモルヌから見下ろすことができる。海、それは僕にとって目で見て立派なものだと思っていたけれど、その兄弟である空のように手の届かないものだった。ちなみに僕がよく水浴びをしに行くジェニパ湖はとても小さかったけれど、それで海がどんなものであるか見当がついた。フォールドフランスとプチブールを結ぶ小さな蒸気船に乗って、大海原の真ん中で海を間近に見たその日も、特別な感動はなかった。マン・ティヌがついてきてくれた。はだしにバクア〔原註：太い藁〕の帽子をかぶった田舎の乗客や、きちんとした格好をした人たちが大きな声でしゃべり、笑い、ものを食べて、パンや揚げ物を分け合っていた。

僕は外ばかり見ていた。それは大きなお風呂だった。僕はこの空と水のあいだの広がりに感動した。変に思えたのは、肌もなく筋張った青い動物の群れのようになって泡を吹き、あちこちへと力強く動く水が、小さな船の柔らかくべとついた横腹を打っては逃げて、風にたてがみをなびかせ、押し寄せてきては周りに点々と浮かぶ丸木舟を揺するけれど、丸木舟はどこへも行かないことだった。

おそらく僕がこの絶え間ない揺れに動揺しはじめているのに気がついたのだろう。マン・ティヌが自分のひざの上に僕の頭をのせると、僕は眠ってしまった。

体が硬直したまま船着場に着いたとき、僕はマン・ティヌが試験場を見つけられるだろうかと考えた。街は大きな森やプランテーションよりも、想像できる限りで一番大きな工場よりも広く、騒がしかった。

僕ほど動揺していないマン・ティヌは、落ち着き払って靴をはき、身だしなみを整えた。スカートにひだができるようにまとって、僕の手をしっかりつかむと、街に立ち向かっていった。

僕たちは、交差点ごとに足を止めた。マン・ティヌは通りがかりの人に道を聞いては、また歩き出す。

マン・ティヌは天才だ。僕たちは無事に女学校に着いた。試験が行われるのはそこだった。サンテスプリで学業証明があった日と同じ雰囲気だった。生徒たちは親や先生たちと一緒に校庭に集合し、合図を待って教室に上がった。

書き取りは簡単に思えた。問題二問については、ロック先生が僕らに慣れさせるために出したものに比べれば簡単すぎるぐらいだった。作文のあとで校庭に戻ってきて、他の受験生が答えた数字を大声で言っているのを聞いたとき、一問間違えたことに気がついた。がっかりしたけれど、マン・ティヌにはそんな様子を見せないように努めた。間違えたことについてはそれ以上考えなかった。すぐにお母さんに会いに行かないといけなかったからだ。

プチブールに帰ってくると、僕はロック先生に自分が二問目で犯したヘマを隠し立てしたりはしなかった。最初は僕のことを叱ったけれど、先生は考えを変えた。

「残念だが大切なのは学業証明だ。お前はもう学業証明をもらっているから」

でもこれからどうなるのだろう。

マン・ティヌがこう言ったのは一度だけではなかった。

「神様、どうしたらこの子を上級過程にやれるでしょうか」

マン・ティヌの知り合いで昼のあいだ僕を家に置いてくれる人はいなかった。僕自身は、そんなものはなくてもよかった。マダム・レオンスのところでの経験にうんざりしていたから、学校の軒下で十分で、毎朝持っていくこの上なく質素な食事があればいいと思っていた。そのとき頭をよぎったのは靴の問題だった。上級過程には誰もはだしで通っていなかった。もちろん初聖体のブーツがある。プチブールからサンテスプリに行く道では手に持って、教室に入る直前にはけば長持ちさせることができただろうけど、どちらにせよかかとが磨り減るだろう。そうしたらそのあとは？　靴一足分のお金が払えるように、休暇にプチットバンドに行って仕事をしようかと一度は考えた。たとえばヴェルジェヌとその弟は、学校が始まるときに新しい服を買うために毎年プチットバンドに行っていた。僕にはもうそれはできない。自分が悪いわけではない。サトウキビ畑はちっともいいと思えない。サトウキビの端を噛んで吸うのは好きだったけれど、サトウキビ畑はいつも僕の目には呪われた場所に映った。そこでは姿の見えない処刑人が黒人を、八歳になったときから体を蝕《むしば》む夕立や、狂犬病にかかった犬みたいに牙を向ける太陽の下、草を刈って鋤で穴を掘る地獄に落とすのだ。汗と糞が臭うボロ着を着た黒人は、一握りのマニヨック粉と糖蜜からできた二スーのラム酒を食事にして、ガラス玉みたいな目をし、象皮症で重くなった足の哀れな化け物になって、畝《うね》の上に倒れ、垢で汚れた板の上、何もない汚い小屋の床で息を引き取るように定められているのだ。

嫌だ嫌だ。太陽の輝きやサトウキビ畑で歌う単調な歌に誘われるのはごめんだ。それに、たくましいラバ引きが熱い黒人女と一緒にサトウキビ畑の奥で身を焦がす獣の愛に興じるのもごめんだ。あまりにも長いあいだ、サトウキビ畑のせいでマン・ティヌが死へと向かっていく姿を、なすすべもなく見てきたのだ。

だから、プチットバンドに行くことにはならなかった。そうなるわけがなかった。マン・ティヌが絶対に反対するだろうし、よくもそんな考えを起こしたなと言われてひどく殴られるだろう。

休暇が始まろうとしていた。田舎に遠出したり、釣りに出かけたり、果物をとったり、勝手気ままに歩き回ろうと考えていると、心配はどこかへ行ってしまった。

休暇はある晩から始まった。マン・ティヌがひどく驚いたことに、教室を掃除したりロック先生のところで家事をしたりしている女の人が、先生の代わりに僕を探して家に来た。

僕が先生の家に入ったとき、ロック先生は食事中だった。

「来たか。お前は運がいい」一口食べて、先生が言った。「ほら、ちょうど今これを受け取ったところだ」

皿の近くに置いてあった青い紙を取ると、先生は開きながら言った。

「奨学金の選抜試験に合格したんだ」

先生は電報を差し出した。その目は輝き、軽く開いた口からは歯がのぞいていた。完全に微笑んではいない表情だったけど、僕はそのところどころに大きな喜びを見てとった。

先生がもう一度言った。

「本当に運がいい」

植民地当局から学費の四分の一の奨学金を得ることになった。

公教育部部長の事務所でデリア母さんと僕はそのことを知った。若い女の職員は、奨学金というのはコネによるもので、根回しもなんらかの推薦もなしで奨学金が僕のところに舞いこんだという、信じられないような幸運に驚いたと言った。

しばらくしてからリセの会計課で、この四分の一の奨学金をもらって学校で勉強するには、学期ごとにあと八十七フラン五十セントを払わなければならないことがわかった。

僕たちはふたりとも、この期待外れの事実に打ちひしがれた。

でも理解できなかったのは、お母さんが肩を落としたり、あきらめたりするようなそぶりを見せないことだった。僕の苦しみよりもお母さんの苦しみのほうが大きいのはわかっていた。それでもお母さんは躍起になり、僕を引き連れて街を歩いた。事務所から事務所へと飛び回り、何をしなければならないかを尋ねた。数年間（聞いたところによると約七年間も）八十七フラン五十セントを三カ月ごとに払わなければならないリセに、どうやったら入れるのか。

お金のかからない上級課程や補習課程があるというのに、どうしてお母さんが奨学金を単純にあきらめないのか、理解できなかった。

お母さんはいつもこうまくし立てた。

「連中は意地悪したのよ！　私たちが身分の低い黒人だから、貧しくて他にあてもないから、あんたに奨学金を全額くれなかったのよ。連中は私が貧乏な女で、あんたをリセに行かせるお金がないって知っているんだわ。学費の四分の一をもらっても、何もないのと同じってよく知っているくせに。でも連中は、私が戦う女だってことがわかってない。ああいいさ。この四分の一の奨学金を捨てたりしない。あんたはあの連中のリセに行くんだからね！」

僕の悩みの種は、果たしてお母さんにそんなことができるのだろうかという疑いよりも、かわいそうなマン・デリアが、姿さえ見えない手ごわい何人もの相手に向かって、自分の力が及ばない戦いにこれほどまでに必死になって挑んでいることだった。

八十七フラン五十セント。お母さんは、青い綿の財布の中身を絶えず数え直していた。僕はプチブールを出る別れの朝、小さな蒸気船に乗るときにマン・ティヌがくれた百スーをお母さんに渡した。お母さんはまたお金を数え、ぶつぶつ言って、考えごとをし、今までにない挑戦をする決心をした表情で、僕だけでなく自分自身も励ますように「リセに入るんだからね」と繰り返していた。

マン・デリアは、ルート・ディディエの地元生まれ《クレオール》の白人のところでかなりいい位置を占めていた。洗い物と家事をし、料理女、運転手ひとりと庭師の三人と主人の食事の残りを分け、清潔で柔らかい寝具のついた鉄製のベッドがある部屋をもらっていた。お母さんは月に百フラン稼いだ。これほど給料をもらっている女中はまずいないと、マン・ティヌに言っていた。一番お金持ちの白人がいて、一番いい黒人の使用人がいるルート・ディディエでさえも。

ところが僕のせいでこの仕事を犠牲にして、部屋を借りて、洗濯の仕事を始めなければならなくなった。

そこで僕たちはサントテレーズ地区に移り住んだ。

フォールドフランスの東にある林の土地の持ち主のゲリ博士がちょうど木を切り倒したところで、バラックを建てたいと望んでいる人のために、敷地を小分けして貸していた。

街のあばら家やマラリア、チフス熱ばかりの他の地区にうんざりした黒人の労働者が、そこに駆けこみ、それぞれが率先して、一生懸命に大きな居住区を作った。道を五、六本引いて、大まかに割り石を敷いて、誰もその由来も意味もわからないような名前をつけた。そんな道沿いに、この地区に典型的なバラックが並んだ。レンガを積んだり、乾いた石あるいは単なる木の支柱といったもろい基礎の上に、アメリカから輸入される車用のコンテナを乗せたりして、波打つトタンを八枚かぶせたものだった。屋根は多少錆《さ》びついたブリキの容器の底を抜いて、切って、平らにしたものを、魚のうろこみたいにたくさん並べたものが多かった。

そしてそれは穏やかな住まいであるとともに、食料品店や仕立屋や肉屋にもなっていた。その周辺では、はしゃぎ回ってあれこれひっくり返してしまうのも気にせずに子供が遊んでいた。日曜の午後には、建物の前に置いた長椅子に男の人が座り、ぼんやりとしながらタバコを吸っていて、植えられた花はずいぶん慎ましやかだったけど、かといってみすぼらしくもなく、心遣いや愛情の印を示していた。

広い空間の真ん中には掘り返された土が積み上げられていて、その後ろではサントテレーズの大半の住人が、自分たちがその教区に入ることになる教会を建てるために働いていた。

僕はこの地区に満足していた。見た目が美しいからではなく、人がやってきて根を下ろすのを目にするのがとてもうれしかったからだ。こういった人たちは少しも執着のない様子をしていて、おそらくさしあたり唯一気にかけているのは、愛情の念をもって一生懸命、空き地に誰にも抜けない根を下ろすことだった。

街にもっとまともな家を持っている立派な人たちは、サントテレーズにこの地区特有のバラックを建てさせて、家を建てられない人たちに貸した。僕のお母さんはその部類だった。それでもお母さんはサントテレーズに住むことに満足しており、二部屋ある家にするために六枚のトタン板と車のコンテナを買うことができる日が訪れたときは、とても幸せそうだった。

この地区の近くには、ムッシュ川が流れていた。木曜日になるとお母さんが洗濯しに行くのはそこだった。一週間の他の日は、修繕やアイロンかけに当てられた。

お母さんは、小さな洗濯物と大きな洗濯物を受け持っていた。小さいものは毎週土曜日の晩の受け渡しのときに給料をもらい、大きいものは月末の配達のときにもらった。

そういったわけで、八十七フラン五十セントを工面して、というよりは実際この額を払う少し前だったけれど、リセに入ることができた。

会計課で手続きしているとき、入学と同時に払う必要はなく、何日かの猶予を受けられると会計係がお母さんに言った。

そこでお母さんが期限までにお金を集められることを前提に、僕は学校に連れていかれ、そこに残ることになった。

でも十五日がたち、会計係に呼ばれてそのことを思い出すよう言われた。

そしてその二日後、さらなる催促と、合格を認めないという脅しが来た。そこで僕は二日間、サントテレーズの家にいることになった。

一昼夜アイロンがけをし、翌朝に洗濯物の引き渡しを終えて、ある月曜の朝、とうとうお母さんは、念入りにしわを伸ばしたお札の入った封筒を僕に渡した。そのおかげで僕は、会計課の窓口に行き、リセ・シェルシェールに戻れることになった。


このリセはとても大きいと思う。生徒でいっぱいで、先生もたくさんいる。

プチブールの小さな学校と一番違うのは、授業中は教室に閉じこめられて、窓からは外の木さえ見えないことだった。休み時間には壁に囲まれた校庭に押しこめられたままで、そこでは、生徒の数からすると陣取り遊びさえままならないぐらいだった。

それにこんなたくさんの生徒（幼稚園のほんの小さい子から、先生と勘違いしたほど大きい子まで）の中に今までいたことがなかったから、孤独を感じた。知り合いが誰もいなければ、声をかけてくる者もいない。僕が安心して話しかけられる相手もいなかった。

初日、僕は初聖体のときの服を着て、黒いブーツをはいていた。次の週は、教会で赦《ゆる》しを受けたときの白い服。そして徐々に、前に公立学校で着ていた服にゴム底の靴で通うようになった。

念の入った支度一式とわかる服を着て、革のかばん、金の輪のついたペン、時計を身につけた他の生徒たちと比べると、なんという違いだろう。

自習室で隣に座った男の子は身元を示すブレスレットをしていて、それには小さく「セルジュ」と名前が刻まれている。清潔でさっぱりとした身なりの、肌の白い子の名前だ。とにかく身なりが悪い黒人の名前はひとつもない。ビロードの半ズボンにタッサーの上着、赤茶色の短靴、香水をつけたさらさらの髪は横分けされていて、腕には金時計をしたような上品な子の名前だ。

お父さんが学校の門まで、車で送り迎えしてくれる。雨が降っていると、あんなにも大きく目を見開いてこっちを見る用務員が、セルジュが校庭を横切るために、愛想よくレインコートを持っていく。第六学年の僕のクラスにいて、一緒に集まって遊んでいるのを見かける連中は、大半がそんな格好をしていた。

自分に似た者は誰もいない。そもそも僕に気を留める者なんて誰もいない。

僕の服装がそれほどまでに不快だったのだろうか。

このリセを自分の家のように感じている連中の落ち着いた振る舞い、楽しげな様子とは正反対で、僕は元気なく殻に閉じこもっており、孤立していた。きっともし黒人小屋通りで生まれた人間がそこにいたとしたら、親が鋤《すき》や小刀を扱うような人間がいたとしたら、僕はそれに気づいて近づいたことだろう。けれど、その類《たぐい》の人間は自分ひとりだけだった。

最初の学期のあいだ、ずっと第六学年の同級生たちとの関係は変わらなかった。

教室ではしゃべらなかった。休み時間は遊ばなかった。それまで、自分の劣等感や後悔を断ち切ることはできなかった。というのも、僕にはプチブールと前の学校、それぞれを構成するものが懐かしく思えていたからだ。仲間の大半と一緒にいられたであろう、サンテスプリの上級過程に入らなかったことを後悔した。

このリセで何をやっているんだろう。

人はお母さんに、リセを出るころには、フランスに行って医者や弁護士、あるいはエンジニアになるのに十分な知識を得ているだろうと言った。奨学金選抜試験の申請書を書きながら、ロック先生はそうほのめかした。でも、そういった種類のことをするのに自分が向いているとはあまり思えなかった。セルジュみたいなほかの連中はそうだ。でも僕は……

最初の学期がひどい結果に終わったのも、おそらくこのあきらめが原因だった。もらったのは、最初の月の成績優秀賞だけだった。

クリスマスの前夜、通知表を受けとったお母さんにとって、それは大きな悲しみの種となった。成績が全部平均以下だったからだ。芳《かんば》しくない評価の中で、数学の先生にとって僕は「ほぼ関心に値しない生徒」だった。ロック先生となら、いつも問題を上手に解けたのに。

「ジョゼ」お母さんが言った。「あんた私がどれだけ身を粉にして洗い物の山をこすって、身を削って昼も夜もアイロンがけしてるのかわからないの。八十七フラン五十セントの学費を払うためにそうしているんだから、そのお金が無駄にならないように勉強しないといけないでしょう。私が意味もなく体を壊すことがないようにね！　それなのにほら、あんたは八十七フラン五十セントもかけて、一学期のあいだいい成績がひとつもない。まるであんたはお母さんのお金を全部海に捨てたみたいなものじゃないか。マン・ティヌがあんたにくれた五フランも入れて……」

お母さんはそれ以上、腹を立てて僕を責めることはなかった。でも僕がリセを嫌いになったり、先生や他の生徒のことを嫌いになっていたら殴られていたことだろう。どっちも勉強の妨げになっていたのだったが。

僕を相手にする人間は誰もおらず、授業で当てられることもない。プチブールでは先生に学課を覚えさせられたり宿題をやらされたりして、できなければ平手打ちが飛んできた。でも、このリセではそうではない。

お母さんは声を荒らげることもなかった。話を聞いているうちに、お母さんが泣いているような気がした。

たくさんの洗濯物をこするせいで皮がむけて手から血が流れるらしく、アイロンがけで疲れた腕を、お母さんは痛がった。まるで僕がお母さんの皮のむけた手、痛む腕を叩いたみたいだった。
僕は泣き崩れた。
自分が優等生になった姿を見たいと思っているお母さんをがっかりさせ、苦しめてしまった。涙を拭ったとき、僕はすぐにリセに戻りたいと思った。勉強すると心に決めた。

学期のあいだじゅうずっと、クリスマスの休みはプチブールに帰りたいと思っていた。どんなときも、自分がたどった騒がしくてのんきだった日々の思い出に、今の憂鬱の種を比べながら村を思った。昔の仲間に話すため、新しい学校生活の細かなことも記憶にとどめようと努めた。そして休みが近づくにつれ、クリスマスのお祭りのことを思うと喜びの火がともり、何日も続いた。クリスマスイヴには、賛美歌を歌う集まりが友達の親の家で、特にオドネのお父さんの家で催される。クリスマスの夜には子供たちみんなを連れてふざけて笑ったり、豚の小さなパテや落花生を食べにグランブールの真夜中のミサに行ったりしよう。プチブールに戻ってくるとき、夜中に大声でこう叫ぼう。

イエスは今日生まれた
ああ、そうだ、そうだ！

翌日には、クールバリルにいるノルベリンおばさんの家に行く。アコーデオンとマラカスの音楽が田舎全体の空気の中を、燃えさかる樹液のように人だかりのあいだをめぐって、どの小屋からも豚、アンゴラ豆、ヤマイモを焼く同じ香りが漂う。そしてこのはじける陽気さがアルコールでかきたてられる。自分には一番クリスマスらしいと思える香辛料のきいたソーセージを堪能したものだ。

その次に元日が来る。


僕にとってその日は、憂鬱な日だった。

晴れた穏やかな日、周りではトランペットが吹かれ、風船を膨らませて、色とりどりのおもちゃが飾られ、ヌガーとドラジェの香りが満ちる一方、僕には何もなしだった。トランペットも風船もドラジェもなく、僕の心は曇り空だった。

うらやましいわけではないけれど、こういったことのせいでどうしても憂鬱でいっぱいになって、外を歩き回る気がなくなる。

とはいえ僕は、こんな憂鬱とマン・ティヌを思い出す、元日が嫌いではない。

マン・ティヌは朝早く起きて僕に白い服を渡すと、自分はおろしたての服を着る。サンテスプリの店でとっておいてもらった生地の端切れをほぼ一年かけて少しずつお金を払ったあとに受け取りに行って服を作ってもらうのだった。福を呼びこむための水玉模様、あるいは小さな花柄のインド風の服は仕立てたばかりのいいにおいがする。新年のにおいだ。

マン・ティヌは僕を夜明けのミサに連れていく。まだあたりは暗くて風は涼しく、本当に新年なのだという感じがする。

相変わらず教会は信仰に篤《あつ》い人でいっぱいで、あふれている。ミサのあと、マン・ティヌは僕にキスをする。珍しく僕にキスをするときだ。

「あけましておめでとう」マン・ティヌは言う。「お前が大きくなって、大人になれますように」

マン・ティヌは二スーとオレンジをくれる。

それから僕を残して、ドアからドアへ、クール・フュジの近所の人や、古くからの知り合いのところに行き、ひとりひとりに挨拶をしながら、オレンジを届ける。

マン・ティヌは正午ごろに、贈り物として持っていったよりもたくさんのオレンジを持って帰ってきて、昼間はもう外に出ない。

その日マン・ティヌはほとんどしゃべらない。小声で言う独り言さえほとんどない。

マン・ティヌは、たっぷりだとは言えないものの、最大限の心をこめて一所懸命に昼ご飯を用意する。

しばらくしてそれを一緒に食べてから、午後マン・ティヌはベッドで横になって（病気の場合を除いて、一年に一度だけマン・ティヌが昼に寝る日だ）タバコをたくさん吸い、穏やかな煙が小屋を包むと、この上ない満足感が感じられて、朝方の憂鬱が僕の心から消えていく。

しかしその年お母さんは、僕をサントテレーズに引きとめた。

通知表はひどかったけれど、本当はお母さんは僕をマン・ティヌに会いに行かせたかったのかもしれない。というのも、何かほのめかす様子もなしに、出し抜けにこう言ったからだ。

「年末年始を迎えて、あんたの縄底靴を買って、リセにもお金を払わないといけないとなると、物入りだわ。だからあんたは、きれいな絵葉書をマン・ティヌに送っておきなさい」

がっかりすることはなかった。というのも、親が払える以上の望みは持たないというのが、僕の主義だったからだ。

リセでの二学期目は、一学期目との違いを見せた。進歩だ。徹底的に勉強して、だんだんと自信を得た。僕は目を覚ましたのだ。先生たちはときどき、僕を当てるようになった。

ひとり友達ができた。

僕らはほとんど毎回、授業のときや自習室で一緒に座る。彼はビュシ、クリスチャン・ビュシという名前だ。

ビュシは休み時間に、僕を連れて遊びに行こうとする。僕は一度誘いに乗った。でもその遊びは退屈だ。校庭は小さすぎるし、草の中を飛び跳ねるのに慣れているので、割り石を敷いたこの校庭は好きではない。

実際に僕はほとんど遊ばない。それでも毎朝、仲間とお互い探し合って校庭で会う。

リセで働く人全員に僕を紹介してくれたのはビュシだ。前の年に第七学年だった彼は、すでにみんなのことを知っていた。

ビュシは特に、校長が胎児と呼ばれているということから、助手のひとりがチェロと呼ばれていることまで、それぞれ人のあだ名を知っている。笑えたけど、それにつられて自分も誰かをあだ名で呼んだりはしない。

気おくれや何かしらかの劣等感から、セルジュやクリスチャンといったような生徒には許されても、僕には許されないと思ったのだろうか。

他に楽しみの種といえば、休み時間ごとに用務員のおばさんがお菓子を売ることだ。

一日に五回、用務員のおばさんが販売している窓口に生徒たちが群がって、ジャムの入ったジンジャーブレッドみたいな細長い塊《かたまり》をがつがつかじりながら、散らばって遊んだりぶらぶら歩いたりする。

一日に五回、自分は加わることができないこの光景に耐えないといけない。僕にはお金が全然ない。距離を置く羽目になり、他の生徒たちがうれしそうに大騒ぎしながら買って、周りでおいしそうに無邪気に食べているのを見ると、うらやましくてたまらない。たとえば、朝はただひたすらうらやましく思うだけだ。この時間は、そのお菓子を他の連中みたいに食べたいと思うばかりだ。でも夕方になると、ただでさえ容赦なく空腹に苦しめられている上に、監督つき通学生の長い休み時間のあいだ、僕は一度も味わったことがなかったせいで、お菓子を食べながらしゃべったり笑ったりしている幸せそうな姿を目にするのは、なおのことつらい。苦痛が激しくなって腹にくるのではなく、目の回るような空しさになり、頭がぼんやりして、空腹の僕にとって周りにいる連中は悪夢、いやらしい敵に変わる。

それで僕は、校庭の隅にある蛇口の水でまずお腹をいっぱいにして、そのあともときどきそこに行っては、音をさせないようにして水でお腹をいっぱいにする。同じくビュシを避けるため、人だかりの中にできるだけ隠れようとする。話をする意欲も気力もない。落ち着き払って、無関心を装い、みんなみたいにお腹がいっぱいだというふりをするだけでも大変だ。それでもビュシがあとを追ってやってくる。僕がそのことに気づくと、ビュシもこっちを見る。隠れることはできない。ビュシは長いパンの塊を持ってくる。パンの中は白くて軽く、焼いたたまごを入れるために半分に割られている。

この半分に割られた大きなパンを手に持ったビュシは、プチモルヌで知っていたアスランよりも印象に残っている。ビュシが恐ろしく思える。

でもビュシは親切だった。僕が食べていないのを見て、ビュシはさりげなく、パンを差し出す。

「取りなよ」

「いいよ」僕は言う。「いらない」

「いいからちぎって取りなよ」

ビュシはパンを差し出す。この白と黄金色の、焼いたたまごが詰められた、ふかふかでいいにおいのするパン。

いや、僕はげんなりした表情で固く断る。というのも、勧められるたびに、ビュシにとっては憐れみから出るこの行いを目の前にして、自分でもわからないような自尊心に空腹が押し潰され、消えてなくなるからだ。でもビュシ本人がパンをちぎってひと塊、たまごの黄身がしっかり詰まった、本当に大きな塊を差し出す。

「さあ遠慮しないで、ほら」

僕は両手を後ろに隠し、穏やかな笑みを浮かべ、断固として拒否する。ビュシはあきらめて肩をすぼめると、くるりと背を向けて大きな口でパンにかぶりついて、僕らは別の話をする。

話をしながらも、クリスチャン・ビュシは食べている。

しばらくして、急に会話を端折《はしょ》って言う。

「君と分けなかったもんだから食べ過ぎた。お母さんはいつもご飯が多すぎるんだ」

ビュシはうんざりした表情で大きな筒状のサンドウィッチを見せて、飽きたみたいにサンドウィッチを手から離すと、地面に落ちる前に、校庭の隅に向けてさっと足で蹴り飛ばした。

僕は必死にこらえて、ビュシのしたことに無関心を装い、うまくパンを「シュート」したのを褒めるかのように馬鹿みたいにニヤニヤしていた。

でもこの瞬間、我慢していたのは空腹ではなく、ビュシを思いきり蹴り飛ばしたいという急に起こった激しい衝動だった。僕にはビュシのしたことが、まるで自分の尻が蹴り上げられたかのように響いたからだ。あるいは、ビュシがちょうど僕みたいな身なりをした年下の男の子の尻を、僕の目の前で蹴り上げたかのように、それは響いたのだった。

その上、クリスチャン・ビュシはズボンのポケットからきれいな財布を取り出すと「失礼するよ」と言って、用務員のおばさんの店に向かって駆けていった。それでビュシは指二本分ぐらいある厚さの大きなお菓子に口を大きく開いてかじりつき、今度は僕に勧める無駄な手間は省いて、休み時間の終わりまで続くおしゃべりをまた始める。

そして僕らはみんなと同じくトイレに、次に水汲み場に急ぐ。ビュシは手を洗うために、お菓子の残りを水受けの中に捨てる。僕は最後にもう一度、水でお腹をいっぱいにする。

それに続く復活祭の休みもプチブールには行かなかった。クリスマスのときと同じ理由で。二度目の通知表は最初よりもよかった。お母さんはうれしそうだった。

成績がよかったことを伝えるのと、会えないことの埋め合わせをするため、マン・ティヌに長い手紙を書いた。しっかり勉強しているということを。近いうちに大人になって試験に合格し、マン・ティヌがサトウキビ畑にもどこにも働きに行かなくてもよくなるということを。

ラファエルにも手紙を書いた。リセについて、プチブールの工場かと思えるぐらい広くて巨大な建物だと書き、長期休暇に散歩をしたり遠くへ釣りに出かけたりする計画をもちかけた。

三学期目は楽だった。

自分はクラスの中でも一目置かれているとついに感じられるようになったことで、落ち着いて、自分に自信を持つことができた。そして劣等感や不安は自然と消えていった。

学期の終わりは特に楽だった。長い時間、僕らは自習室にいることがよくあって、何もすることがないので、二人組になって紙の上に順番にいろいろな法則にしたがって唐草模様を描いていく遊びをした。自習監督にも、小さな声でおしゃべりするのを大目に見る人がいた。夕方になると、自習時間じゅうずっと本を読んだ。

読書が好きになって、長続きするようになったのはクリスチャン・ビュシのおかげだった。両親がビュシに本を買って、ビュシがそれを全部貸してくれたのだ。

そのときから世の中は、手で触れられる限界の外にまで広がった。

世の中は、この青少年向けの本の影響の下でふたつに分かれた。いつもの平凡で乱暴で願いを頑として聞き入れない世界と、広々として、論理的で、特に好意的で愛着がわく望ましい世界。

本を読むということ自体、遊ぶとか、たとえばお腹がすいたから食べるとかいう喜びよりも、中身のあることではないだろうか。

その次はようやくプチブールに行けて、休みはとてもいい具合に始まった。

残念ながらジョジョだけは除いた仲間みんなに再会して、離れ離れになる前にしていた遊びを一緒にした。

僕は新たに魔法のような楽しみも持っていった。午後ずっと長い時間、大きな木の陰やオーモルヌ、川岸、どこにでも寝そべったり座りこんだりして読書にのめりこみ、自分を取り囲むすべてのものから逃れた。

フォールドフランスから持ってきた本、友達の家にあった本、ロック先生に頼んだ表紙と最初のページがとれてしまっているとても古い本。

印刷された紙に閉じこめられた冒険を開いて追っていくという胸の高鳴る楽しみに加えて、腹這《はらば》いで寝そべり、草の中にひじをついて、両手で頬杖をつく不思議な喜び。そのかたわらでそよ風が数えきれない緑の楽器を吹いて静けさを音楽に変える中で、冒険を目にするのでなく共にする喜び……。

やがてマン・ティヌの部屋は本でいっぱいになった。梁《はり》の上や僕が修理した棚の上など、いたるところに。それはクール・フュジの他の部屋とはまたひとつ違う特徴になった。

雷が鳴り響き、大雨が降る九月がやってきてから数日間、いつも通りに溝や人のいない道をぶらつく遊びに代えて、マン・ティヌのベッドの上で丸くなり（今となっては、叱られることもなくベッドを使うことができた。長い不在のあとのこの滞在中、あらゆることが大目に見られた）そのあいだ、床やらベッドの上やら、そこらじゅうに置かれた器の中に、屋根の裂け目や穴から漏れた水が滴るかたわらで本を読んだ。雨と雨の涼しさ、家の外に広がる大きな雨のオーケストラ、それに雨の滴が周りで音楽となって滴り、膨らむ想像の魔法の上に重なった。

本によってふたつに分けられた感覚を味わう。体は雨と沈黙のうずくような幸福感に浸り、頭はもっとよく理解するため、自分の持っているイメージで多少置き換えなければならない世界の中にあった。

小説が好きだ。人が持つ、小説を書くという才能と能力には感心する。

ぜひ自分もいつかそれをやってみたいと思う。でもどうすればできるんだろう。

小説に書かれている、金髪で青い目をして、バラ色の頬をした人たちには会ったことがない。小説の舞台となる街、自動車やホテル、劇場、サロン、雑踏、客船、列車、山と平野、田園、畑といったものは一度も目にしたことがない。僕が知っているのは黒人小屋通り、プチブール、サントテレーズに、いくらか色の黒い男の人や女の人、子供だった。小説を書くには、そういったものはきっと都合がよくないのだろう。そんな色をした小説なんて一度も読んだことがないからだ。

自分がずいぶん落ち着いたせいなのか、それともマン・ティヌが心遣いからわざと大目に見てくれているせいなのかわからないけど、もうガミガミ言われることはない。マン・ティヌがこれほどまでに優しいので、僕は自分が思っているよりも成長しておらず、自分が思っているほど大人になっていないのかもしれないと思えるほどだ。

これはもしかしたら、以前よりもマン・ティヌの気持ちがわかるようになって、その境遇がおかしなぐらい過酷であるように見えたせいかもしれない。異常で人には言えないほどだと思われるようになったのは、リセでこんなことがあってからだ。ある先生が、生徒ひとりひとりに自分の生い立ちと親の名前と職業を尋ねたときだった。何の考えもなしに僕は素直に、自分の母親が洗濯女をしていることと、サントテレーズの住所を答えた。それと同じく素直に親として口から出たのは、マン・ティヌの名前だった。でもマン・ティヌの「職業」で僕は口ごもった。まずマン・ティヌがしている仕事の名前をフランス語で何と言うのかがわからなかった。いや、それは確実にフランス語にはなかった。

「職業は！」先生が急かすように、こちらに向かって大声で言った。

「医者、教師、装飾家具師、商社の会社員、仕立屋、お針子、薬剤師」と他の生徒たちは言った。

自分の祖母がしている仕事の名前を見つけるのは無理だった。思いきって「サトウキビ畑で働いています」と言ったら、クラスはどっと笑い出すだろう。こういったことほどリセの生徒たちを笑わせるものはない。

「農業です」僕は口ごもって言った。

この言葉が口をついて出てきて、助けてくれたことをありがたく思った。

幸いなことに、親の職業について話す機会は二度となかった。

でも今、サトウキビ畑についていったときよりも強く深く、嵐の多い九月、晩になると身にまとったボロ着としおれた肌をスポンジみたいにびしょびしょに濡らして帰ってきて、僕を店におつかいにやろうとするといつも小銭が足りなくて、部屋の隅々までむなしく探す姿を見るたび、憐れみの気持ちが心に広がるのだった。

病気になってからというもの、マン・ティヌは体の具合がよくなかった。背中が痛い、息苦しいといつも漏らしていた。通り雨で濡れた折りには、夜に起きて煎じ茶を作って、熱で震えているのを僕は目にした。

その上、マン・ティヌは相変わらずきれい好きなおばあさんだった。隅々まで整理整頓されて、手入れが行き届いているのが好きだった。それでも部屋は汚かった。寝床のぼろをよく洗って、食器は使ったあとにすぐに洗い流して、毎朝出かける前に床を掃いても、部屋は汚れ、垢じみており、じめじめしていないかったことはなく、泥や腐った木のにおいの上に、ときどき床板の下から死んだカエルのにおいがした。要するに、黒人であるか貧しいせいで出る臭気だった。

マン・ティヌが黒人であるということと、貧しいということのどちらにも嫌悪感はなかった。今、マン・ティヌと僕は以前よりもわかり合えているように思えた。

そういったわけで、無頓着であるはずの年ごろにあって、絶え間ない苦痛、マン・ティヌにますますのしかかる重圧みたいなもののせいで、僕の勢いに歯止めがかかった。

考えれば考えるほど、マン・ティヌはいわれのない苦しみをこうむっていて、それは哀れというよりも恐ろしいことのように思えた。

でもなぜだろう。どうしていい家に住めず、破れていない服を着られず、パンも肉も食べられず、僕の首の周りに巻きついて喉をしめつける悲しい言葉をいつも延々とつぶやくのをやめないんだろう。

どうしてそんなふうに生きるように強いられているのだろう。

ヴィレイユがしたケチな人たちの話を根拠に、大人になって仕事をするときには、人というのは必要なものを買いそろえるために、いくらかの「財産」を手にするものだとずっと信じていた。そして、財産を使う人もいれば、全部隠して安いところに住み、ちゃんとした服を着たり食べたりしないケチもいるのだと思っていた。

つまり、マン・ティヌはお金を持っており、もしかしたら金を入れた袋をどこか地面の中に隠してさえいて、かたくなにそれに手をつけないようにしているのだとずっと思っていた。今となってはそんな話がもう信じられないことが、どれだけ悔やまれることか。

実際に間違いなく何かがおかしいということが明らかになってきた。マン・ティヌがしているずいぶん変な仕事のことではなく、その仕事に由来する貧困、屈辱、死がだんだんと迫ってくるのがおかしいのだ。

この悩みが僕の頭をしめつけるのだった。ただ僕が大人になれば、マン・ティヌはサトウキビ畑に働きに行かなくて済むようになると考えることで、少しはそれが緩むのだった。

このような決心のもと、授業が再開するのでリセに戻ることになった。

そのとき、会計課に行って驚いた。前年の勉強ぶりと態度から、学費給付は四分の一から全額となり、さらに生活費の半分の援助も受けることになった。一学期に八十七フラン五十セントを払う代わりに、毎月七十五フランを受けとることになったのだ。

そのすぐあと、さらにこんなことが起こった。

ある晩、僕がちょうど家に帰ってくると、お母さんは山積みになっていた洗濯物を上からどかして、白木のテーブルで食事をしていた。すると、突然ドアを叩く音がする。普段なら訪ねてくる人はおらず、たまに近所の人が来たときは、ドアを叩く代わりに外から声で知らせるはずだけれど。

お母さんはドアを開けると、うれしそうに声をあげた。

「エリズ、あなたなの、上がって！」

きちんとした身なりの、中年の黒人の女の人が入ってくる。お母さんが言う。

「ジョゼ、エリズさんに挨拶しなさい」

お母さんは部屋の小さいことや、整理がちゃんとできていないことをしきりにわびる。たとえば、丸めた洗濯物の山と修繕し終えた服の山がベッドから崩れ落ちていることなど。

お客さんのほうは、こんなにも遅い時間にやってきたことを謝る。

「ちょっとね」彼女は腰を下ろしながらつけ加える。「とても真剣な話なのよ」

「深刻なことじゃないでしょうね」お母さんが尋ねる。

「いいえ」女の人は言う。「もしかしたらあなたが興味を持つかもしれないと思ったのよ」

エリズさんの口調が気になって、僕は食べる手を止める。

「じゃあ言うわよ」エリズさんは話を続ける。「フィルマン、パイイのところの運転手のフィルマンを、あなた覚えてるかしら」

「フィルマンね！」お母さんが言う。「日曜日の午後になると、あなたと話をしに道に来ていた人でしょう」

「その人よ」エリズさんが認める。「あの人がわたしに好意をもっていて、わたしたちうまくやっていけると思うのよ」

「それを聞いてとてもうれしいわ。あの人は真面目な人らしいし、きっとあなたのことを大切にしてくれる」

「ええ！　そうなの、あの人とても優しいのよ」エリズさんがかぶせるように言う。「だからほら、彼と一緒に住もうと思って、ラスルの家を出ることにしたの。わたしたちはエルミタジュで部屋を見つけたから、そこに住むことになるわ。彼は今の仕事を続けて、わたしは裁縫の仕事ができるから、彼がミシンを買ってくれたのよ。時間を無駄にしないようにね。それであなたは最近どうしているの」

「やれるだけのことをやっているわ、洗濯でね」そこらじゅうに置かれた洗濯物を指しながらお母さんが言う。

「まあ！　でも結構あるわね」

「大きいのがふたつと小さいのがふたつよ」

「生活は大丈夫なの」

「大きいのは月に六十フラン、小さいのは週に十二フランよ」

「でもかなりの仕事でしょう、かわいそうに！」

「その通りよ！」お母さんが言う。「ほら、わたしの手を見てみなさいよ。腕や肩なんてもう肉も骨もない、リウマチ以外は何もない……でもどうしようもない。子供は大きくなるし。特にこの子はリセに通ってるから……」

お母さんはエリズさんに、リセに払う八十七フラン五十セントのせいで、どれだけつらい一年を過ごしてきたか語る。

「もっといい仕事を見つけるってのはどうかしら」エリズさんが言う。

「これ以上仕事はできないって知っているでしょう。面倒を見なきゃいけない息子もいるし……それにベケたちはますますやかましくて、疑り深くなってきているし……」

「それは困ったわね」目に見えてがっかりした様子でエリズさんは言う。「わたしの仕事を引き継いでもらおうと思ってきたのに。というのも、ラスルさんはわたしが出ていくって話に耳を貸さないのよ。わかるでしょう。あそこで勤めはじめたときからよ。でも信頼できて、ちゃんと仕事のできる人を見つけるという条件で、やっとラスルさんも折れてくれた。あなたの他に誰も思いつかないの」

お母さんは、それは無理な話だとかたくなに言う。

「それでもあそこなら洗濯より稼げないこともないわよ。ラスルさんはわたしに給料と食費で月に二百フラン、それに洗濯と家の掃除でもう百フランくれるわ。それにラスルさんは独身で、食事は集まりでするから、お屋敷に手がかかるといっても、わたしにはフィルマンの洗濯くらいする時間があったわ。あなただって小さな洗濯のひとつやふたつできるでしょう。それに言っておくけど、ラスルさんは黒人を邪険に扱う人じゃないからね。家が片づいてさえいればそれでいいの。本当に、あなたが今までしたことがないような仕事よ。独身だから、一日じゅう人を呼びつけて、始終自分の周りで使い回して、毎週家をひっくりかえすような奥さんもいない。あなたにぴったりの仕事だと思うんだけど……」

「無理よ」お母さんは断る。「残念だけど……もうここに部屋もあるし、やることもあるし。息子もいるし。それに主人のラスルさんが毎晩ここに帰ってくるのを許してくれたとしても、かなり大変だわ。ルート・ディディエはサントテレーズの反対側だし。無理だってわかるでしょう……」

エリズさんは立ち上がると、お母さんから了承が得られなくて、ずいぶん困った様子で帰っていく。僕たちはまた食事をしはじめた。僕にも、断ったのはなんだかばつの悪い感じがした。話し合いのあいだ、僕はお母さんの耳元に引き受けるといいよとこっそり言いたくなった。お客さんが帰ったあとも、まだお母さんがどうして断ったのか問い詰めたいと思っていた。でも、お母さんに向かって何でもかんでも言えるわけではなかった。お互いをよく知らないせいで、僕はお母さんに対してむしろ遠慮していた。

だから、断ったことに反対しているのを示すために、ご飯が終わって寝るまでふくれっ面をして口を閉ざしていた。

次の朝、いつものように僕にコーヒーの茶碗を出すときに、お母さんが聞いてきた。

「ねえジョゼ、昨日来た女の人がお母さんに言ったこと、聞いていた」

「うんお母さん」僕は答えた。「引き受ければよかったのに」

「じゃああんたはどうするの」僕の断言するような返事に驚いて、お母さんが言った。

「そうしたらここにひとりで寝るよ。心配ないから」

「でもご飯はどうするの」

「自分で作る」

お母さんはそれ以上何も言わずに考えこんでいた。

僕も同じで、午前中の授業のあいだずっとそのことを考えていた。

どうしてお母さんにルート・ディディエに行ってほしいのだろう。わからない。もうお母さんに洗濯はしてほしくなかった。指から血を流し、腕と肩が痛いと口にしている姿を見たくなかった。だからお母さんはルート・ディディエに行って、自分に合った仕事をするといい。もう手の皮が擦り切れることも、火傷《やけど》をすることもなくなる……朝、僕は自分でコーヒーをいれて、体を洗って学校に行く。昼は時間がないから、パンとマーガリンでご飯を済ませる。夜は勉強したあと、七時に自分で晩ご飯を作る。ご飯とココアだ。そのあとはもう少し起きていて本を読む。石油を使いすぎないように、あまり遅くまで本を読むことはしない。毎週木曜日と日曜日には、お母さんに会いに行く。

それはさほど難しいことではなく、こんな解決策を考えるのはひそかな楽しみだった。

この計画は、その日の晩にお母さんがもちかけてきたことと一致していたので、なかなか悪くなかった。自分でいれる必要がなくなったコーヒーのことだけは除いて。お母さんにその仕事をするように勧めていた近所の人が、毎朝一杯のコーヒーをいれてくれることになったのだ。マン・デリアはエリズさんに会い、ルート・ディディエのラスルさんの家の女中の仕事の空きを引き受けるために急いで出かけた。

僕はひとりで残って、非の打ちどころがない状態でいるよう努めた。

お母さんは木炭と食料のたくわえと、わずかばかりのお金を残していき、僕は言われたとおりにそれを使った。

新しい仕事に就いたお母さんに会いに行く最初の日、お母さんに会うためマン・ティヌに連れてこられたときよりも、ルート・ディディエはずっと魅力的に思えた。

街から出ると、道路はすぐに大きな帯になって一本の登り坂が延び、両側には木とハイビスカスの生垣が交互に並んで、その奥には芝生や花壇に囲まれた明るい色の一戸建ての家や別荘が、ところどころ姿を現した。

自動車は風景のあらゆる色を映しながら、静かに坂を上ったり下りたりしていた。

日の光と涼しさ、影と色彩、沈黙と生の結合から発せられる静寂と充足感に、足取りも軽く歩いた。ラスルさんの家は「ヴィラ・マノ」だとお母さんに聞いていたので、たどり着く前に僕は洒落《しゃれ》た住宅の鉄柵に沿ってゆっくり歩いた。庭では、黒人がこっちで芝生を刈って、あっちでハイビスカスを整えて、あるいは下のほうを細かく掘っていた。

白い小道の奥に、小鐘楼があり、バラとヒャクニチソウが咲く広い芝生に埋めこまれた「ヴィラ・マノ」が現れた。

控えめに、思わず警戒しながら建物に向かった。お母さんは炊事場で僕を迎えてくれた。数日ぶりに会ったことと、この魅惑的な場所に僕を招き入れることでうれしそうな様子だった。炊事場は僕たちの家の二倍はありそうなぐらい広く、きれいにペンキが塗られていて、鏡みたいに磨かれた料理道具で飾られていた。

主人はすでに、フォールドフランスの事務所に出ていた。車はガレージになかった。お母さんはその機会を利用して、僕を連れて敷地をひと回りした。

家の裏には四角い芝生が広がっていて、真ん中には噴水が噴き出しており、その周りにはヤシの木やマンゴの木が葉を輝かせていた。全体は、刈り整えられた植えこみのハイビスカスの垣に囲まれていた。

芝生の隅、家に立てかけられたヨットの中では、数羽の小鳥が色とりどりの羽をはばたかせていた。

お母さんが言ったように、ラスルさんには趣味が三つあった。鳥と、水槽で魚を飼うことと、自分の部屋に設置した無線設備だ。ラスルさんは香りのついたタバコをたくさん吸った。花も好きで、庭で花を摘みながら花束を作って家の部屋に飾った。人づきあいはあまり好きではなく、友人を招くことはほとんどなかった。

さらにマン・デリアが断言するところによれば、ラスルさんはとてもいい人で、注文をつけるときもぞんざいではなく、困らされるようなことはちっともなかった。

サントテレーズでの新しい一人暮らしを楽しもうと決心したにもかかわらず、お母さんがフォールドフランスの反対側の郊外で働くようになり、一週間にたった一度か二度会うだけになってからというもの、状況は僕に重くのしかかった。

最初のうちはちゃんとして、自分で何でもできるという秘めた自信と、お母さんはいい仕事についたのだという大きな安心感に支えられていた。でも少しずつ、捨てられたのだというやるせない気持ちになっていった。お母さんがいないせいで、窓を開けることすらしないこの部屋で、憂鬱にさいなまれた。部屋はほこりをかぶっており、ご飯を食べて、寝て、また出かけるために帰ってきても、話す相手は誰もおらず、優しく、そして時には心のこもった言葉で導いてくれる人もいない。

お母さんに会いに行くたび、朝のパンとか砂糖とかほかに食べるものとかを買うためにもらう三十か四十スーを使って、リセでお菓子を食べたいという欲望に負けたこともあった。こうしてお金の面で道をはずれたせいで、何日もパンやあるいは夜のランプ油がないことがあった。そんな状況の真っただ中にあると、空腹にさいなまれるだけでなく、暗いせいで悲しくなり、自分がものすごくかわいそうなみなし子にそっくりな感じがした。

自分でも気づかないうちに悲しいだけでなく、多分栄養不足のせいで無気力になった。というのも、お母さんからもらうお金だけでやりくりするにはかなり無理があったのだ。食事の時間、質においても、量においても強くそう感じた。

授業に出てもまったく元気がなかった。時間が長く感じられ、学業の力で自分の親の境遇をいつかよくしてやろうという自信はもうなかった。

なんら後悔することも、奮起することもなく、クラスで一番の地位を失った。

僕はこのようにして、無関心でなすがままに時間を過ごすようになった。

朝起きられないせいでよく授業を欠席した。あるいは、昼過ぎには暑すぎたせいで。

それで、部屋で横になったままでいるとき以外、僕はひとりで、あるいはあまり尊敬には値しないけれど、こんな場合には一緒にいるのが楽な仲間たちと街をぶらつきに行った。特にマンゴのなる時期には、街から二キロ離れたところにある果樹園に歩いていった。

今や僕はフォールドフランスをくまなく知っていた。

お気に入りの場所といえば、人の多い界隈《かいわい》だった。ボール・デュ・カナル、テール・サンヴィル、ポン・デモステヌ。真っ黒なバラックが寄せ集まって、湿地のはす向かいに建てられており、そこにはボロ着を着た、驚くほど元気な子供たちがひしめきあっている。女たちは金切り声をあげ、いつでも言い争いが始まりそうだったり、熱気のこもった歌声があがる。上半身裸の男たちは怠惰でものうげな表情をしているけど、街で一番誇らしくて、人前に出しても恥ずかしくない人たちよりも立派だと思っていた（なぜかは説明がつかないけれど、いつもそう思っていた）。

特に船着場が好きだった。

そこはフォールドフランスに着いたとき、一番鮮明な印象が残ったところだった。僕はいつもその場所に愛着を感じていた。

ボール・ドゥ・メールは、そういった点では何の魅力もなかった。黒くてどろどろした砂の上に、海から吐き出されたごみが延々と並び、街じゅうの家庭から出たごみもそこに混じっていた。その裏にあるアーチ型の道の反対側には、多かれ少なかれ表に面した部分が崩れた食料品卸売りの店が並んでいた。

でも僕にとって船着場といえば、蒸気船だったり帆船だったり、いろいろな大きさの船だった。岸から遠くないところに碇《いかり》を下ろし、フランスやアンティル諸島のあらゆる港から来た丸い腹をした貨物船に積荷が詰めこまれる。

大きな建物みたいに高圧的な卸商たち。気が利いて献身的な従業員たちの人だかり。それに、帆かけ舟が岸に下ろしたばかりの重たい箱や大きな袋、大きな樽を驚くべき早さで扱う荷揚げ人足たち。苦痛に耐える男たちの壮大な光景。ぎらぎら光る太陽の下、そこではあらゆるものが動いていた。そこらじゅうで力む声があがり、上げ下ろしされる箱の軋《きし》む音が響き、中身がいっぱいに詰まった樽が転がり、小麦粉や塩、穀物を入れた袋が積み上げられる。荷車が軋み、道を開けさせるためにクラクションを鳴らしながらトラックが走る。

男たちは途切れることのない列となって、頭の上に百キロの袋をのせ、重い蒸気機関が全力で走る姿を思い起こさせる速さで車道のアスファルトを踏みしめる。そのうちのひとりが少しでもつまずいたら、あるいはうっかりその中に足を踏み入れたら大惨事になるだろうと想像すると、背筋が震えた。

そして桟橋がひとつもないこの船着場では、袋でできた腰巻か着古した半ズボンをはいて汗を流して湯気をあげ、その熱い息で巨大な振動を起こすたくましい黒人たちが働きながら立てる心臓の鼓動の機械的なざわめきがこの界隈全体に伝えられていた。

ボール・ドゥ・メールにぶらぶらしに行くのは、特に午後になってからだった。ゆっくりとやってくる貨物船が、大きく揺れる錨鎖管を横目に、船着場や街の様子を注意深くうかがいながらこっそりと入港し、先に着いている船のあいだに場所取りをするのを眺めていた。あるいはまた別の船が遠くで汽笛を鳴らし、近くの船たちに半分隠れて、船倉をラム酒の樽や砂糖袋でいっぱいにして、碇のついた長い鎖を引き上げ、ゆっくりと旋回して遠ざかっていくのを眺めていた。

男たちが滑車を使って、袋や箱、樽、ノルウェー産の木材、あるいはトラックを丸ごと船倉から吊り上げるのを見ていた。トラックは地面に下ろされると、運転手の手で目を覚まされて走っていった。同じく目を見張るのは、大きな体をした黒人の労働者たちが帆かけ舟の端っこをはずみをつけるために、長い帆桁《ほげた》に体を傾けて船首から船尾へ一歩ずつ大股で歩く姿だった。運送船が岸の砂利に乗り上げると、褐色の群れとなった黒人たちが荷物を奪い合うように担いだり転がしたりして、海と道路のあいだの広い空き地に積み上げていった。

徐々に自分たちが力を出したときに発せられる熱気で恍惚としてきて、顔つきや体の動き、足取りが驚くほど激しく活発になった。ときどき力を出しきると、ひとりの人足が冗談を言い、班全体が笑いに包まれて、作業に人間の力を超えたさらなる勢いがつくのだった。

僕は彼らの仕事が終わるまでボール・ドゥ・メールをぶらついた。店は閉まった。トラックはなくなった。

知らないうちに、静けさがあたりに広がっていた。荷揚げ人足たちは積み下ろしたばかりで山積みにされた貨物のかたわらに、ばらばらになっていた。ほこりと垢をかぶった彼らはまるでブロンズ像のようだった。体力を消耗させる焼けるような渇きを癒すため、人足たちは一緒に強いラム酒のびんを空にした。そうすると腰巻や半ズボンを下ろして、サラブレッドのようにいななきながら海に駆けていった。腹までつかり、水の中で立ったまま肌をこすって垢を落とすのだった。その話し声や笑い声が静けさの中、印象的に響いた。

長いあいだ海と空の境界線にあった太陽は消え、まるで自分の熱で溶けてしまったみたいだった。そして黄昏《たそがれ》は、立ったままでいたり、泳いだりしているこの裸の黒人たちのものだった。じっと動かない貨物船のシルエットと、船着場の向こうにある薄紫色をした丘さえも。

泳いでいる者は、丸裸の体を隠そうともせず水から上がった。この時間、もうこの場所を通りかかるような人は誰もいなかった。人足たちは貨物の裏に散らばって、白いキャンバス地や青いかつらぎ織のズボンをはき、さっぱりとした綿のシャツに靴をはいて、ひとりまたひとりとそこから出てきた。

人足たちは街に向かい、夜はとばりをおろした。

僕は釣りの竿や糸、針を買うために食費を切りつめることがあった。それに午後には、さぼりの達人何人かと一緒に昔の船の修理場がある埠頭に行った。そこも僕の趣味に合う場所だった。ボール・ドゥ・メールみたいに、あちこちに生えた大きな木の下に船やボートがあった。特にくず鉄の山、碇、錆で固まった鎖や船の残骸、独楽《こま》の形をした浮標《ブイ》が、錆止めの塗られた側面を下にして転がっていた。いろいろな物が混ぜこぜになった残骸の山に登ることができて、そこは僕らが身を隠し、時間をつぶすのにもってこいの隠れ家となった。

カレナジュは、ポン・デモステヌの界隈に接していた。ポン・デモステヌは僕にとってあまりいい感じのする場所ではなかった。というのも、ちっとも望ましいと思えない人たちがそこに住んでいたからだ。カフェや薄暗いホテルが建ち並び、いろんな色をした停泊している船の船乗りたちが入っていって、化粧をした身なりの悪い女たちにつかまり、タバコの煙や下世話な笑い声、流行遅れの音楽がべたつく中で酒を飲んで、階段を上っていっては降りてきて、千鳥足になって悪態をつきながら外に出てくるのだった。

学校に行く午前中は不愉快ではなかった。カフェは店を開き、車道の脇では堅気の女の人が冷えたココナツやコロソルドゥドゥ、マカングヤバナナを売り、急いでいる男の人や女の人は仕事着で、街やトランザに向かうために行き交った。このときばかりは逆で、ポン・デモステヌの界隈は感じがよく活気に満ちており、健全な風景だった。

僕らが学校をさぼって会う場所に選んだのは、デクリウ植物園だった。

そのすべてに引きつけられた。場の広がりや影、茂みの緑の組み合わせ、果物のなる木、特にマンゴの木。

学校をさぼって遊びまわる連中のかたわらにはフランスの女帝ジョゼフィヌ像があり、石を投げれば簡単に実を落とせるマンゴの木に囲まれた、だだっ広い天然の芝生のサヴァヌのほうが好きな者もいた。僕にとってサヴァヌはとりわけ、サッカーの試合をするのにもってこいだった。

僕はデクリウ園のほうが好きだった。イギリス式の公園にもフランス式の庭園にも見えるこの場所は、逢い引きや赤ん坊の散歩にも向いており、学校をさぼるのにもとてもよくできていた。

安心して居られて、そのときの気分や季節によっては、監視を避けながら木に黄色く熟したマンゴを取るのに夢中になることも、金網で囲われた池で腐っていく年取ったワニや、杭の上に据えた小屋につながれた二匹のサルを眺めることもできた。

花壇の前にあるベンチに座ってチューベローズの香りをかぎ、草の上に寝そべっておしゃべりをしたり、笑ったりすることもできた。

茂みの中でひとりになって本を読んだり、ときどき恋人たちを覗き見したりして楽しんだ。実際、初めての逢い引きから、取り返しのつかない口論をして、男女が姿を消すまでの恋愛の顛末を追うという、下世話な楽しみに興じていた。

場合によっては数週間後に、一方が新しい相手を見つけて恋愛を楽しんでいるのを目にすることもあった。

学校が始まってから一年間ずっと続く関係もあった。そんな関係は僕の目には疎《うと》ましいものに映った。その単調さのせいで、庭園の景観が損なわれるように思えた。

この庭園がさらに魅力的だったのは、僕らがそこに本で読んだ登場人物を持ちこむためだった。文学の授業や自分で読んだ本で得た空想的、あるいは牧歌的な風景はそこに居場所を見つけ、現実のものとなって、習った中でも最も美しい詩句によって僕らの中に芽生えた渇きを癒すのだった。

夜になってサントテレーズに帰るとき、大通りを行く代わりに、よくポン・デモステヌからモルヌピシュヴァンを登る坂道を通り、街と港が見わたせる台地を横切っていった。

モルヌピシュヴァンのこの道は、サントテレーズに帰るのに一番の近道だった。

そこにはまったく同じ力と増殖の仕方で、サントテレーズと同じ型のバラックが建てられていた。でもこの新しく生まれつつある地区をよく通っていたのは、家に早く着けるからだけではなかった。幸せになりたいとか自立したいという欲求に動かされた人たちが、ごちゃごちゃと小屋を建てて、開拓者が作り上げたみたいな、勝ち誇ったような満足ぶりが目に見えるからでもあった。

それはお母さんやマン・ティヌの関心を引く現象だったかもしれない。男たちは決心を固めると、すぐにありったけのものを使って、一丸となってそれにとりかかった。

おそらくこういった黒人たちは、仕事をする時間以外に、台地の茂みのあいだに木造の小屋を立てることにいそしむ。それでもまだ息切れせずに、住むところや街を作り上げる力や望みをもっていて、夢に見たのと同じ大きさ、同じ色の建物をみすぼらしいながらも現実のものとする。

サントテレーズを離れるのは、とてもつらかった。

お母さんは友達のひとりに言われて、住み込み先の主人から休みのあいだ何週間か僕と一緒に過ごす許可をもらい、ルート・ディディエ付近に部屋を借りた。というのも正確に言えば、ラスルさんの家は小高い場所にあり、起伏した土地の道路を下ったほうのくぼんだあたりにルート・ディディエで働く運転手や女中が借りている小屋が二十軒ほど集まっており、家族で住んでいるところもあれば、何らかの理由で使用人が住んでいないところもあったからだ。

この黒人たちの集落はプチフォンという名前で、ほとんど資産のない白人たちが所有していて、黒人たちに貸す目的で建てられ、わずかながらもいくらか安定した収入を得ていた。

サントテレーズとモルヌピシュヴァンに似ているにもかかわらず、この惨めな集落を構成するバラックはむしろ、黒人小屋通りを思わせた。

いずれにせよ、お母さんがそこに部屋を見つけて、関節炎を患ったかのようにがたがた揺れるおんぼろトラックで、サントテレーズの部屋で使っていた鉄製のベッド、白木のテーブル、椅子二脚、腰掛け、棚二台にいくらかの古着と皿を運びこむという特権を得たので、うれしかった。

自由を失ったという痛手は尾を引いた。でも授業が始まるにつれて、新しい界隈に慣れるときの居心地の悪さも消えてなくなった。なぜならルート・ディディエという場所は、ひとたびその名前を言えば人は驚いてうらやましがり、尊敬さえするのだ。ああ、どれほどまでに名高い地区なんだろう。周囲への気遣い、順応主義、媚びへつらいといったものは、僕が関係を持つことになった使用人という人種の態度や人柄の特徴で、主人への従順さや、少しも波風を立てまいと専念している仕事への敬意を物語っており、彼らは自らの黒人らしさを表に出してしまわないか気にして、できる限り消してしまおうと努めているのだった。

ルート・ディディエの家主たちを見かけることはほとんどなかった。

朝や昼や晩に、正面玄関から音もなく出入りする豪華な自動車の奥に赤みのさした顔色の男の人が力なく座っているのを見かけた。ときどきそれは白人の女の人で、ハチドリみたいに着飾っていた。あるいは子供たちで、聖体祝日の天使みたいだった。さらに、たまにそんな人たちが（特に女の人たちだけれど）使用人たちに物を言いつけているのを耳にした。その声はホロホロチョウみたいで、もったいぶった口調は気取っているみたいに聞こえた。

こういった人たちの存在があってこそプチフォンに部屋を借りる人の仕事があり、その存在意義ともなっていた。

それまで知らなかった種類の黒人であるこんな人たちのあいだに僕はいた。

いや、プチフォンはそれでも黒人小屋通りとは違って、プチフォンの新しい近所の人たちとは、以前のプチモルヌやサントテレーズの友達と同じようにはつき合えなかった。

黒人小屋通りやプチブールの近所の人は徒刑囚みたいにベケのためにつらい仕事をして、身を削っていた。彼らは苦しそうにそれに甘んじても、心の中ではそうではなかった。彼らはベケたちの前にひれ伏すようなことはしなかった。一方でルート・ディディエの人たちは忠実な人間で、身をささげてベケに仕える作法に磨きをかけていた。

それまで絶えず苦労する人だけしか知らなかった僕にとって、誰がそう決めたのかはわからないけれど、自分たちのためにすらできないようなことを他人にするのを目的にしたり、気にかけたりしている人たちの集まりを見るにつけて、驚きはますます大きくなった。何を引き換えにしてだろう。給料では足りないだろう。にもかかわらずこの人たちのあいだでは、ベケの家の使用人であるということはひとつの地位だった。

この使用人たちのなすがままの貧しさに、僕は染まらなかった。そうでなければマン・ティヌやお母さんみたいな人たちは、別の部類の人たちの一生を世話して、飾りあげて、延ばしてやらなければならないことになる。一方でこういった人たちは、僕のおばあちゃんやお母さんのような人たちに、なんらお返しをする必要はないと思っているのだ。

その後まもなく、この地区で自動車の運転手をしている男と友達になった。彼の住んでいたプチフォンではなく、道端で知り合いになった。僕はその運転手がひとりで車に乗って通り過ぎていくのを、学校へ行くときによく見かけていた。彼は車を停めると、乗らないかと声をかけてきた。彼にはおそらく、こっちがラスルさんのところの女中の息子だということがわかっていたのだろう。

一日に四回、雨季のにわか雨の中でも、アスファルトをやわらかくする乾季の太陽の下でも、街から二キロある道のりを徒歩で行かなければならなかったから、毎回もうけものだった。

それは若い男で、僕よりちょっとだけ年上だった。それに底抜けに陽気だ。いつも声に出して歌を歌ったり、鼻歌を歌ったりしていた。独身で、夕方早めに仕事から帰ってくると会いに来てくれたので、僕はうれしかった。でも同時に、僕と一緒にいて彼は退屈しないだろうかと不安だった。僕はそのころ文学に熱中していた。夢中というよりも惚れこんでいた。自分の読んだ作品や、自分が話したい物語の中の登場人物をすぐに話題にする癖があった。

いやそんなことはない。歌やでたらめな話でしつこかったのはあっちのほうで、話の種となった。あっちは僕を呼ぶためにドアを叩くのではなく、家に帰ってくると自作した合図の口笛を吹くのだった。それは僕らの合言葉になっていて、こっちもそれに口笛で答えた。しばらくすると彼はやってきた。ドアを開けると、テーブルについて石油ランプの近くでものを書いているか本を読んでいるかしている僕を見つけた。

「よぉジョ」彼が大きな声で言った。「調子はどうだ」

「いいけど、そっちは」

「上々さ。こっちは年寄りベケたちのせいで、一日が台無しになりそうだった。別に気にしちゃいないけど」

「何があったんだい」

「まあ何でもないことさ。ベケってのはいつも自分に仕える黒人に鞭を入れたがるもんだからな」

遺伝というやつだなと僕は思った。身のふるまいというものは、血の中にすりこまれて遺伝するものなのだ。

彼は遠慮なくベッドの上に座ると、面白いことから、とにかく何でもかんでも話しはじめた。ありがちで面白くもないことを滑稽で楽しい話に仕立て上げるのだった。

名前はカルメンといった。

最初、こんなにも陽気で生粋《きっすい》の若い男を女の名前で呼ぶのがどれだけ気まずかったことか。それでもだんだん逆にカルメン以外、どんな名前もふさわしくないと思うようになった。その上、この名前は男らしくて反抗的で自由奔放で、女性にはほとんどふさわしくないと思えるほどだった。

カルメンはおしゃべりが長々と脱線していくうちに、自分の身の上話をした。

カルメンの前にお母さんが生んだ男の子はみんな死んでしまっていた。生まれたときに死んだのもいれば、生まれてしばらくしたあとで死んだのもいた。全部で四人。女の子の数はすでに五人だった。「俺のおふくろは」カルメンは言った。「男の子に恵まれなかったんだ。それで俺が生まれてすぐ、親父が女の名前で俺を包んじまおうとして、最初に口をついた名前がカルメンってわけさ。親父は賢かった。ってのも、俺が人生にしっかり根を下ろすかどうかなんて誰にもわからないからな。俺がこれまで受けてきたこと全部からするとだな……」

カルメンはプランテーション生まれだった。

彼が自分の子供時代について話したことは、僕がプチモルヌで経験したこととあまりにもそっくりだったから、十二年前に一緒に遊んだことがあるみたいに思えた。

でもカルメンは僕みたいに道を変えることはなかった。彼は自然な段階を経て、黒人小屋通りに生まれた者の運命をたどっていた。カルメンは細かいことまでは言わなかったけれど、気が向いたときに話したことは（僕の個人的な経験に照らしてみると）、彼がプランテーションで過ごした二十年の時の流れを示していた。

「見てみな」シャツの襟をはだけてカルメンが言った。「ここ、首のところにある傷跡が見えるか。家畜の体についている縄の跡みたいだろう。まあ、これが俺の子供のときの最初の思い出ってやつだ」

「親父とおふくろと俺の姉さんたち、みんな仕事に出ていった。ふたりの姉さんが小屋の中の地面に置いたボロ布に俺を置いて戸を閉めて、すぐにプランテーションの子供と一緒に遊びに行ったもんだ」

「それである日、俺は多分喉でも渇いたせいで泣きわめいて、戸の下からもれている光のほうまで這っていった。木のドアは湿気のせいで下のほうで丸く反って腐っていて、俺は反っているところに頭を入れた。そうしたら出ることも引っこむこともできなくなった」

「俺はわめいてもがいた。他の人は遠くにいて俺の声が聞こえなかったか、聞こえたとしても俺が叫んでいるのなんて気にも留めやしなかった」

「晩になって親が帰ってきて、俺の首が戸の下でのこぎりにひかれたみたいになっているのを見つけるまで、どれだけのあいだその状態でいたんだろう。そこからどうやって抜け出したかって思うだろ。わからないんだ。お袋にそう聞かされた。でもその覚えだけはある。間違いない」

　カルメンは何度かこの逸話を語った。いつも話をするときの様子が違っていた。腹を立てていたり、皮肉っぽかったり、自慢げだったりした。

　別のときにカルメンは、牛に関係することを話した。

「だいたい七歳ぐらいのとき、俺は腰を踏まれたことがあった。そのとき『シャツ頭』だったんだ」

　つまりカルメンは、頭と腕と足だけが出た体全体を覆うジュートの布地のシャツを着て、プランテーションの道をどこかに連れていくため、つないだ牛たちの前を歩く仕事をしていたのだ。

　ある日、雨がたくさん降ったせいで、働く人の足や家畜のひづめや馬車の車輪で道に畝《うね》みたいな跡ができた。

「歩くごとにおれはバシャッとひざまではまった。車引きは俺にしつこく悪態をついて嫌味を言った。たまらなかった……考えてもみな、何時間もそんなふうに歩いて、地面に足をとられるぐらいどろどろで、ろくに前に進めやしないんだぜ」

「『そら！　歩け、この怠け者《なま》』車引きは俺にこう言うんだ。『さもないと尻の穴に突き棒を刺してやるぞ。おい、俺はお前が牛の行く道をふさいだせいで、農園監督に絞られるつもりはないからな！』」

「もう俺の小さな脚はもたなくて、頭は不安で鳴り響いて、俺はひっくり返って腰をついた」

「俺を泥から引き上げに来たのは、車引き本人だった。車引きは先頭の牛の足が、俺の背中にのったのを見て、車から飛び降りてきたんだ。どうして俺の背骨は折れなかったんだろう」

カルメンは昔ラバ引きをしていて、落馬して肩甲骨を折ったせいで、長いあいだ救済院にいたこともあった。

次に彼は兵役についた。

ああ！　これは彼の人生の中で最も大きな出来事だった。

「悪い病気にかかったんだ。でも怖気《おじけ》づいたってわけじゃないぜ。医者にそう言ったらすぐに除隊になった」

兵役のあとは、フォールドフランスが好きだったからそこに残ることにした。

次に来たのは、平穏だったり憂鬱だったりするときに口をつく、幸せな思い出だった。たとえば火や太鼓で照らし出された思い出、プランテーションのサトウキビ畑の中での数え切れない激しい愛の思い出。あるいはもっと最近のルート・ディディエでの思い出。

「ジョ、考えてみな、今朝な……」

話はよくこんなふうに始まった。それは女の人の話だったり、恋愛の話だったりした。というのも、カルメンの生活は女だらけだったからだ。

「女たちにはいつもうんざりさせられる」彼はふざけるように言った。「十三歳になったばかりのころには『大人の女たち』が罠を仕掛けてきたんだ。俺のせいで何かわからないものが目覚めるらしいんだ。そいつは俺にとってみれば面倒な話さ。っていうのも、ひとりの女を選ぶ暇なんてないほどだったからな。いつも声をかけられてつきまとわれて、迫られる。本当に、これにはうんざりする」

こういうわけで、カルメンの訪問が少しばかり短いと思うときには、そのあとに女と待ち合わせがあるのだとすぐにわかった。僕がそれに気づいたような表情を見せるだけで、会いに行く恋人の名前を僕の耳元で小声で言い、自嘲するように大きな笑い声をあげながら、逃げるように去っていった。

恋愛に情熱よりも笑いを求めたことからすると、カルメンは笑うために恋愛をしていたといえるだろう。彼が信じている限り、女というのはまずは一緒に寝て、あとで笑うものだった。

それにしても、ときどき若い女がしつこくつきまとい始めたり、あるいはもうつき合っていない女にフォールドフランスの道の真ん中で面と向かって、まだ当分つき合うつもりでいる新しい女のことで罵《ののし》られたりすると、カルメンはとても不安げになった。

「でも女ってのは、どうしたらいいんだろうな。何のために髪をまとめるんだ。どうせ誰のものでもないもののためか」

これがカルメンの語ったことだった。

ときどき夜にカルメンは口笛を吹きながらやってきて、口もきかずに椅子を引くと、リズムをとりながら指でテーブルの端を叩くことがあった。

それはプランテーションで聞かれるメロディーで、たいてい僕の知っているものだった。でも彼が口笛をやめて歌い始めると、その歌詞は僕が聞いたことがないものだった。プランテーションの黒人たちは、ひとつの地域からまた別の地域へと歌を歌って広めたがるけれど、歌詞はほとんど気に留めないので、よく歌い手が歌詞を変えて、その地域の出来事になっているということがあった。カルメンは口笛を吹きながら、ごく小さな音で太鼓のリズムをつけ、かなり熱が入り、陽気に感情的に歌い続けた。僕はずっと口をつぐんだままうっとりしてカルメンの歌を聞いていた。

突然単調な歌に終止符を打つと、カルメンは突風が吹くように立ち上がって言った。

「よし！　ジョ、俺は寝る」

「こんな時間にかい」

「ああ、そうさ。今日はほとんど走りっぱなしだったし、それに暑かったからな」

こう言って手を差し出すと、あくびをしながら言った。

「また明日」

同じく歌うのをやめると、カルメンは出し抜けにこう言うこともあった。

「なあ！　ジョ、何の話をしようか」

こう言ったときには、間違いなく僕に何か伝えたいことがあった。たいていベケのことだったり、自分に起きた愉快な出来事だったり、運転手の誰々がクビになった理由だったりした。

とにかくカルメンがやってくるたびに、新たな情報がもたらされるせいで、着実にルート・ディディエの全貌が視野に入ってはっきり見えてきた。

僕は少なくともすでに、ルート・ディディエは植民地開拓のときからの白人名家の子孫で、同時に最も有害でもある結構なお金持ちの人たちと、一方では一緒に生活してはいないけど、僕が唯一関わることのある黒人の使用人たちでできていて、この黒人たちは権力と品位において、白人たちのほうが優れていると完全に思いこんでいるのだということを理解していた。

僕はそれぞれの別荘の持ち主や、毎朝自動車で通う銀行や商店の店主の名前まで知った。ルート・ディディエが貴族の住む地区であるだけでなく、瀟洒《しょうしゃ》な建物が両側に並ぶ端から端まで、同じ血、ベケの一族の血が流れていて、ある家の子孫は向かいの家にいて、隣の家の子孫と結婚しているのもわかった。地元生まれの白人は、地元生まれの白人の家系以外とは婚姻関係を結ばないものなのだ。そのせいでこの島の住人はきれいに黒人、ムラート、白人（それ以下の細かい分類は除いて）の三つに分かれるのだという僕の見解は、ゆるぎないものになった。黒人たちは大多数であるにもかかわらず見くびられていて、野生の果物と同じで味はあるけれど手がかけられておらず、ムラートたちは接ぎ木によって得られた種類で、残りの白人は無知で大半は学問がないにもかかわらず貴重で価値の高い種類なのだ。

最後にプチブールに足を運んでからというもの、マン・ティヌの境遇を考えるたびに心配になった。マン・ティヌが貧しさにとらわれて衰えていくのを見て僕は愕然とした。マン・ティヌの部屋もどんどん暗くすさんでいった。壁板はさらに腐り、屋根の穴は広がっていた。テーブルはよじれて、脚の下の部分は湿気に蝕《むしば》まれていた。クール・フュジのすべてがこれと同じで、真ん中にある溝には住人たちの台所とトイレの水が淀《よど》んで腐っていた。町全体もやはり、草が生えて道は狭くなり、ゴミの山で汚れているのを目にした。遊び場にしていた空き地には工場ができて、その所有地にはサトウキビが植えられた。

川の反対側にはぎっしり生えた葦が水の上に傾いており、もう今すぐにでも川を渡ってきて、町を窒息させそうだった。

マン・ティヌはその週の中ごろ病気を患っていた。左脇から背中まで突き抜ける痛みを訴えていた。

「ガスが溜まっているせいよ」と近所の人たちは言った。

近所の女の人たちに言われた通り、僕が病人のマン・ティヌにニンニクの皮の煎じ茶を作ってあげたところ、マン・ティヌはものすごいげっぷをした。

マン・ティヌは頭痛も訴えていた。ああ、それは頭が重くて痛くて、頭を上げていられないほどのものだった。そこで、デリスさんが溶かした蠟を塗ってくれたヒマの葉でマン・ティヌの頭を包んだ。

その次は目だった。

「突然」マン・ティヌは言った。「まるで夜中に部屋でランプを消したみたいに真っ暗闇になって、足元の地面が崩れるんだよ」

「目というのはデリケートだからな」アシオニスさんが言った。「ちょっとばかりまじないが必要だ」

土曜日の晩、週の最初の三日は働いていたので、マン・ティヌは給料をもらうために僕をプチモルヌにやった。

もう十年前から黒人小屋通りに住んでいなかったから、僕はプチモルヌに足を踏み入れることもなく、とどめていた記憶はおぼろげにさえなっていた。プチモルヌに向かう道を行きながら、妙にうれしい気持ちになった。

おばあちゃんの病気のせいで胸の奥は苦しかったけれど、頭を風に吹かれながらサトウキビ畑の緑の海に浸った野山をはだしで渡っていくと、心が晴れる感じがした。

かつて裸だったりボロ着を着ていたり、カタルだったり腺病だったり、陽気だったり泣き虫だったりした小さな仲間たちを連れて、足しげく通った林や道、野原、川の曲がりくねりさえ、遠くからでも見分けがついた。

日暮れの輝き、優しさ、雰囲気は、かつて見た、後光で照らされた丘の風景と一緒だった。

賃払いは始まったばかりだった。順番はまだマン・ティヌの入っている草刈りのグループではなかったから、僕は少し離れたところで目立たないようにしていた。

それでも人だかりがこっちに気がついて、僕のことについて小声で話すのが聞こえた。

ところがそれまで感じていた好奇心や熱い気持ちが、今自分がいる、以前あれほどまでに慣れ親しんだ光景と同じぐらい暗く、ズタズタでどんよりしたものに入れ替わってしまった。

名前や声から、働く人たちほぼ全員の見分けがつく気がした。でも努めてそうしようとはしなかった。子供時代の仲間に再会したときの反応を恐れていたのかもしれない。そうでないとしたら、なぜこんなに気おくれするのだろう……

「ソンソンジュゴギ！」名前を呼ぶ役が叫んだ。

（名前を呼ぶ役も覚えていた）

「イラ」

「十八フラン」

そして別の名前が呼ばれていく。

時が流れた。

「年寄りのマリ」

「イラ」僕が答えた。

そして窓口に進んだ。

みんなこっちを振り返った。人だかりが波打つようにざわめいた。

「お前が代わりに受け取るのか」会計役がお国言葉で言った（それは新しい人で僕は知らなかった。多分ガブリエルさんの代わりだろう）。

「そうです」僕は答えた。

「十一フラン五十」会計役が言った。

鉛筆を舌の先にもっていきながら、会計役は僕に尋ねた。

「名前は何というんだ」

「ジョゼ、息子です」

周りの人だかりに大きなざわめきが起こった。

「俺が言ったとおりだ。わかったろ、あれはジョゼだ！」

そして、この臭くて堆肥の色をした群集から、土がついているけれどこの上なく友情のこもった手と、一様に暗い顔にともせる限りの明るい笑顔を通じて、満足げな気持ちがこっち向けられた。

みんなは僕が大きくなったことを祝った。こう言う人たちがいた。

「フォールドフランスの立派な学校にいるって聞いたぞ。結構なことだ」

別の人たちは、僕が自分たちのことを覚えているかどうか確かめるために名前を呼べと言って、すぐに思い出せないと、きついひじ打ちを食らわされた。

いっせいに起こった感動に照れくさくなって、僕は微笑《ほほえ》み、力いっぱい手を握り返して、あちこちに引っ張り回されるがままになった。

でもおばあちゃんが三日働いた給料として渡された十一フラン五十セントを持って、ひとりで小道を帰るとき、後悔が重くのしかかった。憂鬱みたいに、何か重く頭をもたげる漠然としたものだった。自分の振舞いに対する憤り。自分の気弱な性格からくる照れ。言わなければならないのにそうと気がつくことさえなかった言葉があるような気がした。

とにかく胸が痛かった。

第一学年になった。

バカロレアは狭き門で、その向こうには広大な世界が広がっているように思えた。自分は他の生徒たちとは違うと肌で感じることがときどきあった。

幾何学の定理、物理の法則、文学作品に関する一般的な見解、どれも自分を奮い立たせたり、躍起にさせたり、仲間たちがやるような、あまり意味のあるように思えない、疑問をとめどなく議論するという知的な情熱を生み出すには至らなかった。

僕は他の生徒のように、自分の成功する見込みを目算するという気も持ち合わせていなかった。リセで教わる教科に対してなんら熱い思いは起きなかった。僕は冷めた気分で勉強した。ただ言われるがままにするだけだった。

それまで僕は、試験なしでクラスが変わり、いまや奨学金が全額支給まで上がるのを見ているだけだった。

薄明かりの中、にせの輝きで光っている連中や劣等生やガリ勉たちを冷めた目で見つめていた。ただどのクラスにもいつもひとりかふたり、本当に優秀だと思える生徒がいた。

自分はどの部類にも入らなかった。英語ができると思われていた。それでも特別な努力をしたわけではなかった。数学は苦手というよりは人並みだった。学課を覚えるのはわけもないことだったし、勉強をするのは熱心に教える先生に対する好意からだった。

歴史と地理の先生はしゃべりすぎで、声は甲高くてか細く、いつまでも降る霧雨を思わせた。この先生が授業をするとき、雨が降ったときのように僕の目はうつろでどんよりとしていた。

国語はビリのほうだったけどかまわなかった。

『ル・シッド』や『人間嫌い』や『アタリ』という表題のついたこれらの小さな冊子ほど、勉強や本を読むというのはうんざりさせられることだと心底感じさせられるものはなかった。

ある日、先生が言った。

「コルネイユを勉強しましょう。コルネイユは持ってきましたか」

持ってきている生徒もいれば、持ってきていない生徒もいた。

「『ル・シッド』、第一幕第二場」

先生が自分で読むときもあれば、ひとりの生徒が読んで別の生徒が答えるときもあった。読むと言うことができればだけれども。というのも、読むのが先生であれ生徒たちであれ、読み方があんまりに平坦で、小さな声でつまりながら読んだり、口ごもったりするせいで、誰もが麻痺しているようで気味が悪かったからだ。

授業の終わりに、僕らはジャンアンリ先生に「コルネイユ的な英雄」についての課題の文章の書き取りをさせられた。次の授業は『オラス』か『守銭奴』。同じことだった。

授業がまったくこの通りに行われていたかどうかわからないけれど、リセでの教育に対して残った僕の全般的な印象はこんなものだった。それでも、いい成績を取るから国語が得意と見なされている生徒たちがいた。連中は便覧や教科書、模範解答を参考にしているらしかった。僕は家に帰ってから『ル・シッド』を読み直そうとした。しばらくすると、授業で思ったよりもずいぶん面白いことに気がついた。「なんて素晴らしいんだ！」と大声をあげそうになった。でもこの喜びに浸っている時間はなかった。次は『オラス』だったからだ。いや、自分が気づくのが遅すぎたに違いない。

ときどき主題について考えることがあったけれど、クラスの大半の生徒たちがするように、どこか本で見つけてきたような考えではなかったから、馬鹿だと思われるのが嫌で、発言しようとはしなかった。先生の気を引くため、あるいは叱られるのを避けるため、授業で取ったノートに無駄な書き加えをした。というのも、先生は生徒が調べ物をして、勉強したことを証明する引用が好きだったからだ。ところが残念なことに、僕は国語に弱かった。

ただ、クラスのトップを占める連中の多くが文学に関して、僕と同じぐらい感性があるかどうかはさだかではなかった。連中が口にすることからすると……

　でも全体的に、クラスのフランス語の出来は悪かった。

「君たちはまったく物を知らないな」と先生は毎日言った。

出来の悪さにいらだって、ある日先生は僕らに「子供時代の一番心に残る思い出」というテーマを与えた。

「しめた」僕はすぐに思った。「今度は本を調べに行かなくていい」

　プチモルヌのことを書きながら、メドゥーズさんが死んだことを思い出した。ひらめきを得て、一気に作文を書き上げた。次に細かい訂正や推敲に専念して、勧められた書き方や文体を思い出しながら、綴《つづ》りも全部正書法のふるいにかけた。

　この宿題にこんなにも本気で没頭して、苦労したことに僕は満足だった。

　一週間後に添削の結果が返ってきた。

「またしても散々な出来だ！」ジャンアンリ先生が先に言った。「君たちはなんて出来が悪いんだ。語彙は乏しいし、文法はなってないし、考えがまったくない。こんなにもひどい生徒たちを見るのは珍しい」

　そして最も出来のいい作文を紹介しはじめる。ふたつかみっつ程度。次はまとめて全部ありきたりな駄作。僕のはない。そして最後に失望と絶望のきわみの瞬間が来る。

「アッサン」妙な口調で先生が言う。

僕は立ち上がる。もしそうできるものなら、顔を赤らめてやったことだろう。

「アッサン」僕の作文用紙を広げながら、ジャンアンリ先生がもう一度言う。「君は私が今まで見た中で一番ひねくれた人間だ。文学作品についての作文だと勧められた作品を調べようともしないのに、こういった個人的なテーマの宿題には本を開いて文章を書き写すのがちょうどいいと思ったみたいだな」

雷でさえこれより激しく僕を打ちのめすことはなかっただろう。

顔がほてって熱くなり、耳鳴りがして目がかすんだ。目と鼻と口と耳の全部から血が噴き出るかと思った。のどは荒縄で締めつけられたみたいだった。

「写したりなんてしていません、先生」僕は口ごもって言った。

僕の作文用紙を広げて、先生はクラス全体に向かって言った。

「それなら……」

先生は大きな声でからかうような口調で文章をふたつみっつ読んだ。

「それにまたこれも……」先生は続けた……「これが書き写したとわからないと思うのか。これは剽《ひょう》窃《せっ》だ、そう、もしも書き写したのではなかったとしたら」

「先生、僕は誓ってやっていません……」

「黙りなさい」教卓を叩いて先生が大声をあげた。

先生は軽蔑するように口を曲げながら僕に宿題を突き出して、こうつけ加えた。

「とにかくこういうお遊びはしないことだな。私は人前で侮辱されるつもりはない。取りに来なさい」

相当いらだっていたせいで、作文用紙が先生の手から滑り落ちた。

僕は用紙を拾い集めて席に戻ってくると、書かれたコメントを見ようともしないで本のあいだにしまった。

でも夕方、自分の部屋に帰って、赤インクで書かれた文字の断片が何を言っているのか見たくなった。先生が「何かの本から写した」と非難した箇所はまさしく個人的で、自分に実際に起きたことで、まったくそうとは知らずにどこかから借りてきたものではないところだった。

それ以来、自尊心からいつも宿題をしっかりこなして、いつの日か先生が僕の誠実さを認めざるを得なくなるまでやってやろうと思った。僕は先生の批判にほくそ笑んだ。いや、自分は国語が苦手な生徒で通しておくことにした。そんなことはどうでもよかった。

この年、マン・ティヌの体調のほうがバカロレアの準備よりも気になっていた。しばらく前から僕はマン・ティヌが死ぬのではないかという心配にとらわれていた。自分が仕事に出て、お母さんと、特におばあちゃんを救い出す日が来るまでの時の流れの速さが十分ではないようだった。

最後に別れたとき、マン・ティヌはまたサトウキビ畑に戻っていた。本人はもう自分には気力がないと感じていた。マン・ティヌは背の高い草、畑の黒い粘土質の土にしがみつく根を持つサトウキビを刈りに行き続けた。不幸というものは、単に突然死で人を死なせるより、一見ありふれた体調不良がここぞとばかりに一気に押し寄せる瞬間を待つほうを好むものだ。

毎週マン・ティヌに手紙を書き、リセを卒業して間違いなく事務所で働くだろうということ、そのときにはマン・ティヌとマン・デリアはふたりとも僕の家で一緒に住むだろうということを繰り返し伝えた。ラスルさんが灰皿に残した吸いがらを毎日お母さんが集めたタバコを、手紙と一緒にひと握り送った。そして月末に百五十フランの奨学金を受けとって、お母さんの承諾を得てマン・ティヌに二十フランの郵便為替を送りに行くと、僕は大きな安堵で満たされた。

十一月に雨が降り、嵐で雷が鳴っているとき、マン・デリアは空を見上げてときどき大きくため息をつくのだった。

「かわいそうなマン・ティヌ」

僕は何も言わなかった。心は雨雲みたいに重くなり、張り裂けんばかりになった。それがテーブルについているときだったりすると、マン・デリアは食べるのをやめ、僕は自分の皿を遠ざけて立ち上がり、泣き出さないように口を押さえた。

カルメンは一番の親友になっていた。単にお互いの家が近いことと、カルメンが多くの打ち明け話をしたことだけでなく、また別の理由が関係しているに違いなかった。

ある晩、僕はカルメンにこんなことを言ったと思う。

「明日は歴史の作文、あさっては科学の……」

カルメンが話をさえぎった。

「ジョ、お前俺のことを馬鹿だと思っていないか」

僕は大笑いした。

「俺は大馬鹿だって言ってんだ！」カルメンが声高に言った。

彼はそんなふうに理由もなく馬鹿正直に、大真面目に、自分を責めている様子だった。

「どういうことか説明してくれよ」僕は言った。

「なあ」カルメンは話しはじめた。「知り合いになってからというもの、俺たちはお互いに遠慮なく会って、話をして、一緒になってふざけたりした。でもそのころからずっと、俺はどうしてお前にちょっとしたことが聞けなかったんだろう。お前が断るはずがないってのはわかってるんだけど……困ったことなんだけど、俺は自分の名前が書けないんだ。お前にはこのことを一度も言わなかった。どうしてかわからないんだけどな。ＡＢＣも知らないんだ」

実際のところこの頼みはたやすいことであるにもかかわらず、僕は責められたみたいでショックを受けた。どうして教えてあげられると言い出さなかったのだろう。カルメンが字を読めないのは明らかだったのに、それを苦にしていることにどうして気がつかなかったのだろう。字が読めるようになったときに、彼が満足すると思わなかったのだろうか。

「でもカルメン」僕は声をあげた。「僕のほうこそどうして……」

こうしてカルメンは僕の生徒になった。

万事は相変わらず以前のままだった。やってきたのを知らせるために口笛を吹いてから、カルメンはドアを開けた。でもそのときから彼は、勉強机にまっすぐ向かって、薄い本を開き、青かピンク色の表紙のノートを手に取るようになった。

それで僕は始めのうち、形や名前は心に残るけど覚えておくのが難しいこの小さな形をひとつひとつ、何度も何度も教えた。鉛筆が彼の手に従うように、僕は努力した。

「おかしなもんさ」カルメンは言った。「自動車のハンドルを握るのはできるのに、藁みたいに軽い鉛筆だときれいに小さな丸が書けねえなんて。ハンドルを握っているときには、悪い道でも右にも左にも落ちずに自動車を走らせることができるのに、ノートだと二本の線のあいだに鉛筆を通すこともできねえなんておかしなことだ！」

そして彼の浮かべる悲しそうな笑みを、励ましの言葉という消しゴムで消してやらければならなかった。

カルメンが読み書きを覚える喜びと、教わるほうの頭がいい以上に自分の教え方がうまいのだと思えるほどの速さで進歩するのを目の当たりにする喜びとでは、どっちが大きかっただろう。

切り出すのをためらっていたけれど、お国言葉でしゃべらないようにしようと決めたのは、カルメンのほうだった。授業の長さを自分の好みで決めるのもカルメンで、彼が勉強する熱意にこたえようとするせいで自分の勉強がおろそかになるほどだった。

ときどきカルメンにも元気がない日があった。少し書く練習をしたあと、彼は本とノートを閉じて、文房具を机の上の決められた場所に片づけた。カルメンが自分の勉強道具を家に持ち帰ることはなかった。

「俺に会いに来る女たちは、部屋の中を引っかき回すのが好きだからな」と、そのわけを説明した。そしてすぐに帰っていかないときには、逆にまるで自分が来たばかりであるかのように話をした。それでもカルメンが女の尻を追いかける情熱を抑えることはなかった。字の読み書きを覚えてからというもの、いろんな方面で前にもまして大胆になったといえるだろう。恋愛における好みも変わった。彼はそのとき、旦那がサヴァヌ湖広場の近くに大きなカフェを所有しているムラートの女と関係があった。数週間前から続く火遊びだった。

「見てみな」カルメンが僕に見せた。「体中に歯形がついてるだろ。昼間でも俺があの女と一緒にいると思うようにって、あれの最中につけられたんだ」

僕は噴き出した。カルメンはおそらく僕のことを、子供じみていて少しばかり間抜けだと思ったに違いない。

「笑うなよ」彼は言った。「本当に痛いんだぜ。ほらここ、肩にあるこの噛み痕《あと》、これはおととい

らある」

あるいはカルメンは、まったく出し抜けにこんな質問をすることがあった。

「おい、ジョ、ポエジーって何のことだ」

これにはまたしても不意をつかれた。

それでもなんとか言いくるめようとした。僕は本を一冊手にとってちょっと詩を読む。そして説明をする。けれど、僕の説明にカルメンは相変わらず納得がいかない。

「わかんねえなあ」

「どうしてわからないんだい。詩というのは、言っておくけど……」

「でもそれだけじゃないだろう。今日の昼間、女が俺に向かって『ああいとしい人、あなたは私にポエジーを感じさせる』って言ったんだ」

僕はむせて肩を震わせながら、腹がよじれて死ぬほど笑った。

「馬鹿野郎！」カルメンが僕に言った。「馬鹿野郎！」

そしてようやく僕の笑いが落ち着くと、彼は言った。

「ああそうだ、女がそう言ったときのポエジーってのは、俺がやった本とかソネットのことじゃないだろう」

「でも詩っていうのはね、カルメン」僕は学者ぶった口調で続けた。「単に言葉や詩句や本だけじゃない。詩というものはそれに似た効果を生み出すものなら、何でもそうなんだよ」

「ということは、あの女は間違ったことを言ったわけじゃない。俺は詩人だ」

カルメンは、そのしつこいという女と別れた。そのあとカルメンの恋人は、別人だけどやはり似たような類の女で、またしても僕は語彙力が試されることになった。カルメンは「私のアングルのヴァイオリン」と呼ばれた。

ルート・ディディエに屋敷を持つ金持ち同様に、カルメンの主人であるマイエルさんは街の教会へ家族全員そろって日曜のミサに出かけていた。

そうはいっても（カルメンには口外しないようにと固く言われたのだけど）ときどき金曜日になると、カルメンは夜明け前に人の通らない道を通って、マイエルさんを年寄りの魔術師のところに車で送っていた。魔術師は丘の上にある小屋で、白人たちや黒人たちに頼まれるとおりに黒魔術を行っていた。

ときどきマイエルさんがパーティーを開くと、立派な別荘のかたわらにある粗末で小さな家に住む財産のない白人たちが奥さんと一緒に来ていた。恵まれない身内として家の女主人の手伝いをし、屋敷の主人に仕え、自分たちと同じ宗派の金持ちたちと同席できるのをささやかな楽しみとしていた。

さらにマイエルさんは、街の中でもそこそこ人口の多い地域に、ムラートふたりを産んだ若い黒人女を囲っていた。その女はカルメンの第二の女主人になっていて、カルメンはこの妾《めかけ》である女主人に対して、マイエル婦人と同じように敬意を見せていた。女のほうでは、カルメンに思いやりと見下すような態度をもって接していた。

確かにアンティル諸島では、庶民の女が白人の男の愛人になるというのは憧れの境遇だと考えられており、それは白人ではない下層中産階級の一部の若い女にとっても同様だった。

その上、それによってもたらされる物質的な利点がある。宝石だったりちょっとした不動産や動産だったりするのだが、こういったものが本人や周りの目には選ばれた、さらには身分が上がったという幻想を作り上げるのである。

「でもカルメン、それは地元生まれの白人が黒人に対して持つのと同じ軽蔑の表れにしか見えないよ。結局、黒人女にとってはベケの家で使用人をして黒人男と関係を持つほうが、ベッドで奥さんに断られたとか、奥さんが年をとり過ぎているとかいう理由でやってくる主人のはけ口のために囲われているよりもましだと思わないかい。それに、ふたりのだけのときでも『ご主人様』としか呼べないんだし」

こういった関係から生まれるムラートの子は、ベケの父親を人前で「パパ」と呼んだり、道端で声をかけたりすることも許されていないのに、肌が黒くないという傲慢さをもって成長し、ことあるごとに自分はもともと白人なのだと引き合いに出すのかと思うと……

その上、彼らムラートの母親がそれを助長するだろう。そんな関係のもとで「救われた」肌をした子供が生まれると母親は（当の本人は黒板並みに黒いベケの良心のような色なのだけれど）、劣等感から多くのアンティルの黒人が気にかける「種を明るくする」ことに貢献したと自慢するのだ。

カルメンの心に、このまったく自尊心に反する、アンティル人のコンプレックスを表す態度が垣間《かいま》見《み》えたことに僕はがっかりした。

カルメンはずっと押し黙っていた。

「じゃあどうしたらいいんだ」彼は言った。「白人の女全員と寝て、そうしたら……」

部屋じゅうに、彼の大きな笑い声が響いた。

そして彼はある話をした。

「マクバでひとりのベケと知り合いになった。大して金を持っているわけでもない。だから黒人女と同棲して、同じ屋根の下に男女五人の子供と住んでいたのかもしれない。これは男の身内にとってみれば恥だ」

「その白人男は死んだ。男は臨終の間際に公証人を連れてこさせて、自分の全財産を五人の子供に分け与えた。何区画かの土地と十数頭の家畜さ。妻はその男を常日ごろからとても愛していて、男が死に瀕しているのを目にしてずいぶん心を痛めた。男がこんなにも子供のことを思っていることがわかって、女は言った」

「『あなたはとても心が広い人だわ。天国に導かれますように。でももし不幸なことにあなたの残してくれたものを失ったとしたら、子供たちには何が残るでしょう』」

「そして女は、いつまでもなくならない形見として父親の名前を名乗れるようにと、五人の子供を自分の子だと認めるように男に頼んだ」

「ああ、すると俺が馬鹿なのと同じぐらい冗談抜きで、年取ったベケはそれを認めなかった。瀕死の状態で、男はこう答えたんだ」

「『この名前は白人だけが名乗ってきたものだ。ムラートごときが名乗る名前ではない』」


朝、リセに歩いていったとき、いい天気だった。

空気は澄みきって、影は僕が初めてルート・ディディエに来たときと同じく美しかった。とりわけ別荘の庭は相も変わらぬ美しさだった。実際、素晴らしい趣味だとは思えなかったけれど、庭を縁取るハイビスカス、大きな芝の絨毯《じゅうたん》、あらゆる種類のヤシの木、花の咲いたバラの木、金属のような輝きのベゴニアがあり、ひけらかすような色をしたブーゲンビリアは狂ったようにバルコニーを伝っていて、なぜだかわからないけど心が弾み、気分が和《やわ》らぐような雰囲気を発していた。

学校へ通う道にある家の庭師とも、たいてい知り合いだった。

通りすがりに生垣越しに挨拶を交わしたし、日曜日の午後にはときどき彼らが急に訪ねてくることがあった。

しばしばひとりで来るのをはばかって、別のひとりと連れだってふたりでやってきたものの、ふたりとも愛想よく控えめで馬鹿丁寧だったのには閉口した。

「何日か前から」彼らはお世辞や詫びとしてこう言った。「お邪魔する約束はさせてもらったんですけどね、喜んでもらえるだろうかと思いまして。こっちとしてはぜひそうしたかったんですけど」

僕はパンチ酒を作るために、テーブルから本や紙をどかした。

彼らの話は、どこどこの丘やどこどこのプランテーションでふと生まれたこと、自由奔放に子供時代を過ごして、プチットバンドや学校に入ったけれど、すぐにやめてしまったことなどをゆっくりたどるのだった。誰もが同じ地点から出発して、同じ道をたどっていた。

彼ら自身も、そのことに何も文句を言わなかった。こんな境遇はベケという存在があるからで、彼らの目には当然のように映っていた。ベケがいるからにはベケのほうが立場が上で、黒人たちのおかげに違いなかった。

食事代とは別に月にもらう七十五フランか八十フランでは、普通の背広も買えないと言っていた。でも彼らは、自動車の運転を習うことをどれだけ夢見ていたことだろう。運転手になって、カルメンみたいに月に百五十フラン稼いで、プチフォンに家賃五十フランの部屋を借りる。下僕根性のはしごを登るというわけだ。

「それにベケに奉公しに行くのに、汚れて破れた服で恥かくわけにもいかねえんです。いつもきれいでなきゃならないんで。俺たちにも誇りってもんがあるんで」

リセに向かう途中、僕はいつもよく見かける庭師の誰彼がいないのに気がつくことがあった。晩になってカルメンが、その庭師はクビになったのだと教えてくれた。あるいは、自分の都合でやめたりだとか、病気の親に会いに行ったからまた戻ってきたりするだとか。翌々日にはクビになった庭師の代わりが来て、その庭師が、僕がいつも同じ時間に通り過ぎるのに気がつくと、お互いに愛想よく挨拶を交わした。

いつものように、ある朝ヴィラ・デ・バリジエの庭師を見て僕は飛び上がった。その姿形の何かが僕をとらえた。でもその庭師は遠くにいて、はっきり顔までは見えなかった。

翌朝、その庭師はまた庭の向こう側にいて、水撒きのホースを手に持っていた。僕が足を止める。ホースの先から出る水しぶきを芝生に流したまま、庭師が振り返ってこっちを見る。

こちらから近づこうとしたけれど、向こうが水撒きの道具を置いて駆け足で花壇を飛び越え、僕のところに走ってきた。

「やあアッサン！」庭師が大声で言った。

「……ジョジョ！」

僕らは立ち止まり、顔を突き合わせる。

「アッサン！」彼がまた大声で言う。

手を差し伸べるとぐっと引っぱられて、僕らは抱き合い、肩を叩き合った。

ジョジョの口は大きなひげで縁どられていて、どれだけのあいだ会っていないか急いで数えるよりも、僕の目に映るカーキ色の着古した上下揃いの服に包まれた肩や背丈のほうが、最後に会ったときから経た長い歳月のすべてをはっきり物語っていた。ジョジョは僕より背が高くなっていた。

同い歳であるにもかかわらず、すっかり日焼けしてたくましくなり、背も高くなってがっちりした体格のジョジョの近くにいると、自分がまだ子供であるように思えた。

「どうして君がここにいるんだ、アッサン。どこで仕事をしているんだい」

「お母さんがラスルさんのところで働いてるんだ」

それでも、僕が遠まわしに言ったことをジョジョは見逃さなかった。腕に抱える二冊の本に目をやると、彼は言った。

「まだ学校に行っているのかい」

「ああ、リセに通ってるんだ」

うまいこと客観的に、気取らないように返事をしたけれど、ジョジョと僕のあいだにある違いを隠しきれたかどうかはわからない。

「もうバカロレアは取ったのかい」ジョジョが僕に尋ねた。

「今年は第一部の準備をしているんだ」

「そう聞いてうれしいよ」ジョジョは言う。

目にはまだ熱い輝きがともっていて、ジョジョは繰り返し言う。

「そう聞けてうれしいよ、アッサン」

一日じゅう僕は、この再会の衝撃に揺さぶられたままだった。

子供時代の友達に再会したうれしさのあとに、あのジョルジュ・ロックと再会したのだという驚きが続いた。ジュスタン・ロックの息子であり、地元の学校にはだしで通わず、プチブールの中でも一番立派な家に住んで、両親は自動車と女中をかかえていたあのジョジョに、ルート・ディディエで再会したのだ。ジョジョは庭師の仕事、あるいはもっと正確に言えばボーイの仕事をしている。というのも、ルート・ディディエでは庭師というのは何でも屋のことだからだ。

まるで、ジョジョが姿を消したのは、この朝、まったくもって思いもよらない姿になり、僕の前に再び現れるためであるかのようだった。

この再会が一日じゅう、思い出をかき立てた。

そのせいで頭が熱くなった。

僕は思い返そうと努力する。ジョルジュ・ロックはプチブールの工場で一番偉い監督の子だが、プランテーションで草刈りとして働くグラシユズの子でもあり、お父さんの家では教育のためだといってひどい扱いを受け、自由を奪われて、同じ歳の子供と遊ぶのを禁止され、ほんのわずかな失敗でも参ってしまうぐらい殴られるから、本当のお母さんの家に逃げたことを思い出す。

そしておそらくプランテーションの近くの田舎にいるお母さんの家から、親がサトウキビ畑で働く庶民の子供たちに宿命づけられた道をたどったのだ。

ジョジョがどうやって現在に至ったかを知るための身の上話は必要なかった。

ただひとつだけを除いて。

「パヴィヨンで働いていたんだ」ジョジョは言う。「ポワリエ工場の隣にあるあの農場で。そこで刈り入れのあいだラバ引きをやって、刈り入れの終わりには溝掘りをやった。ひとり農園管理者がいて、大方の管理者と同じでベケが送ってきた給料より少ない額を黒人に払うようにするために帳簿の数字を変えたんだ。だけどあの有名なステファンおじさんのおかげで、頭の中にはまだ完全には従順な羊になってしまわないための何かが残っていて、帳簿が正しくないのを知っていたから、何気なくこんなふうに一言言ってやったのさ、『泥棒!』ってね。何食わぬ顔でね」

「それである土曜日の晩、もう我慢ならなくなったんだ」

「誰も僕の言うことを聞こうとしないから、働く人たちが集まった前でこう大声で言ったんだ。『あんたたちはサトウキビ畑で必死になって何を待っているんだ。これこそが黒人であることの悲しみの元だってことがわからないのか!』」

「ジョジョ、君がそう言ったのかい」

「ああ、言ったさ。体中に火がついたみたいに苦しくて腹が立ったからね。すぐに管理者は支払いをやめてこう怒鳴ってきたんだ。『その口を閉じないとすぐに憲兵を呼ぶぞ』ってね。でも僕にはちっともひるむ理由がなかった。『売り言葉に買い言葉』っていうやつさ。侮辱には侮辱で返した。『ぶちのめしてやるからそこにいろ！』って管理者が言った」

「知ってるだろ、ムラートっていうのは（まあ、僕にも少しばかりその血が流れてるんだけど）、いつもすぐに『薄汚い黒人め』って言って蹴ってくるだろ。その晩、その言葉はまったく火に油を注ぐみたいに僕に浴びせられた。それでもう堪忍袋の緒が切れそうになるのを感じて、やるか逃げるかしなけりゃいけない瞬間になった」

「そうしたら、管理者が事務所から出てきた。奴はこっちに歩いてきた。人だかりはみんな縮み上がって騒いだけど、管理者をあえて止めようとするのは誰もいなかった。それでガツンと僕は脚に棍棒で一撃食らった。相手に二度も同じことをさせる時間を与えなかったのは、言うまでもないだろう。そう、会計役と監督があいだに入る前に顔面にこぶしで何発か食らわせてやった。それでサッとずらかったんだ」

「でも連中は追っ手に憲兵を放った。それで逮捕された」

「ここフォールドフランスで、六カ月のあいだ刑務所に入ったんだ」

「三カ月拘留されたあと、他の囚人たちと一緒に連れていかれて、政府事務局長の畑で働かされた」

「刑期が終わると、もと居たところに帰りたくなった。というのも君に会わなくなってからというもの、僕はまるで地獄の炎の中を通ってきたみたいなものなんだ。まったく本当のことさ。怖いものなんてない。でも自分のことはどのプランテーションにも知らせが行っているに決まっている。それでここに舞いこんだってわけさ。そうしたらこうやって君とまた会えた」

「人生ってのはおかしなもんさ」

僕は自分のことについてジョジョに話さなかった。僕の人生は取るに足らないものだった。


僕は試験に落ちた。そのせいで落ちこむことはほとんどなかった。というのも、それはこの一年からすれば当然の結果だったからだ。それまでいつも通り喜んで勉強していたのに、試験を受ける課程に入ってからというもの耐えられなくなったのはどうしてか、まったく理解できなかった。

お母さんは落第に肩を落とした。

合格を予想して互いにお金を出し合ってシャンパンを一本買ったジョジョとカルメンは、そのシャンパンを手元に残しておこうとはしなかった。そこで僕らは、次回の合格を期して飲んだ。

合格のために時間表をつくって本を最初のページからやり直し、それぞれ一番ふさわしい時間だと思われるときに勉強するようにした。昼間はずっと勉強して、夜カルメンが文法と計算の勉強に訪ねてこないときは庭を眺めたり、庭の香りをかいだりしに街道を歩きに行った。

ジョジョのほうは、僕の家で定期購読みたいなことをするようになっていた。学校を飛び出してからというもの、十行以上ものを読んだことがなかったとジョジョは告白した。

ある晩、どこかで買ったか、集めてきたか、あるいはもらったかして、カバーをつけて、使い古した箱で作った棚の上に、目を見張るぐらい丁寧に並べた本を何冊か眺めながら、ジョジョは言った。

「時間のあるときに、もう読んだ本で、僕に貸してもいいものがあるか見ておいてくれるとありがたいんだけど。もうほとんどいらなくなっていて、面白そうなのを頼むよ。大切に扱うから」

僕は最初に、第六学年だったときにむさぼるように読んだ本を渡した。ジョジョはそれを一晩で全部読んで僕を驚かせた。

カルメンはそれに比べればあまり本を読まなかったけれど、読書は彼の胸をときめかせた。それは本当に魔法のようで、ときどき何週間もひとりで楽しんでいて、ある小説の登場人物になりきったり、ある作家の文体にかなり心酔したりすることもあった。カルメンはまた別の本を僕に頼む前に、感動が完全に消えてしまうまでいつも待たなければならなかった。そういったわけで、どれだけのあいだかわからないけれど、カルメンはルネ・マランの『バトゥアラ』に文字通り感銘を受けていた。彼は恋愛小説が好きではなかった。冒険小説が大好きというわけでもなかった。

「病院で何カ月も寝たきりになったときは、この本を持ってきてくれよ。時間をつぶすのに助かるから」

カルメンは特に、同じように書けるほど自分は「書き方」が得意ではないと、後悔させられるような小説が好きだった。

「言っておくけどな、俺はただの遊びでとか、没頭するためにとかで書いたりはしないと思う。俺は人が悔しがって血が出るまで指を噛むような本を書きたい」

彼はバルザック、ゴーリキー、トルストイがお気に入りで、ジョジョがピエール・ロティを好きなことを非難していた。

クロード・マッケイの『バンジョー』を読ませてやったときには、カルメンは大喜びしていた。

借りばかりではいけないと、カルメンとジョジョは毎週火曜日か金曜日の晩には映画に誘ってくれた。フォールドフランスで一番大きな映画館には、この料金割引の夜の客層となる庶民たちが、アンティル諸島に初めてやってきた発声映画の上映を見にきていた。

僕らは晩ご飯を食べたあと、歩いて出かけた。

けちくさくてみすぼらしい電灯の下、映画館の中はいつも満員で騒ぎ声やどよめきがあって、熱かった。平土間や階段は上映前に観客があちこち行き来する足下で軋み、まるでそれぞれが自分の声で圧倒しようとするかのように呼び合って、おしゃべりし、叫び声をあげて、どっと笑ったりする声やざわめきが響いた。

一階の椅子席は木製の折りたたみ式で、横木の上にまっすぐ並んでいた。そこは男も女も、靴をはいていなかったり、ボロ着を着ていたり、服をはだけたり、騒いだりする若者たちの場所だった。僕らが席を取ったのはそんな場所だった。おどける連中、喧嘩早い連中はいつも同じだった。男がひとりの女に目をつけてちょっかいをかけに行ったり、みだらなことをささやきに行ったりすると、女はそれに悪態をぶちまけて答える。逆に女が椅子に上り歌いながら踊り出し、魅惑的な肢体で周りの注意を引いたりした。

入場すると早々に出会い頭の人間にぶつかって、喧嘩をする構えを見せて乱闘を始める客がいつもいた。

同じく隅に場所を取り、落ち着いた様子で、用心しながら見ているおとなしい客たちもいた。明かりがひとつひとつ消えると、みんな我先に椅子に座った。

最初の映像がスクリーンに映されると、館内は比較的静かになった。そうは言っても、暗がりに乗じて続けられる言い合いや能書きは誰が言ったかわからない反論と応酬になって、冷やかしや脅し文句で逆毛立つ激しい罵り合いがわき起こった。

いつしかこういった雰囲気も無害で楽しいものとなり、縁日のときのような雰囲気になった。

僕らは映画からの帰り道、歩きながら議論した。話が白熱すると足取りが弾んであまりにも早く着いてしまうから、犬が吠えないように声を抑えて、話題が尽きるまでずっと街道にいた。

この国の庶民として生まれたり、あるいは有色人とされたりする人を特徴づける「黒人小屋通り」のスタイルに、僕は胸を痛め腹を立てていた。

この国におけるあらゆる事業は、庶民の向上を目標にするべきではないのか。

カルメンとジョジョと僕は、見てきたばかりの映画の感想を言い合って楽しんだけれど、映画に黒人の登場人物が出てくるときほど話が白熱することはなかった。

たとえば、映画や劇のために、ボーイや運転手、下僕、浮浪者で、軽薄な冗談の種になって、いつも驚くと白目をむき、何があっても間抜けな笑い顔を見せて小馬鹿にされるような類の黒人を誰が作り上げたのか。白人にブーツで尻を蹴り上げられて、あるいは「黒人は大きな子供」の定説どおりに簡単に白人にだまされて、奇怪なふるまいをする黒人は誰が作り上げたのか。

映画や劇で見られるような、黒人でさえわからないしゃべり方を誰が黒人のために作り上げたのか。こんなしゃべり方では、黒人は誰ひとりとして自分の考えをうまく表現できないだろう。自ら好んで作ったり着ていたりするわけでもない格子柄の背広を、黒人のものだと誰が決めたのか。かかとの磨り減った靴、着古した服、山高帽に穴の開いた傘といった衣装は、文明化された国において貧困や貧しさが上流階級の屑たちのはけ口となっているような一部の社会に特有なものではないだろうか。

あるひとつの言葉や事実、事件のせいで肌の色の濃淡の違いに疑問が呈されるような時代ではなかった。アンティル諸島では、肌の色それ自体がどの社会階級においても感情や無意識の反応を引き起こすのであった。

サヴァヌの近くには、果物のジュースを飲みに行く小さなバーがあった。ある日、僕らが入ろうとすると、よく冗談を言い合ったりする黒髪で美人のレジ係のアドレア嬢が、客と交わした口論らしきものについて独り不平を言い続けていた。僕らは、着いたときにちょうど肌のことについてこぼしているのを耳にした。「自分もそうだけど、この肌の色をした人種は、だから嫌だっていうのよ」

「君はその肌の色で、十分魅力的だよ」僕は言った。

「黒人たちがいつも恥知らずなのを目にしているのに、どうしたら連中のことを好きになって、自分も黒人であることを誇らしく思えるって言うの」相変わらずいらだったまま、アドレア嬢が答えた。

「それに私は見た目を除けば、黒人じゃない。中身は白人よ……きれいなムラートだった私のお母さんは、どうしてベッドを黒人の男で汚したのかわからないわ」

僕の見立てが当たっているとすれば、いかにも黒人らしい客が来て、アドレア嬢の機嫌を損ねたのだ。というのも彼女の不機嫌は、熱帯の国の人間に特有の気の短さ以外の何物でもなかったからだ。

「とすると、君みたいな人たちのせいで、アドレアさん、僕ら黒人は憎らしいというよりも、哀れむべきものになるって僕は思うんだ。どうしてかというと、わかるかい、自分と同じ肌の色をしたある人が何であれ悪いことをしたというだけで、自分はその人種じゃないなんて言う人はこの世にいないと思うんだ。たとえばひとりの白人が泥棒や殺人を犯したからって、『自分の人種が嫌いだ』と言う白人なんていやしないと思う。そんな事件はよくあることだろうけど」

「でも、自分は泥棒でも殺人者でもない白人たちは、犯人が誰であるかに関係なく、犯した罪を非難するだろうね。だとしたら、どうして僕らのうちひとりが犯したわずかな過ちのために、そんなにもすぐに世の中の黒人全員と縁を切って、黒人という人種全体を悪く言うんだろうね」

「あなたにはわからないのよ」憤慨した様子でアドレア嬢が言う。「あなたには私のことなんてわからない。私は黒人の誰かがまた何か悪さをするのを見ると、気分が悪くなる。それが取るに足らない小さなことでもね。本当にその場で自分の人種なんて火にくべてやるわ。でも人にはこんなふうに私の目の前で黒人に対して長々としゃべらせるつもりはないって、わかってるでしょう」

実際のところ、僕はこんな物の考え方をよく聞いたことがある。ほんの小さな間違いも犯さないようにしようとしても、最初から黒すぎるから無理だと何度も親から言い聞かされなかっただろうか。そうだ、白人であれ黒人であれ、誰もが黒人はその肌の色のために大目に見るべきではなく、聖人のように振る舞う以外は許さないという見解で一致していることはわかっていた。

とはいえアドレアは素直な女性で、腹を立てたのと同じく、自分からその間違いを認める。そこでカルメンは、冷たいサトウキビのジュースをおごらせることで許すと決めた。


バカロレアの第一部には、三カ月前に落とされたのと同じくらい楽に合格した。

休暇のあいだは学期中に比べればずいぶん意欲をもって勉強したので、試験では覚えたことを書くだけでよかった。

お母さんは泣いて喜んだ。

カルメンとジョジョは僕の部屋に両手にいっぱいの酒のびんと食べ物を抱えてこっそりやってきて、お祝いに飲むため、近所の女中や下僕、庭師や運転手を何人かまとめて連れてきた。

羽目を外すことになるだろうと予想していたけれど、冷めた状態から気をとり戻すことはなかった。せいぜい心の底から安堵を感じる程度だった。マン・ティヌにこの朗報を伝えに行って、マン・ティヌがまるで自分が試験に合格したみたいにキスすると、やっと十分に喜びが感じられた。マン・ティヌはあと一年待てば、サトウキビ畑とクール・フュジから解放される。もうあと一学年だ。

ただこの考えだけで、リセの哲学クラスに戻った。

一年は極めて平凡に、何の見込みもなく始まった。

年の終わりに試験に合格することには疑いがなかった。でもそのあとはどうしよう。そのとき僕は、行きづまりに達したように思えた。どうすれば、自分が望んだことやマン・ティヌに約束したことを本当に実現できるんだろう。フランスに勉強しに行く奨学金が取れなかったバカロレア合格者の大半が受ける、行政関係の仕事に就くための選抜試験を受けるのだろうか。

しかしそういった就職先のどれにも魅力を感じなかった。それにリセには息がつまって、気が沈んだ。

哲学の教科書で、たとえ読んでいてうんざりするものでさえも自分から進んで勉強した。それでもこの哲学の年のあいだ、僕の読書の好みはカリキュラムにはない黒人に関する作品だった。アンティル諸島やアメリカの作品。黒人の歴史や黒人にかかわるフィクション。こういった本はさらなる好奇心を目覚めさせ、何度も覚えては忘れる番号のついた王様たちの一生や、戦争や死の話などよりも僕を夢中にさせた。

黒人種の過去すべてが、現状と合わせてみると歴史的事実としてつきつけられた挑戦のように思え、そうなのだとあらためて実感することで抗議の気持ちから自尊心が高ぶって身が震えた。

ところが、議論のできる仲間はジョジョとカルメンしかいなかった。第六学年のときの友達だったビュシは第二学年で留年していた。ほかの同級生はバカロレアの準備に必死で、先生たちが一度も触れないカリキュラム外の作品などに時間を費やすことはなかった。

しばらく前から、デクリウ園やボール・ドゥ・メールにさぼりに行く気も習慣もなくなっていた。まったくリセに行く気がしない午後は、ただ部屋にいて本を読んでいた。あるいは紙を前にして手に鉛筆を持ち、自分が勉強したいことを書きとめながらぼんやりとしていた。しまいには、自分の実現したいもの、手にすべき物質的な余裕、ささやかな庭園に囲まれた小さな家や、壁じゅうに本がびっしり並んだ部屋などについて考えるといった贅沢《ぜいたく》をした。

木曜日の午後、たとえばサヴァヌの広場にときどき行ったりするのも好きだった。散歩するというよりは見物のために。慎ましい生活を送る人たちを眺めるという楽しみを覚えたからだ。

行くのはほぼいつも、黒人の年老いた乳母ばかりが何人か、タマリンドの木陰の下でベンチに座って世間話をするあいだ、子供たちが道で走ったり遊んだりするのでサヴァヌが幼稚園に見える時間だった。

ベンチを離れることがあれば、それは岸の近くに行くためだった。というのも、海がすぐそこに広がって、アンティル諸島の海を渡る貿易風に乗って帆船が街に向かって進むのが見えたからだ。あるいは旋回する貨物船が後ろで水しぶきを立てて、煙が空に髪をほどき、太陽の沈む中、汽笛がマルセイユやボルドー、サンナゼールの蜃気楼を梳《す》いていた。

サヴァヌの周りでは、海に向かって窓を大きく開いたカフェが人でいっぱいになっていた。事務仕事が終わる時間だ。フォールドフランスを象徴する時間。いつもの仕事を終えて体が和らぐ時間。頭も心もパンチ・クレオールで息抜きに興じ、上機嫌で自然と愛想もよくなる。そして僕は、ポケットに手を突っこんでビストロや立ち飲み屋をうろついた。そこは黒人の胸に似つかわしい、立派な楽器の上を長い楽弓でひいたような笑い声に包まれていた。その笑い声にいつわりがないのは、微笑んだ顔や歯、唇、目の輝きに表れていた。

それから僕はベンチに戻った。

今やサヴァヌは半ば優雅な雑踏で活気づき、幼い子供たちや乳母たちはその中に埋もれていた。

通りは短すぎて、数え切れないほどのカップルがどうにかこうにかそこを歩いていた。ただそこを歩きたいというだけで絶えず往来する雑踏は、終わることなく繰り返されるダンスみたいだった。楽しげにいくつものカドリーユを踊っているみたいで、これ見よがしに豪華な格好をしている人たちは、人ごみの中で努めて人目を引こうとしながらひとりで歩いていた。

見つからないように狭く薄暗い道を通る人たちもいた。不平家、人間嫌い、あるいは考えごとをする人たちは避けて、カレナジュの入り江側にいた。一方で夢想にふける人たちは、水面に頭をかしげて船着場沿いの大通りの手すりにもたれかかっていた。

それに、年寄り連中の集まりも変わらずにあった。袖飾りに取りつけ襟の服を着たご隠居たちは幾分尊敬すべき人たちで、役目を終えた世代を代表していた。彼らは内輪で思い出話や昨今の世の中についての見解をいつまでも繰り返していた。

パンチとタバコのほかに、サヴァヌを歩く人たちはカシューナッツをかじるという習慣に興じていた。マドラス織のスカーフを身に着けた若い売り子の女たちが声をあげながら、道のそこらじゅうでカシューナッツを売っていた。

夜になると、僕の胸を熱くする、沈んだ目をして大きな金のイヤリングを両耳にしたあの女の人が、表通りの真ん中を行ったり来たりすることがあった。誰にも目をやることなく、まるで広大な公園にたったひとりでいるみたいに落ち着き払った様子だった。

こんな舞台を構成する張り合いや見栄、うぬぼれに加え、花形役者や必死に猿真似をする端役を目の当たりにして、アンティルの街の生活におけるサヴァヌの役割が少しずつわかってきた。

母親が洗濯女をしているような商店の店員が一週間熱心に通ったあと、ある晩「良家の」若い娘の近くを通りすぎたときに挨拶して微笑み、話しかけて、いっしょに歩く機会ができる。もしかしたら男のほうは、真剣になるほど彼女に気があるわけでもないかもしれないけれど、女のほうはとある舞踏会の際、いやあるいは葬式かもしれない、有色人種の中産階級への階段を上るチャンスを男に与える。それは貧しい生まれの若い黒人の男なら、誰もが熱に浮かされるように願っていることだった……

ソルボンヌや医学部を出たばかりの若いアンティル人が、取り巻きたちをお供に連れて、サヴァヌを闊歩しながらネクタイの結び目や上着の仕立て具合で、周りを圧倒する光景を眺めることにも興じた。彼の同期生も同じ定期船で到着し、カフェのテーブルに着いて聴衆に、サンミシェル大通りや、行きつけのカフェ・デュポンやリュクサンブール公園の話をする。

おそらく両方ともあまり身分の高くない役人や小さな商店の息子で、彼らの父親がとある代議士の身代わりになったおかげで植民地奨学金を五、六年のあいだもらって、上流階級の仲間入りをするのだ。彼らの両親はさらにもう一度うまいことやって、息子に「良家の令嬢」の手を握らせるようにする。息子に駆け引きをさせるのだ。手はじめに母親が、まだ名残り惜しいアンティルの服装と決別して、立派で優雅な服装をするのだけれども、ああ、庶民だということがまだ目に見えてわかる。母親は息子の将来のために「帽子を手にする」という犠牲を払う。帽子をかぶることで家柄を少しごまかし、新しい社会的地位を確かなものとして、さらなる自信を授かり、下層の者らには無関心の目を向け、将来自分が変貌する姿である上流の者たちには微笑みかけ、自らの変身ぶりに目を細める。息子のほうは、まず車を持つという野心を抱く。というのも、どの階層の女も車を持つ男をはねつけることはないからだ。

フォールドフランスのサヴァヌというところはおかしな場所だ。

「おい、ジョ」

「おや、カルメン！　ちょうどいい」

「旦那はラマルティーヌ通りのマダム・シャトランのところに七時半までいるから」親友が言う。

「ひと回りしに来たんだ。お前に会うとは思ってもみなかった……」

カルメンは人だかりの中に知り合いを見つけた。

「あそこ」カルメンが指をさした。「ボート服着てちょびひげ生やした奴。あれはメゾン・ドゥ・レイノンの会計係長」

もう少し向こうを指さして僕の腕をつまむと耳打ちした。

「あれが大卸売商レイ・カルマンの愛人。あの女は俺が『サトウキビ』って呼んでいる女の友達だ……」

けれどカルメンはその晩、あまりしゃべらなかった。

人ごみの中にいて、そのことにあまり気がつかなかった。どうしたら、いつも楽しそうに輝いてる表情の上に何かがあると気づくことができただろうか。口を閉じているときでさえカルメンになんとも言いがたい表情をさせる、笑いや冗談やユーモアの熱を帯びた顔。この顔が怒ったり凶暴になったりしたら、どんなふうになるか見てみたいと思うほどだった。

でもその晩、アドレア嬢がよく冷えたジュースをいっぱい入れたジョッキを置いたカウンターを前にして、突然カルメンの気分がひどくふさぎこむのを僕はとらえた。

「何か悪いことでもあったのかい、カルメン」

「いや、何でもない」

僕の質問に、確かに彼は驚いた。

「ほんとに何でもないのかい」

カルメンは僕に疑念を起こさせたことで、明らかに狼狽していた。そこでこう答えた。

「あらかじめ言っておくけど何でもないことなんだ。でもちょっと話がある」

彼はグラスの残りを一気に飲み干して、僕もそうするようにと合図をした。

僕らは外に出た。

人だかりは、相変わらず引いては寄せる波のリズムで動いていた。

「何でもないことなんだけど」とうとう彼は話しはじめた。「前にも何度か言ったけど、マダムが俺に腹を立てて、馬鹿なことを吹っかけてくるって言ったのを覚えてるか。ちょっと前には、車が少しばかり揺れたってだけで俺に『仕事をする気がないから、目の前も見られないんでしょう。お前は王子様みたいな服を着て、黒人女をたぶらかすことばかり考えているんでしょう』って怒鳴ったんだ」

「それで君はなんて答えたんだい」

「何も」カルメンは言った。「俺はただ車を道の端に停めて、降りてどっかに行っちまいたかった。でも何も言わなかった。終わったことだ。いいや、終わってねえ。マダムひとりと出かけるたびに、いつもこんなふうにちょっとしたくだらないことを吹っかけてくるんだ。あんまりにもひどいから、誰かが俺のことをマダムに垂れこんでいるんじゃないかって何度も思った。屋敷の女中の誰かが、家事手伝いのオルタンスの部屋にしけこんでるってのをマダムに言いつけたんだろう。マダムはもう若くないっていっても、女ががみがみ言い出すような歳にはなってないからな」

「それで今朝、こんなことが起きたんだ。いつも通り俺は、旦那を八時にボール・ドゥ・メールに乗せていった。その次に、またあとで俺を買い物に行かせるために、マダムが起きてから用意する金とメモを取りに戻った。戻ってくるとマダムは庭で車の近くにいた。準備ができるとすぐに事務所に呼ばれて、何を買わなきゃならないか説明された。何も言うことがなくなると、マダムはオルタンスに手帳と金を持ってこさせた」

「朝、マダムに呼びつけられる。俺はそれで事務所に行く。俺はベケの女たちが着る大きなドレスをマダムが着ているのを見かける。でも、ただ自分の部屋にいるだけだと思う。それから俺に向かってこう言う」

「『カルメン、あなたそこにいるのかしら。手帳を用意しておく時間がなかったわ。すぐに済ませるから』」

「マダムは階段を上り、俺は下に立っていた」

「『来てもいいわよ、カルメン』って振り返りながらマダムは言う」

「『本当は私、誤解していたみたい。具合が悪かったの』」

「また別の話だなって俺は思った」

「マダムが部屋に入る。俺は迷う。わかるだろ」

「『入りなさい』マダムが俺に言う」

「そりゃまるで俺は小さな子供みたいになっちまって、怒られるんじゃないかってビクビクしていた。何のことだか全然わからなかった」

カルメンは黙りこむと、僕の肩に手を置いた。僕らは立ち止まった。

次にカルメンは歩く人たちの大きな流れから外れて、僕を横道に引っ張っていく。カルメンがこれほどまでに用心し、声が打ち明け話をするような調子なので気になって、彼のささやく言葉はハラハラするイメージに変わった。

よろい戸の裏、太陽の光がカーテンから漏れている程度にもかかわらず部屋は明るい。マダムが自分で閉めたドアの近くにカルメンは立っている。カルメンはガラス張りの簞笥《たんす》に映るグレーのシャンタンの背広にレンガ色のネクタイをして、分厚く柔らかい絨毯に深く沈む栗色の靴をはいた黒人運転手である自分の姿を見る。マダム・マイエルの寝室にいる姿を。

マダムがカルメンを叱りつけても、カルメンは（怖いからではなくて礼儀から）落ち着き払って、差し障りのない態度をとるだろう。

マダムはまだ乱れたままのベッドの端に倒れこむと、カルメンにこう言った。

「私の寝室はきれいかしら、カルメン」

「はい奥様。とてもきれいです」

彼は反射的に答えた。そしてマダムが話しかけてくる声に、何のいらだちも感じられないことにカルメンは驚く。

マダムはお世辞に大喜びみたいだ。マダムは黒人のカルメンを見ると微笑む。カルメンは礼儀から、部屋にある置物に適当に目をやる。いつか旦那にこう言われなかっただろうか。「私の目を見つめてはならない。無礼者め」でも彼は、マダムの視線がずっと自分に注がれているのを感じる。カルメンは見られているのと同じぐらい、マダムが楽しげに押し黙っていることに気まずさを感じる。

「聞いた話だけど」とうとうマダムが言った。「お前は女好きらしいわね」

目は伏せたままカルメンは微笑んで答えた。

「仲間がふざけてそう言うのです」

「ふざけてですって。そうするとそれは本当じゃなくて、あなたは女が好きではないということ？」

「そうは言っておりません、奥様」

「どちらにしてもお前は女に好かれるってことはわかっているわね」

「わかりません、奥様」

カルメンは目を伏せたままいたずらっぽく微笑む。すぐにずらかって車のハンドルに飛びつき、市場についたら若い売り子たちと一緒に冗談を言いながら買い物をして、町に新しく来たばかりでデートの誘いも断らない、いい体をした若い女中にまず会いに行くつもりだった。けれど、女主人が彼の個人的な生活、黒人の使用人の生活について質問するようなことが許されると思っている、あるいは彼女自身の女主人として、そしてベケとしての品位が許さないような会話がなされようとしている寝室に、カルメンはいつまでもいた。

カルメンは「奥様、お願いですから手帳とお金をいただけないでしょうか」と言いたくてうずうずしていた。

でも礼儀がある。主人に対する礼儀が。

それでもマダム・マイエルは何も言わなかった。カルメンは相変わらず鋭い視線が向けられているのを感じ、それに耐えるために絨毯の唐草模様をたどって歩くほどだった。

まなざしが彼を突き刺し、焼き焦がし、そっと触れる。さながら激しい欲望を燃え上がらせるために、いつも体じゅうを愛撫しながらカルメンの服をうれしそうに脱がす女たちの手のように。

突然カルメンはオルタンスのことを思い出す。そうだ、オルタンスに接触の悪いスイッチを修理するために部屋に来るように頼まれた日のことだ。実際にはスイッチのねじが緩んでいるだけで、カルメンが元に戻したときにはオルタンスはベッドの上に横たわっており、目は閉じられ、脚が開かれているのに気づいた。

そこで突然、絨毯の唐草模様がもつれ出す。カルメンは血が上って顔を上げる。マダムはもうカルメンを見ておらず、ベッドの上に横たわって目を閉じ、はだけた胸元が締めつけられて苦しそうに口は半分開いて、胸や太ももが青い絹の部屋着からあらわに……

カルメンはまた立ち止まる。僕らのすぐ近くをカップルの影が通り過ぎ、向こうの木のあいだに消えていった。

カルメンは再び話を始めた。

「その晩、マダムは理由を作って、旦那と一緒に招待に出かけなかった。屋敷を出るときにマダムは俺に、旦那を降ろしたら自分のところに戻ってくるようにと合図した。本当に気がないから、たまったもんじゃない。当たり前のことだけどな」

カーニバルの時期、夜会はしばしばルート・ディディエのお屋敷を陽気にした。夜がふけて開け放たれた窓からは明かりや音楽、笑い声や銀食器が鳴る音、磁器やクリスタルグラスの鳴る音が庭にあふれて、屋敷の周りは大きな宝石のようにきらきら輝いていた。

「自分の屋敷」に人が招かれるとき、ジョジョは前日から屋敷の運転手と協力して、何度も買い物に行くよう言いつけられた。そして夜になると、皿洗いに加え、アイスクリームメーカーの重たいハンドルを何時間も回していなければならなかった。そのあとの二日間は、屋敷の片づけのいろいろな仕事に費やされた。ジョジョは数日間、僕のところにやってこなかった。

ときどき僕は朝、ジョジョに会った。ジョジョはよく主人の命令で、人を招くことになっているどこそこのお屋敷の下僕の手助けに行かなければならなかった。

そしてある晩、ジョジョがやってきた。日曜日ではなかったから、はだしに仕事着だった。

ジョジョはその晩、あまり笑わなかった。

「ひとつ助言がほしいんだ」しばらくしてジョジョが言った。

「意見だなんて、ジョジョ」僕は声をあげた。

この言葉ほど恐ろしいものはない。責任があるし、間違うことはできない。僕は興味本位からジョジョに尋ねた。

「何についてだい」

「まあその」ジョジョは話を始める。「僕は屋敷の運転手をやっているピエールと仲よくしていたんだ。毎朝僕が車を磨く代わりに、運転の仕方を教えてくれることになっていた。ピエールは一緒に買い物に行くたびにハンドルを握らせてくれた。そのうち運転免許が取れるようにってね」

「じゃあルート・ディディエで運転手の仕事を見つけるつもりなのかい、ジョジョ」

この質問にもしかしたら咎《とが》めるような調子がこもっていたのか、ジョジョがはっきりこう言い返す。

「いいや、いつまでもじゃない。運転手の仕事はやるだろうけど、本当にしたいのは自分のために働くことさ。自分のトラックを持って、ボール・ドゥ・メールに品物を運んで……大切なのは、例えば月賦でトラックを買って六カ月で支払いを済ませることだ。ボリのところで運転手をしていたマキシマンみたいにね」

ジョジョは話を続け、僕はきちんと耳を傾ける。

「そうしたら」ジョジョが言った。「お母さんを呼んで、部屋を借りて、僕自身はちゃんとした女の人を見つけて結婚する。もしかしたらサントテレーズに小さな家を建てるかもしれない。機会があればね」

ジョジョは話をやめると、僕に聞いた。

「どう思う」

ジョジョは僕の部屋には大きすぎる鉄製のベッドの端に座って、ひざを曲げ、その脚の重みが床板の上に置かれたはだしのつま先にかかっている。

本当のところ僕は、まったくなんとも思わなかった。

でも僕は、親友の夢をはぐくむ強さと優しさに感心する。よく考えてみれば平凡な感じがしないこともない。だけど僕はジョジョの気持ちを汲んで心から言う。

「それはいい計画だね。君なら必ずできるよ」

これこそジョジョの求めていた助言なのだ。

ジョジョはさらにトラックと商品の運搬について語り、まるで夢を胸に抱きしめるみたいで、帰っていったのは夜遅くなってからだった。ジョジョはあまりにも興奮していたので、僕は彼の肩に手をのせて喜びを分かちあった。彼の夢は幼稚で大したものではなく、寂しすぎやしないかと口を出すのはしばらく待ってからにしようと心に決めた。


翌日の晩、リセから帰ってくると、お母さんに会いにラスルさんの家の炊事場に行った。普段なら一緒に晩ご飯を食べて、マン・デリアにおやすみを言い、プチフォンにある自分の部屋に戻るところだった。しかしこの晩はいつもと違って、食事の用意ができていなかった。テーブルには分厚い毛織物がかかっていて、お母さんは洗濯物にアイロンをかけていた。無表情のまま僕に挨拶のキスをすると、アイロンがけを続けた。

「ちょっとこれを読みなさい」アイロン置きの近くに折り畳まれて置かれた青い紙を指さして、お母さんが言った。

マン・デリアの声はいつもと違っていた。僕は紙を手にとって開いた。「ハハキトク、スグカエレ」それはデリスさんからだった。

お母さんを見た。お母さんは泣いていた。

「午後にでも行けたところなんだけど」お母さんが言った。「もし電報がもっと早く届いていたらね。

明日朝五時のバスに乗って行ってくる……いいえ、駄目、あんたは連れていけない。わたしの運賃だけでも旦那様に給料の前借りを頼まなきゃならないんだから。向こうで使うお金も都合できるかどうかわからないし。多分養護院に連れていったりとか……」

僕は急に食欲がなくなった。お母さんは留守にするからと、前もって僕と仕事のためにしておいたことを説明しながら、服とハンカチのアイロンがけを続けた。

プチフォンに住んでいる運転手の奥さんが、お母さんの代わりをしてくれることになっていた。僕の食事に関しては、プチフォンの部屋で僕が自分でたまごを料理する。二十スーでパンを買う。お母さんは翌々日に帰ってくる予定だった。

ひとりぼっちで屍《しかばね》みたいになって、みすぼらしい家の奥の床の上でうめき声をあげている。僕は病気になったおばあちゃんの姿をこんなふうに思い浮かべた。あまりにも具合が悪そうなので、近所で長いつき合いのあるデリスさんの判断でお母さんに電報を送ったのだ。

このとき僕が隣にいて、オーモルヌやフェラルに薬草を探しに行くことはできなかった。「マダム・ジャンの庭に沿って」マン・ティヌはこう言っただろう。「茎は赤くて葉っぱが黄緑色で真ん中が膨らんだ形をしたグイヤパナが必ずあるから。胸を冷やしたときにきくから」

病気なのに、唯一口にできる煎じ茶やトロマンのおかゆを作ってあげられる僕がいない。

今度はどんな病気なんだろう。

「お前の試験が終わるころには」マン・ティヌは言っていた。「この目はお前を見られなくなっているだろうね。お前が自分で稼いで、初めて口にするパンの色もわからないだろうね。目がどんどんぼやけてきてるから。腐ってきているんだよ。ときどき周りが暗くなるぐらいのアリが、土砂降りみたいに降ってくるんだよ」

パイプはすぐ目の前のテーブルの上にあるのに、マン・ティヌはパイプが見つかりますようにと聖アントワーヌに懇願しながら、両手をアンテナみたいに伸ばして部屋の隅々を手探りしていた。

マン・ティヌの目がいつか見えなくなると思うと、僕は途方にくれた。これ以上に僕を打ちのめす不幸があるだろうか。

一晩じゅう胸が高鳴り、息苦しくて眠れなかった。望むことはただひとつだけだった。今すぐ、遅くとも明け方にはお母さんと一緒に出発して、マン・ティヌに会い、具合を知りたかった。

「あんまりくよくよするなよ」翌日カルメンが言った。「年寄りってのは、わかるだろ、ポンコツの車みたいなもんさ。いつもの習慣で走り続けるもんだから。それによくあることだけどな、新しいのより丈夫なことがある。そんな悲しい顔するなよ、おい」

「なあ、今日俺に何が起こったか話してやるよ。面白いぞ」

カルメンの話を聞いたとしても、僕は何も面白く感じなかっただろう。それでもカルメンはほんの些細なことを、噴き出しそうなぐらい面白味のある話にした。

マン・ティヌのことを伝えると、ジョジョは口をつぐんだ。そしてただこうつぶやいた。

「かわいそうなアマンティヌさん」

正午にカルメンがまたやってきた。まだ別の知らせはなかった。

「なんだ」カルメンが大きな声で言った。「大したことじゃない。今だから言えるけど、さっきはびっくりしたけどな。『チチキトク、スグカエレ』というような電報は、たいていもう駄目になってから送るもんだからな。まあでも、お前の母ちゃんから何も来ない限り大丈夫だ」

しかし翌日、お母さんは帰ってこなかった。

仲間ふたりがなだめてくれるのとは裏腹に、マン・ティヌのところに行きたい気持ちが僕を悩ませた。フォードフランスからプチブールまで、歩いていくには遠い。マン・デリアが帰ってくるか、電報が送られてくるのを待っていた。カルメン本人が、リセまで迎えにきてくれるだろう。

さらにその次の日も、お母さんは帰ってこなかった。

パンを買うために、カルメンが一フランくれた。

その日の朝、おばあちゃんが死んだのだという予感にとらわれた。

僕の頭は多少おかしくなっていたものの、何度も洗って太陽で乾かし、自分にとっては愛着のある母のにおいがするボロ着を着た年寄りの黒人女が、ミイラになって床の上に横たわった姿を思い浮かべることはなかった。

死んで生気のなくなったマン・ティヌの顔はどんなふうかなど、少しも思い浮かばなかった。

僕は、クール・フュジの住人たちが歌ったり祈ったりしている通夜を想像した。アシオニスが話をして、霊感を受けて我を失ったようになって、しんみりとした太鼓を叩くだろう。

僕には町がお金を出してくれた棺がずいぶんはっきりと見えた。木製の粗末で大きな箱には煤《すす》が塗られていて、小さな墓地でたくましい男たちが綱を使って墓穴に下ろし、土の塊が棺に当たって立てる妙な音で参列者の心が動揺しないように、冗談を言うだろう。

昼のあいだじゅう僕の耳には、硬い土が墓穴の奥にある黒い棺の上になだれのように覆いかぶさる音が鳴り響いていた。

翌日の早朝、お母さんが帰ってきた。見覚えのある服を着ていた。お母さんは細い白の縞模様《しまもよう》が入った黒いマドラス織のスカーフをかぶっていた。お母さんは僕に声をかける暇もなかった。

お母さんが喪に服しているのがわかると、キーンと耳鳴りがして同時に視界がぼやけた。僕は椅子に腰を落とすと、頭を抱えてテーブルに突っ伏した。

ひどい耳鳴りがして心臓の高鳴る音が胸に広がる中、こらえきれない嗚咽《おえつ》がこみ上げてきた。それは何時間も続いた。

ジョジョとカルメンが来て、僕の近くに長いあいだいて、ふたりでしゃべっていた。僕が返事をできるような状態ではなかったからだ。

それだけだった。

正気を取り戻すと、僕はいつまでも死んだマン・ティヌの顔を思い浮かべようとした。でも相変わらず思い浮かばなかった。そこで僕は、小屋の真ん中で黒いキリストのようにむき出しの床板に横たわったメドゥーズさんの顔で置き換えようとした。

自分が死んだときのためにマン・ティヌがカリブかごに丁寧にたたんで入れておいた白いシーツを、お母さんは取り出したことだろう。

マン・ティヌの死の床《とこ》はこの贅沢なシーツで覆われ、一年に二、三回教会の式典のときにしか着なかった黒い綿繻子《めんじゅす》のドレスを着て、その真ん中に横たわっていたはずだ。でも顔が思い浮かばない。僕がキスしたであろうこけた頰も。

マン・ティヌの両手。

白いシーツの上に現れたのはマン・ティヌの両手だった。黒く、腫れ上がって硬くなり、しわが全部ひび割れして、取れなくなった泥が詰まっていた。皮の厚くなった指がおかしな方向に曲がっている。指先の爪は磨り減って、くず鉄や堆肥、泥沼の上を跳ね回った家畜の蹄鉄よりも分厚く、硬く、変な形をしていた。

毎晩、特に日曜の朝にはいつも以上に念入りに洗っていたその手……それでもまだこの手は火を通して、石の上にのせて金槌で打たれ、土に埋められて、掘り出され、土がいっぱいついているみたいだった。それから汚い水につけられて、長いあいだ太陽で乾かされ、打ち捨てられて、薄暗いあばら家の奥、この白いシーツの上にあった。

マン・ティヌの声と同じぐらい慣れ親しんだその手……すりつぶした根菜を皿にのせて僕に渡し、僕の体を優しく洗って、服を着せてくれたその手。僕の服をこすって川の石の上で叩いたその手。

その片方の手がある日、僕の小さな手を握って学校へ導いてくれた。僕の手にはまだその感触が残っていた。

確かにその手が美しいことはなかった。汚れを拭いたり、重荷を引っ張ったり、担ぎ上げたりした手だ。そしてその手がいつものように挟まれたり、擦り傷を作ったり、鋤の柄を握ったり、獰猛なサトウキビの葉の餌食になったりすることで、ルート・ディディエが作り上げられたのだ。

＊＊＊

僕があわれなみなし子のようにふさぎこむようになってからというもの、毎晩夜になると、カルメンとジョジョが僕のところにやってきた。

カルメンとジョジョは壁に背をもせかけて、それぞれベッドの端のいつもの場所に座った。

ふたりともほとんどしゃべらない。カルメンは浮かれた話しかしなかった。それでも僕の気を晴らすことができないので、カルメンは口を慎むようにしていた。ジョジョはときどきどんな気分か、勉強はどうかといった、ありきたりのことを尋ねてくる。そのあと、ジョジョはずっと口を閉ざす。

僕が落ちこんでいるのをこんなふうに気遣うせいで感じる気まずさから、カルメンとジョジョを救ってやらなければと思う。たとえば何か話をするべきなのだろう。

でも何の話をしたらいいのか。

自分が一番よく知っていて、このとき一番したいと思った話は、カルメンやジョジョがしたいと思っていたものとまったく同じだった。

それは、目や耳をふさぐ人たちに向け、声を大にして言わなければならない話だ。

フォンテヌブロー、一九五〇年六月十七日

訳者あとがき

フランス語圏カリブ海マルチニック島出身の作家ジョゼフ・ゾベルの『黒人小屋通り』*La rue Cases-Nègres* は一九五〇年に出版され、カリブ海文学の基本書として半世紀以上経った今でも読み継がれている現代の古典である。実際フランス語圏カリブ海アンティルで最も読まれるのが『黒人小屋通り』であり、さらにフランスやアメリカの大学では「フランス語圏文学」の必読リストのトップに挙がる。カリブ海文学だけではなく、アフリカやマグレブなども含めたフランス語圏文学全般の入門書に当たるといっても過言ではない。自伝的小説で、少年の視点から語られており、語り口も比較的やわらかく、あらかじめ知識がなくとも抵抗なく読むことができるからである。日本では未訳だった『黒人小屋通り』だが、まったく知られていないわけではない。映画化『マルチニックの少年』が一九八五年に公開され、一部では知られているようである。ただ、その原作がゾベルの自伝的小説であることは知られていないだろう。マルチニックといえば日本との接点はいくらかあり、例えば『怪談』で有名な小泉八雲ことラフカディオ・ハーンが来日する前に二年間滞在した島である。マルチニックを舞台にした作品があって、日本では『仏領西インドの二年間』や『クレオール物語』が刊行されている。

出版物に関していえば、日本では一九九〇年代後半にクレオールブームがあった。その理由は二つある。一つはコロンブスの「アメリカ発見」から五百年目に当たる一九九二年に、マルチニックの南に位置する英語圏セントルシア島出身の詩人デレック・ウォルコットがノーベル文学賞を受賞し、フランスではマルチニック出身の小説家パトリック・シャモワゾーが最も権威ある文学賞ゴンクール賞を受賞して、カリブ海文学が注目されたこと。もう一つは、当時の世界情勢の変化である。ベルリンの壁崩壊とソヴィエト連邦崩壊によって東西冷戦が終結し、アメリカ主導のグローバリゼーションが顕在化した。ヒト、モノ、カネ、情報が容易に国境を越え、急激な時代の変化とあふれる情報が人の想像を凌駕する時代となった。先行きが不透明になる中、五世紀間すでにヒト、モノ、カネ、情報が行き来し、民族や文化が移植、混交、土着化されて成立したカリブ海社会が、来るべき世界のひな形として注目されたのも不思議ではない。

とりわけフランス語圏カリブ海はそのころから「グローバル」に対する「クレオール」として取り上げられるようになった。日本では一九九〇年代半ばから二〇〇〇年代前半にかけて「クレオール」をタイトルにした書籍が数多く出版され、主要な作家であるマルチニック出身のエドゥアール・グリッサンや、同じくフランス語圏カリブ海の島であるグアドループ出身のマリーズ・コンデが数度にわたって招聘され、講演を行った。一九九〇年前後はちょうど、マルチニックの若い作家ジャン・ベルナベ、ラファエル・コンフィアン、パトリック・シャモワゾーが『クレオール礼賛』と『クレオールとは何か』でクレオール性という概念を掲げ、前世代の作家エメ・セゼールやエドゥアール・グリッサンを公然と批判した時期である。日本の学術界でカリブ海が注目されたのがちょうどこのころであったため、「カリブ海＝クレオール」という認識が定着し、今でもフランス語圏カリブ海の文学は「クレオール文学」と呼ばれる。しかしフランス語や英語で「クレオール文学」と言えば、現地のクレオール語で書かれた文学作品を意味する。初期のコンフィアンやシャモワゾー、あるいはハイチの作家フランケチエンヌなどがいるが、もともと話し言葉のクレオール語で書かれたものを読もうとする人がほとんどいないので、文学としては成立しにくい。

クレオールブームも一段落した現在、フランス語圏カリブ海文学は世界文学やフランス語圏（フランコフォニー）文学のくくりで語られることが多い。フランスでは二〇〇七年『ル・モンド』紙に「フランス語世界文学のために」という宣言文が掲載され[1]、その後同紙では「フランス語圏」の概念をめぐって論争が繰り広げられた。「フランス語圏」はもっぱら旧フランス植民地出身の作家をひとまとめにする語で、その中にフランス本土が入っておらず、極めて植民地主義的だというのである。世界各地のフランス語で書く四十四名の作家がこのマニフェストに署名し、その中にはカリブ海出身のエドゥアール・グリッサンやマリーズ・コンデらの名もあった。しかしながら『ル・モンド』の紙面をにぎわせた論争もそれっきりで、以降は何も耳にすることはない。こういった分類の是非はさておき、日本でも専門の一分野として非フランス系のフランス語作家（主に西アフリカ、カリブ海、マグレブ出身の作家）を総称した「フランス語圏」という言葉が一般化してきているのも事実である。

フランス語圏カリブ海文学は始まってからまだ百年ほどにしかならない。どこに始点を置くか、どの作家まで含めるかが問題になるのだが、一般的には両世界大戦間に位置づけられる。先駆者ともいえるマルチニック出身のルネ・マランが、一九二一年に小説『バトゥアラ』で黒人作家初のゴンクール賞を受賞した。文学を志すカリブ海出身者が集うサロンができ、雑誌もいくつか創刊されて、フランス語圏カリブ海文学の黎明は一九三〇年代のパリにあった。

フランス語圏カリブ海文学の文学史は、一九三〇年代のネグリチュード、一九八〇年代のアンティル性、一九九〇年からのクレオール性の三つの局面に分けて紹介される。

ネグリチュードは、一九三〇年代のセネガル出身のレオポル・セダール・サンゴール、仏領ギアナ出身のレオン・ゴントラン・ダマス、マルチニック出身のエメ・セゼールの三人がパリで、学生時代に始めた黒人文学運動である。一九三五年に創刊した『黒人学生』の中で、セゼールが「ネグリチュード」という造語を用いたのが最初で、それまで劣等なものとして貶《おとし》められていた黒人性を肯定し、掲揚する運動であった。セゼールはフランス留学から故郷に帰る一九三九年、雑誌『ヴォロンテ』に「帰郷ノート」が掲載され、詩人としてデビューした。一九四五年にはフォールドフランス市長に選出され、以降五十年以上にわたってマルチニックの政治的中心人物となる。

しかしながら一九六〇年代にアフリカ諸国が独立していくにつれて、黒人性のイデオロギーの時代もひと区切りを迎える。黒人奴隷にルーツがあるカリブ海にとっては、母なる大地アフリカへの回帰が一つの理想であった。しかし次第に、アフリカ回帰は幻想でしかないことが明らかになる。実際にアフリカを夢見て一九六〇年から十年以上、西アフリカに移り住んだマリーズ・コンデは、一九七六年発表の小説『ヘレマコノン』で、脱植民地化されたアフリカにおける強権政治を痛烈に批判した。同時期の一九八〇年代、マルチニック出身のエドゥアール・グリッサンはフランス同化でもアフリカ回帰でもない、「今ここ」にあるアンティルにアイデンティティを見出し、それまで宗主国との縦の関係に縛られ、横のつながりに欠けていたカリブ海の島々の地理的および文化的一体性を強調した。これが第二の局面、アンティル性である。ちなみに、一九八二年はフランス本土ではミッテラン大統領により地方分権が法制化され、地域の言語や文化が見直された時期に当たる。

このあとに現れるのが、日本でフランス語圏カリブ海文学が紹介される際にキーワードとなった第三の局面、クレオール性である。戦後生まれの作家ジャン・ベルナベ、ラファエル・コンフィアン、パトリック・シャモワゾーの三人は、ネグリチュードに対してはエメ・セゼールが初期に詩人として抱いていた反逆精神とのちに政治家として同化政策を受け入れた従順さとのあいだにある矛盾を非難した。グリッサンの提唱したアンティル性に対してはカリブ海を中心とした地政学に過ぎないと切り捨てた。それに代わって、地理的に隔たったインド洋マスカレーニュ諸島も言語文化的にクレオールだとして、カリブ海にとらわれない地域横断的なクレオール性を標榜した。初期にはクレオール語による文学を標榜したが、彼らのマニフェストである『クレオール礼賛』を一九九三年にフランス語と英語のバイリンガルでガリマール社から再出版した際、デレク・ウォルコットに「なぜクレオール語で書かないのか」と揚げ足を取られることとなった。▼2

このフランス語圏カリブ海文学の流れの中にジョゼフ・ゾベルを位置づけるのはなかなか難しい。コンフィアンとシャモワゾーは『クレオールとは何か』でゾベルを、当時の社会風俗を描く初期の「クレオール小説」と評している。▼3『黒人小屋通り』をローカルなものとしてとらえているが、ゾベルはむしろフランス語圏カリブ海の外部と関係がある。それについて述べる前に、まずは作家ゾベルの略歴を紹介する。

ジョゼフ・ゾベルは一九一五年にマルチニック島南部のリヴィエール・サレに生まれ、幼いころサトウキビ畑で働く祖母にあずけられた。貧しい農業労働者の出自ながらも初等教育を受け、当時唯一の中等教育機関であったリセ・シェルシェールに通うことになった。そのために祖母を故郷に残し、生みの母親であるセリア・ロシエがいるマルチニックの中心都市フォールドフランスに居を移した。大学入学資格バカロレア取得後、一九三七年にフランスで建築を学ぶため奨学金試験を受けるも合格せず、まもなく第二次世界大戦が勃発したため、フランス行きをいったんあきらめることになる。戦時中、勤務先のリセ・シェルシェールの同僚の紹介で週刊誌『ル・スポルティフ』に寄稿したことが、物書きとしての出発点となった。『ル・スポルティフ』に掲載された、マルチニックの風俗を描いた小作品がエメ・セゼールの目にとまり、小説を書くように勧められた。

一九四〇年、処女作に当たる小説『ディアブラ』*Diab'-la* を発表するが、親ナチスドイツであった当時のヴィシー政権当局の検閲に引っかかり、発禁となる。第二次世界大戦終了後の一九四六年に休職して渡仏し、パリで学業を再開させる。ソルボンヌで文学や舞台芸術、民族学を学ぶ一方、パリ近郊フォンテヌブローのリセで教職に就き、そのかたわら『黒人小屋通り』を執筆した。一九四八年に書き始めて、一年で書き上げ、一年で手直しをし、一年で出版社を探して『黒人小屋通り』は一九五〇年にフロワサール社から出版された。出版後すぐに文芸誌『ガゼット・デ・レットル』で読者賞を獲得する。投票数八百強あった中、『黒人小屋通り』は百六十二票を獲得し、二位の百六十票、三位の百五十六票と僅差であった。ただ例年受賞作について賛否両論となるところだが、ゾベルの受賞はおおむねこころよく迎えられたという。[4] 小説は三万五千部発行されて完売したものの、作品の性質と出版社の方針が一致しなかったことから増刷されず、さらに故郷マルチニックでは現地の白人たちが書店での販売を認めなかったため事実上発禁状態にあったが、一九五五年に小さな出版社から再刊されることになった。[5] 一九五三年、続編にあたる『パリの祝祭』*La fête à Paris* を出版し、小説家ゾベルの存在が知られるようになっていた。そして、一九五七年に祖先たちが来たアフリカを知りたいという欲求からセネガルに移住する。この時代のアフリカといえば、ヨーロッパの支配からの脱植民地化の機運が高まっていた。一九五五年にはインドネシアのバンドンで第一回アジア・アフリカ会議が、一九五六年にはパリで第一回黒人作家芸術家会議が開催され、議論の的は独立にあった。一九五八年にギニアが他に先駆けてフランスから独立を果たしたのち、「アフリカの年」と言われる一九六〇年以降、それまで植民地であった地域から続々と新しい国が生まれていった。

ゾベルは、一九七六年に引退してセネガルから引き上げ、フランス南部のガール県に隠居した。一九五五年の再刊から二十年ほど忘れられていた『黒人小屋通り』だが、このころから国際的に注目を浴びることになる。まず一九七四年に、フランスにおける黒人文学を出版するプレザンス・アフリケヌ社が版権を取得して再刊すると、一九八〇年に英語訳*Black Shack Alley*がアメリカで出版され、一九八三年にはマルチニック出身の女性映画監督ユーザン・パルシーが映画化してヴェネツィア国際映画祭で銀獅子賞を受賞した。ちなみに映画には、ゾベル本人が司祭の役で出演している。晩年には短編や詩をときどき発表して作家活動を続けるほかに、陶器作りをしたり、日本の生け花をたしなんだり、水彩画を学んだりした。ガール県に住んで三十年ほど経った二〇〇六年六月十七日に、九十一歳で逝去した。生誕百周年に当たる二〇一五年に処女作『ディアブラ』が漫画化され、二〇一八年には『黒人小屋通り』も漫画が出版された。死後もなお、ジョゼフ・ゾベルの存在は忘れられていない。

ゾベルは世代的にセゼールとほぼ同じであるが、家系に恵まれたエリートではなかったため、一九三〇年代のパリで起こったネグリチュードとは直接的な関わりはない。当時の知識人、とりわけ植民地出身で作家を志す学生らの多くが共産主義に傾倒したが、ゾベルにその向きは見られない。ただ人種に関係した社会階級の問題には、一貫した姿勢を示している。黒人の尊厳を、祖母マン・ティヌの姿を介して表現しており、植民地主義に対する独自の批判的視点を持っているのは明らかである。ただ、フランス本土との同化政策の核となる、フランスの共和主義的な公教育制度については無批判である。

文学的系譜に関していえば、学校で教わるフランス文学以外にずいぶん自分で本を読んだようである。『黒人小屋通り』の中でジャマイカ出身の黒人作家クロード・マッケイの『バンジョー』が挙げられるのは、作家ジョゼフ・ゾベルがアメリカの黒人文学から影響を受けたことを示している。マッケイの『バンジョー』は一九三一年にフランスで翻訳が出版され、翌年に『ハーレム帰郷』も出版されていることから、フォールドフランスでリセに通っていた時期にゾベルが読んでいた可能性は大いにある。その証拠に、ゾベルが戦時中『ル・スポルティフ』誌で使っていたケマクゾ Kay-Mac-Zo というペンネームはマッケイ McKay のアナグラムとなっており、その心酔ぶりがうかがわれる。

『黒人小屋通り』に限って言えば、戦後パリに移り住んだアメリカの黒人作家リチャード・ライトの影響が考えられる。一九四七年一月から半年間、サルトルが主宰する雑誌『レ・タン・モデルヌ』に自伝小説『ブラック・ボーイ』が掲載され、同年に早くもガリマール社からフランス語訳が出版されている。ゾベルが『黒人小屋通り』を書き始めたのは一九四八年二月なので、フランスにおけるリチャード・ライト紹介とほぼ同時期となる。黒人少年が成長する姿を描くライトの創作にゾベルが触発された可能性は大いにある。ちなみに『黒人小屋通り』が出版されて間もない一九五〇年ごろ、少女時代のマリーズ・コンデが、パリで文学を志す兄を訪れたときのエピソードが興味深い。「でもサンドリノが私に、彼の政治的アンガージュマンと『ブラック・ボーイ』『アメリカの息子』『フィッシュベリー』について話してくれた[6]」この証言から、カリブ海出身で戦後パリに渡って作家になることを志望する黒人の若者の視線が、どれほどライトに向けられていたかが垣間見《かいまみ》える。

マルチニックに「アン・ネグ・セ・アン・シエク」An nèg sé an sièc ということわざがある。直訳すれば「一人の黒人は一世紀」だが、ことわざなので必ずしも文字通り黒人ひとりが百年生きるという意味ではない。エドゥアール・グリッサンによると、人ひとりの人生には底知れないほどの膨大な歴史が貯蔵されており、個人の生には収まりきらないという意味だという[7]。そもそも「ギニア」と呼ばれる西アフリカに起源を有する黒人が、大西洋の反対側にあるカリブ海にいるのはなぜか。なぜ子供たちは学校に行くことすらままならないのか。なぜサトウキビ畑労働者の祖母は無理を承知で主人公を学校に通わせたのか。『黒人小屋通り』で描かれるわずか十五年ほどの期間には、一八四八年の奴隷解放以降の百年のプランテーション社会の重みがある。そのような社会が成立する下地として、一六三五年から二世紀以上にわたるフランスのカリブ海植民地支配がある。さらにさかのぼれば一四九二年のコロンブスによる「アメリカ発見」に端を発するヨーロッパのカリブ海地域収奪と、先住民社会壊滅ののちに連れてこられた黒人の四百年の歴史がある。そこで、二十世紀前半のマルチニックから少し視野を広げて、まずどういった経緯で黒人がサトウキビ畑で働いているのかがわかるように、大まかに一四九二年から一六二五年、一六二五年から一八四八年、一八四八年から一九四六年の三期に分けて、『黒人小屋通り』に至るまでのカリブ海世界の成り立ちを紹介する。

カリブ海について（一四九二～一六二五）

カリブ海には他にも「アンティル」や「西インド」といった呼び方があるが、どれもだいたい同じ地域を指す。メキシコからコロンビアにかけて南北アメリカ大陸をつなぐ地峡の東側にあるのがカリブ海で、大西洋側は島々によってアーチ状に囲まれている。メキシコのユカタン半島から大西洋に向かって東西に連なる島々は大アンティル諸島と総称され、キューバ島、ジャマイカ島、エスパニョーラ島（ハイチとドミニカ共和国）、プエルトリコ島など、比較的大きな島からなっている。プエルトリコより東、ヴァージン諸島からベネズエラ沖にかけて南北に連なる小さな島々は、小アンティル諸島と呼ばれる。厳密に言えば「アンティル」という場合はカリブ海の北側と東側を囲む島々を指し、「カリブ海地域」という場合は海の周り全体で、西側にある中米と南側にあるコロンビアやベネズエラなどの南米大陸北岸も含むことになる。

「西インド」というのはある誤認に端を発する。世界球体説に従って大西洋を西に進めばインドに到達すると考えたコロンブスが、二カ月の長い航海を行って実際にたどり着いたのはカリブ海地域だった。だがコロンブスは、そこをインドの一部だと確信した。そのため先住民はインディオ、そのあたりの地域も西インドと呼ばれるようになった。西インドというのは、コロンブスの後一四九八年にポルトガルのヴァスコ・ダ・ガマが東回りでたどり着いた「東インド」に対する呼び名である。しかし一五〇三年にフィレンツェ出身のアメリゴ・ヴェスプッチが、コロンブスが発見したのはインドではなく、アジア、アフリカ、ヨーロッパに次ぐ第四の大陸だと唱えた。一五〇七年にドイツの地理学者マルティン・ヴァルトゼーミュラーが『世界誌入門』の世界地図に新大陸を初めて描き出した際、そこをアメリゴの名にちなんで「アメリカ」と名づけた。アメリカのジャーナリストで作家のトビー・レスターの表現を借りれば、これがアメリカの「出生証明書」となったのである。▼[8]

「アンティル」という名称は、中世ヨーロッパで信じられていた大西洋上に浮かぶ架空の島に由来する。イタリアの地理天文学者トスカネリの地図にも描かれており、ポルトガル語の「前島」Ante-ilhaがその語源で、インドにたどり着く前に現れる島だとされていた。ちなみにフランス語で「アンティル人」Antillaisは、必ずしもカリブ海地域を出自とする人を指すわけではなく、主にフランスの海外県マルチニックとグアドループ出身の人間に限られ、同じフランス語圏カリブ海の独立国家ハイチ出身者は必ずしもそこに入らない。

「西インド」と「アンティル」がどちらも地理的な意味合いを持った名称である一方、「カリブ海」はやや趣を異にする。コロンブスが第一航海で探索したのはキューバ島や今のハイチとドミニカ共和国のあるエスパニョーラ島であり、そこで遭遇した人々はアラワク族という穏やかな民族だった。コロンブスはこの善良なアラワク人たちから、島々を荒らす食人種カリベ族なるものが存在すると聞いたことを、第一航海の一四九三年一月三日の記録に記している。▼[9]大アンティル諸島と小アンティル諸島では住んでいる民族が違い、前者ではアラワク族が首長を中心とした小規模農業社会を形成していたのに対し、後者では南米大陸ベネズエラを北上したカリベ族が先住のアラワク族に比べて自然に近い状態で暮らしていたという。カリベという呼び名はスペイン人がつけた他称で、元は「カリナゴ」という自称に由来するという。当初コロンブスは「カニーバ」や「カニーマ」という言葉を聞いて、大汗（アジアの君主）や犬の顔をした人間（ラテン語で犬はcanis）がいると思い込んだほどで、[10] 先住民の発する言葉を恣意的に解釈していた。カリベCaribe、あるいはカニバCanibaとされたカリナゴの人々は野蛮な食人種cannibaleとなり、それが口実となって隷属化が是認されるようになった。

この際ついでに日本語でよく用いられる「カリブの」という言い方に関しても言及しておく。「カリブの歴史」、「カリブの社会」というのをときどき目にするが、「カリブ」というのはそもそも一部族を指すものである。つまり厳密に言えば「カリブの」というと、「（原住民）カリブ族の」という意味合いになり、「カリブの歴史」や「カリブの社会」はカリブ海に先住した一部族の歴史や社会を限定的に指すことになる。

コロンブスの第一航海の後、すぐに植民を目的とした第二航海が行われた。その目的は香辛料と黄金だったが、どちらも思ったように見つからない。そこで食人を口実に原住民を奴隷にすることを思いついたコロンブスは、第二航海の覚書の中で、奴隷にしてカスティリヤに送ることで食人の習慣をやめさせることができる上、洗礼を受けさせることによって魂を救済できるため、カリベ人にとってもいいことなのだと述べている。[11] 植民するにあたって、インディアスには馬や牛などの大型家畜や鉄器が存在しなかった。土地を開拓するには農耕用動物と資材が必要となるが、それに見合ったものをスペイン本国に送らなければならない。そこで奴隷と引き換えにすることを提案したわけだが、スペイン王室は先住民の奴隷化に関して慎重な姿勢を示した。[12] しかし時間が経つにつれ、キリスト教化を建前とした財源確保目的の隷属化は現地で容認され、その対象は当初の食人種カリブ族だけでなく、インディオ全体に拡大された。酷使されることでインディオの人口が減っていく中、代わりとして導入されることになったのがアフリカの黒人であった。

スペイン人の支配を弾劾した『インディアスの破壊に関する簡潔な報告』で人道主義者として知られる修道士バルトロメ・デ・ラス・カサスが、大西洋における黒人奴隷貿易の口火を切ることになった。もともと黒人奴隷貿易はヨーロッパ人がやってくる以前からアラブ人が北アフリカの馬と引き換えに行っており、馬一頭に対して黒人奴隷十人から十五人で交換されていたということが伝えられている。[13] ヨーロッパの黒人奴隷貿易は、ポルトガルがアフリカ西岸を南下する過程で十五世紀中ごろから形成されていった。一四四四年には二百三十五名の黒人奴隷を本国に送り、エンリケ航海王子がその五分の一に当たる四十六名を自らの分け前として取ったことが、ポルトガルの探索に参加したイタリア商人によって記録されている。[14] アフリカの黒人奴隷貿易は、海洋進出の一部としてポルトガル王室がからんだ国家事業となった。西アフリカにすでにあった奴隷制は、ヨーロッパの奴隷制とは性質を異にしていた。アフリカにおいては奴隷と土地は切り離せず、奴隷を所有することで土地を所有する家内奴隷というものだった。一方ヨーロッパにおいては奴隷所有と土地所有はまったく別であり、奴隷はいわば家畜同然で売買可能な家財奴隷であった。

スペイン人入植者はエスパニョーラ島に拠点を構え、内陸を探索した際にとうとう念願の金を発見する。このころからインディオに対して狼藉を働くようになるのだが、詳しい過程はラス・カサスの『インディアス史　第一巻』第百章以降に描かれている。インディオもスペイン人の横暴に反抗したが、それがますます奴隷化に拍車をかけた。労働力として酷使されたインディオがエスパニョーラ島で激減した結果、バハマ諸島、キューバ島、ユカタン半島にまでスペイン人植民者の触手が伸び、奴隷狩りが行われるようになった。先住民というのは生まれながら怠惰な上に、なかなかキリスト教化に応じないため、エスパニョーラ島に連れてきて教化する必要があるというのがその口実であった。一五一八年に天然痘がエスパニョーラ島で流行したことが、先住民の人口減にさらなる拍車をかけた。当時「黒人は縛り首にでもするのでなければ決して死ぬことはない」[15]と考えていたラス・カサスは、植民者からの要望もあり、インディオを解放することを交換条件に黒人奴隷を連れてくる許可を国王カルロス一世に請願した。そのうわさを聞きつけた植民者たちが、古くから国王に仕える廷臣に話を持ちかけ、同様の特許状を国王に願い出るようにと入れ知恵した。奴隷供給契約許可が授与されると、廷臣は早々とそれをジェノヴァ商人に売り払ってしまい、独占権を得たジェノヴァ人が黒人奴隷を植民者に高く売りつける結果となった。結局ラス・カサスが思い描いた通りにインディオ解放とはならなかったという顚末が『インディアス史　第三巻』第百二章および第百二十九章に詳しく語られている。

インディオが激減したために鉱山掘削の手を一時ゆるめ、入植者は新たな食い扶持を見つけなければならなくなった。そこで考えられたのがサトウキビの栽培であった。東南アジア原産とされるサトウキビは、十字軍遠征の際に中東からヨーロッパに持ちこまれた。ヨーロッパが海洋進出を始めた十五世紀には、アフリカ北西岸沖に点在するマデイラ諸島やカナリア諸島で栽培されていた。

砂糖製造は一五〇五年ごろにはじまり、その十年後の一五一五年ごろにはカナリア諸島からエスパニョーラ島に技術者がやってきて、製糖工場が建設された。金鉱掘削に代わって、大量生産が可能となったサトウキビが一大産業となった。馬を使った最初期のサトウキビ圧搾装置から、水力を利用した圧搾装置が発明されて生産量が増えた分、それを担う多くの人手が必要となった。サトウキビは収穫後すぐに圧搾しないと傷んでしまうため、サトウキビ畑と工場を一カ所に集約する必要もある。そこで労働力不足解消のため、アフリカから大量の奴隷がカリブ海に連れてこられた。カリブ海の歴史家エリック・ウィリアムズが『資本主義と奴隷制』で「砂糖のないところにはニグロもいない」[16]と言ったように、黒人と砂糖の生産は切っても切り離せない。黒人が新世界で使役されたのは、肌の色が黒く人種的に熱帯の気候風土に適応できたからだという従来の人種説に対してウィリアムズは、植民地で労働力の需要があり、黒人が労働力として廉価であったからだという経済的要因を主張した。大規模農業によって労働力の集約と土地使用の効率化が可能になるためである。なお、今日では免疫学的要因がわかっており、風土への適応については、熱帯の風土病マラリアが原因だとされている。先住民もヨーロッパ人もマラリアに対して免疫がないため、熱帯での労働に適していなかった。一方でアフリカ西部、中央部の人々の多くは先天的に抗体を持っていたため、熱帯での労働に耐えることができた。アメリカ南部からブラジルにかけて、プランテーションが発達した地域とマラリアが発生する地域が見事に一致することを、アメリカのジャーナリストで作家のチャールズ・C・マンが指摘している。[17]

採掘し尽くしてしまえば終わりの鉱山採掘とは異なり、ヨーロッパから織物や火器などをアフリカに運び、アフリカからアメリカに奴隷を運び、アメリカからサトウキビをはじめとした商品作物をヨーロッパに運ぶという搾取に基づく循環的経済が成立した。世に言う三角貿易である。中でもサトウキビは、農業（栽培）、工業（製糖）、商業（輸送）からなる総合産業であった。砂糖の需要に拍車をかけたのが、アジアから新たにもたらされた嗜好品であった。一六一〇年にオランダが東アジアから茶を、一六一五年にヴェネツィアが中東からコーヒーをヨーロッパに輸入し、その消費が一般化するのにつれて、砂糖の生産も増え続けたのである。

フランス語圏カリブ海について（一六二五〜一八四八）

一四九四年にスペインとポルトガルのあいだで結ばれたトルデシリャス条約によって、世界はスペインとポルトガルに二分された。西アフリカ西端のセネガル沖にあるカーボ・ヴェルデから三百七十レグア（約二千キロメートル）西の地点で南北に植民地分界線を引き、西はスペインの領域、東はポルトガルの領域となった。ヨーロッパではフランスがイタリアを巡って戦争を行っていた十六世紀前半、アメリカ大陸ではコンキスタドールの時代を迎えていた。一五二一年にエルナン・コルテスがアステカ帝国を滅亡させ、一五三二年にはフランシスコ・ピサロがインカ帝国を征服した。一五四五年にはポトシ銀山が発見され、ヨーロッパに大量の銀が流入することになった。

フランスの海洋進出の始まりは、ヨーロッパ内の政治対立とアメリカからの金銀流入と関係がある。政治的対立とは、一五一五年にフランス王に即位したヴァロワ家フランソワ一世と翌一五一六年にスペイン王に即位したハプスブルク家カルロス一世（のちの神聖ローマ帝国カール五世）の覇権争いである。フランソワ一世は「太陽は余人ならずとも私をも照らしている。世界の分割所有より私を排除する条項がアダムの意志のうちにあるのなら、ぜひとも拝見したい」[18]と豪語し、トルデシリャス条約によって定められた植民地分界線を認めなかった。一五三〇年代にはトルデシリャス条約の再解釈が行われ、条約の有効範囲は締結時に発見されていた土地にのみ有効で、その後発見された土地に関しては適応されないことになった。そこからフランスの新大陸進出が始まる。フランソワ一世はスペインとポルトガルが南半球の沿岸地域をすでに占有していることから、北半球を西回りしてアジアを目指す航路、北西航路の開拓を試みた。その結果として、北米大陸にフランス人が入植するようになった。

フランスがカリブ海に植民を始めたのは一六二五年、小アンティル諸島のセントクリストファー島で、植民者はフランスを逃れたユグノーたちだった。スペインは大アンティル諸島に入植するものの、間もなく金銀の豊富な大陸へと流出していっていた。一方、小アンティル諸島はほぼ手つかずのまま残っていた。一六三五年にアメリカ諸島会社が設立され、セントクリストファー島総督デナンビュクによってマルチニックとグアドループの植民が行われた。植民当初は元手がかからないタバコ栽培が主流だったが、生産過多により間もなく値崩れを起こした。白人植民者を定着させることは困難であった。それを担ったアンガジェと呼ばれる三年契約の白人年季奉公は現地に適応することができず、一六五四年にブラジルから追放されたイベリア半島出身のユダヤ系オランダ人が製糖技術を小アンティルにもたらしたことによって、サトウキビ栽培が中心となった。繰り返し衝突を繰り返しながらも、先住のカリブ族とフランス人はマルチニックの島を東西に分けて共存していたが、サトウキビ栽培とともに黒人奴隷が増えると、先住民の居留地に逃亡する奴隷が現れた。カリブ族の領域に逃げ込まれると手が出せなくなるため、フランス人は実力行使で先住民を島から排除した。

黒人奴隷が増えていく中、フランス人と黒人奴隷とのあいだに生まれた混血ムラートの増加が問題となった。というのも、ヨーロッパから来た植民者は男性ばかりなので、女性を求めて黒人奴隷に手を出すことになる。その結果としてムラートが増え、今度はムラートがフランスから来た白人女性と結婚し、白人が主人、黒人が奴隷という主従関係が崩れ始めた。マルチニックとグアドループへの入植から半世紀たった一六八五年、宗教及び婚姻について定めた黒人法が発布され、黒人奴隷の身分が公的に定められることとなった。実効性は疑われているが、名目上は奴隷に最低限の食事を与え、労働時間を日の出から日の入りまでに制限し、障害をもつ奴隷を保護することを定めて、母親と子供を引き離して売ったり、公の判断なく私刑に処したりすることなどを禁じた。その中で黒人奴隷は動産と定められ、生まれた子供は母親の身分を継承することとし、財産の私有が認められなかった。また人種間の婚姻はしかるべき宗教上の手続きにのっとった場合に限り認められた。しかし十七世紀後半にコルベールがフランスから女性を送り込み、現地生まれの白人女性が増えるようになるにつれて、異人種間の結びつきは早々に厭《いと》われるようになった。

　サトウキビ生産は時代を追ってブラジル、英領バルバドス島および小アンティル諸島、サンドマングと中心地を移していった。メキシコやペルーの征服以降、金銀を求めて植民者が大陸に流出したエスパニョーラ島は手薄になっており、フランス人がエスパニョーラ北西の沖合にあるトルチュガ島に住みつくようになった。スペイン人が持ち込んで野生化した牛や豚を狩って革にしたり、肉を燻製にしたりするかたわらで、スペイン船を襲う猟師兼海賊のバッカニアとなった。十七世紀後半にエスパニョーラ島の西側を占拠していたのだが、一六九七年のライスワイク条約で正式にフランス領となり、その地はサンドマングと名づけられた。この新しい植民地は土壌が肥沃で、フランスに商品作物の富をもたらし、十八世紀には「アンティル諸島の真珠」と呼ばれるまでになった。しかしその分、全人口に占める奴隷の割合が危険なほどに増えていた。フランス革命の起きた一七八九年には、マルチニックやグアドループはそれぞれ人口十万人のうち八十四パーセント、サンドマングは五十二万人のうち九十パーセント近くを黒人が占めていた▼[19]。万が一導火線に火がついたら、爆発が止められないのは明らかであった。

　フランスにおける奴隷制廃止は二度あり、一度目はフランス革命時の一七九四年、二度目は第二共和政が成立した一八四八年だった。最初の奴隷制廃止運動の裏には、フランスに莫大な富をもたらしつつも、人口比からするといつ奴隷の反乱が起きてもおかしくない状態にあるサンドマングの崩壊を狙ったイギリス首相ウィリアム・ピットの謀略があった。安価な砂糖を大量に生産するサンドマングは、関税の保護を受けて割高となった自国植民地の砂糖を国内に流通させているイギリス植民地にとって不都合な存在だったからである。一度目の奴隷解放後、自治状態にあったサンドマングにナポレオン・ボナパルトが兵を送りこんで再征服し、一八〇二年には奴隷制を復活させた。その背後にはマルチニックの農園主に出自をもつ妻ジョゼフィヌの存在があったとされる。しかし奴隷による反乱軍はフランス軍を追い出し、一八〇四年にサンドマングは世界初の黒人共和国ハイチとして独立を遂げた。ここからハイチは、フランスの植民地として残ったマルチニックやグアドループとは異なる独自の歴史を歩むことになる。独立を承認することと引き換えに、革命時に植民者から接収した土地に対する賠償をフランスから請求されて膨大な借金を抱え、ハイチの経済的発展は阻害された。ちなみに今日でもハイチがフランスへ支払った賠償金は不当だとして返還するよう求める声があるが、フランスはそれに応じていない。

奴隷制が廃止されたのは、ヨーロッパにおける近代的な人道主義が封建的な奴隷制に打ち勝ったからだというわけではない。むしろ経済的な変化がその要因である。イギリスでは一八三三年、フランスでは一八四八年に奴隷制が撤廃されるが、そこに至るまでの時期が産業革命におおよそ一致するのである。つまり、多大な労力を必要とするサトウキビ産業の動力が人力から蒸気機関に置き換えられれば、奴隷はいらなくなる。エリック・ウィリアムズが指摘するところによると、そもそも産業革命を可能にしたのは西インド交易で蓄積された資本であり、一七六九年にワットが発明した蒸気機関は、一七八〇年代には早々とサトウキビプランテーションでの応用が考えられたという▼20。

産業革命の進展と並行して、新世界に植民地を持たないプロイセンで十八世紀半ばからヨーロッパでも栽培できるサトウダイコンと呼ばれる甜菜《てんさい》が注目され、フランス革命前には実際に砂糖が製造できることがわかっていた。フランスでもナポレオンが一八〇六年に大陸封鎖を行ったために植民地からの物流が途絶えた時期、甜菜の研究がなされた。産業革命と奴隷制の時代に並行し、甜菜から作られた砂糖も市場に流通するようになった。一八四〇年には世界の全砂糖生産の一部を占めるようになり、一八八〇年にはサトウキビを超えるまでになった。

蒸気機関によって余剰労働力が発生するうえに、サトウキビが甜菜との競争に敗れれば、当然サトウキビ畑で働く労働者の立場はさらに弱くなる。十九世紀の奴隷制の廃止が本当の意味での黒人の解放につながったかといえば、そうではない。『黒人小屋通り』の中で、メドゥーズが奴隷であった父親の言葉を借りて「何も変わっていないと思い知らされた」と伝えるのが、それを物語っている。白人領主が生産手段を占有することに変わりがなかったために、名目上解放された奴隷たちは安く買い叩かれる低賃金労働者となり、厳しい状況に置かれることとなった。誰もが身に着けるものは粗末で、日々食べるものにも事欠き、住む場所は雨漏りするようなひどい生活状況は、サトウキビと黒人が両方とも存在意義を失って衰退していく時代の産物なのである。

『黒人小屋通り』について（一八四八〜一九四六）

『黒人小屋通り』は一九三〇年代のマルチニックを舞台にしていると言われるが、行方知れずとなった父親が出征したのはおそらく第一次世界大戦であり、そのときに生まれた主人公が冒頭で「五歳になってもまだ一度も外に出たことがなかった」と言う。そこから考えると冒頭で主人公は五歳ぐらいで、物語は一九二〇年ごろに始まっていることになる。リセでバカロレア取得前なので最後は十八歳くらいで、正確には一九二〇年から三〇年代前半のマルチニックが舞台になっている。純粋な自伝ではなく、自伝的小説である理由は明らかではない。ただ植民地社会に対する批判を表明しているためにマルチニックで流通が禁止されたほどであり、実名を避ける必要があった可能性が考えられる。実在の母親セリアの名前が小説ではデリアになっているのはそういった配慮であろう。イギリスの研究者によれば、作者の実名と異なるが、主人公の名ジョゼ・アッサンの「アッサン」は西アフリカの言葉で「双子」を意味し、ジョゼフ・ゾベルの分身であることが示されているという。[21]

『黒人小屋通り』をもう少し視野を広げた時代区分で見ると、一八四八年の奴隷制廃止から一九四六年の海外県化までの約一世紀、マルチニックの住民が解放奴隷からフランス市民になるまでの歴史的空白期間を描いている。十九世紀後半からサトウキビ産業が下降線をたどりはじめ、農村から都市に人が集まって社会構造が変わる一方、公教育が徐々に普及していく時代でもあった。農村社会プチモルヌから中心都市フォールドフランス郊外のサントテレーズに移り住み、文盲の祖母マン・ティヌが孫のジョゼを就学させるのは、ある程度当時の世の中の移り変わりを反映している。しかし公教育が普及していく一方で、民間での口承文化が徐々に失われていった。年老いたメドゥーズと幼いジョゼのあいだでなぞなぞや昔話が語られる場面があるが、学校に通わない子供たちがこのように近所の大人からある種の民間教育を受けていたことがわかる。その中でもとりわけ大切なのが、奴隷制の記憶である。奴隷制廃止から半世紀以上は経っていたものの、まだ奴隷制を生きた人々の記憶が残っており、それが代々物語として伝えられていた様子が作中に再現されている。なおイギリスの研究者によると、ゾベルの祖父は一八四八年の奴隷制廃止で自由となった解放奴隷である可能性が高いという。[22] 作品の中でメドゥーズは、死んだら魂が海を渡って先祖の地ギニアに帰るという黒人奴隷の民間信仰を語っているが、そこには体は奴隷として売られ、遠く海の向こうに縛りつけられていても、魂までは縛られていないという黒人の尊厳がこめられている。

『黒人小屋通り』が書かれた第二次世界大戦後はマルチニックの海外県化が決まり、フランス本土との同化が進んでいく一方で伝統が失われていった。サトウキビとともにプランテーション社会も崩壊した。公教育によるフランス語使用が進展するにつれてクレオール語使用が後退した。口伝えされてきた奴隷制の記憶も学校で教わるフランス本土の教科書に書かれた歴史に置き換わった。社会保障が導入されたことにより母系中心の家族制度が核家族に変わっていった。いわばマルチニックのアイデンティティが多方面で失われていく始まりの時期でもあった。『黒人小屋通り』が書かれた二十世紀半ばはちょうどこのような変化の端境期《はざかいき》で、小説は現在では失われた伝統社会の記録ともなっている。以下では作品に関連させて、マルチニックの植民地社会をいくらか解説していこうと思う。

第一部が展開するプチモルヌだが、プランテーションの階層社会をよく表している。丘の上に農園管理者の屋敷があり、中腹には会計役の家があり、一番低いところにサトウキビ労働者たちが住む小屋が道に沿って並んでいて、社会階層の上下が物理的に表れている。農園の領主は不在で、フランス本土あるいは金持ちの集まるルート・ディディエにでも住んでいるのであろうか。また町から離れたところにあるプチモルヌでは屋敷の奥さんが商店を経営しており、労働者たちの賃金がつけ払いによって吸い上げられるようになっている。マン・ティヌがわざわざ遠くにあるサンテスプリまで足を延ばして買い物をするのは、ただ節約するためではなく、タコ部屋状態にある農園に対する間接的な抵抗でもある。またほかの親とは違って、意地でも自分の子供をプチットバンドと呼ばれるサトウキビ畑労働者への第一歩となる児童労働に行かせないのは、プランテーションシステムに対する直接的抵抗である。

タイトルにある黒人小屋について、実際にどのようなものであったか作品内で多少描かれているが、具体的には二つの正方形をくっつけた長方形の木造建築で、奴隷制の時代には間口が十四ピエ（四・五メートル強）、奥行きが三十ピエ（十メートル弱）で、真ん中で仕切られ、寝室と居間に分けられていた。間口の正面は大きく張り出した軒の下がベランダとなっており、小屋につけられたドアは上下が別々に開くように作られていて、上の部分だけを開けて窓としても使っていたという。[23] そのような小屋が何軒か道沿いに並んで、貧しい黒人たちの集落が形成されていた。

また黒人小屋と呼ばれるが、そこに住む人たちは百パーセント純粋な黒人ではない。主人公自身も多少白人の血が混ざっている。マン・ティヌが自らの生い立ちを語る場面があるが、自分の祖父が年寄りのベケだったと言っている。つまりマン・ティヌは四分の一が白人のクオーターであることになる。マン・ティヌが若いころ農園監督に手籠めにされてできた娘がデリアであり、主人公の母親八分の一が白人となる。父親は素性がはっきりしないが、カルメン同様に農園出身の黒人だとすると、主人公の十六分の一は白人であり「黒人」といっても生粋《きっすい》ではなく混血である。しかしながら実際、マン・ティヌを手籠めにしたジョゼの祖父に当たる農園監督ヴァルブランと父親に当たる運転手のウジェヌがどの程度混血していたかわからないので、厳密にはジョゼが十六分の一ではなく、複雑な分数の足し算でないと算出できないような混ざり具合となる。

実際にフランス革命の時代、マルチニック出身のモロ・ドゥ・サンメリという法律家が一七九七年に発表した著作の中で、白人と黒人の混ざり具合を百二十八分の一まで追った分析を行っている。[24] 白人と黒人の混血はムラート、そのムラートが白人や黒人と結婚してできた子供は四分の一の混血、さらにその子供が白人や黒人と結婚すると八分の一と、一世代下るごとに分母が倍に増えていく。マルチニックにサトウキビと黒人奴隷がもたらされたのがだいたい一六五〇年で、現地生まれ第一世代がそのころから発生したとすると、モロ・ドゥ・サンメリが分析を試みたフランス革命の時代は、人種の混交が始まってからだいたい百五十年ほどになる。単純計算で一世代が二十五年とすると、モロ・ドゥ・サンメリが計算した時代はクレオール七世代目となり、二の七乗で百二十八となる。この時点

世代	1	2	3	4	5	6	7
年代	1650	1675	1700	1725	1750	1775	1800
混血	1/2	1/4	1/8	1/16	1/32	1/64	1/128

ですでにかなり分母が大きくなっているのだが、さらにそこから百年以上下ったジョゼの世代となると十一世代目か十二世代目になり、分母は二千四十八あるいは四千九十六となる。その上、その途中にある一八四八年の奴隷制廃止以降、不足する労働力を補う目的でインド人や中国人が年季奉公として島に連れてこられ、オスマン帝国の圧迫によって中東からシリア人やレバノン人が移住してきたので、さらに複雑かつ不確定なものとなる。つまり血筋をたどって生物学的に個人の人種を定義することは不可能かつ無意味であることがわかる。

実際に小説の中で混血の度合いが話題になることはない。ただ新たに登場人物が現れるたびに髪の毛や肌の色、服装や履物に関しては詳しい描写がなされている。これらはすべて社会的な差異を示す記号である。実際に問題になるのは血筋の「生物学的人種」ではなく、いわゆるフェノタイプという外見上の形質で、そこから優劣や美醜が判断される「社会的人種」である。▼25 とりわけ着目されるのが肌の色、髪質、目、唇の厚さ、小鼻の広がりであり、白人に近い形質がいいとされ、黒人の形質は望ましくないとされていた。それは美醜だけではなく、主人公ジョゼが黒人であるせいで何かにつけて周囲から疑念の目を向けられることを述べている通り、社会的評価にも関係している。

ちなみに伝統的にアンティルにおいて、主人公が「この島の住人はきれいに黒人、ムラート、白人（それ以下の細かい分類は除いて）の三つに分かれる」と言う通りに人種階級が形成されていた。白人が上層、ムラートが中層、黒人が下層と、人種と社会階級が基本的に一致している。この人種三分割は民話の題材となり、パンにたとえられる。むかし神様がパンを焼いたときに、パン窯《がま》の中で焦げてしまったのが黒人、焼き過ぎたのがムラート、上手に焼けたのが白人という具合である。黒人はがさつで間抜け、ムラートは欲張りでずる賢く、白人は上品で賢明というのが相場となっている。もちろんこれは白人の視点から見たものであって、主人公は黒人の視点から果物にたとえて、黒人は味があるものの手入れが足りていない野生種、ムラートは接ぎ木、白人は学問がないのに重宝される希少種だと言い表している。

　地元の白人たちは屋敷を持つ金持ちと粗末な家に住む資産のない白人の二つに分かれ、前者はきわめて狭い血縁内で婚姻を繰り返していることが『黒人小屋通り』の中で指摘されている。有色人種とのあいだには明確な階級差があるが、作品終盤で数度言及されているように、ときに人種の境界を越えることがある。白人と交わることで、社会的にも経済的にも優位に立てる。このことを赤裸々に書いたものとして、ジョゼフ・ゾベルと同時代のマルチニック出身の女性作家マイヨット・カペシアによる一九四八年発表の半自伝的小説『私はマルチニックの女』*Je suis martiniquaise* がある。このような心性を、同じくマルチニック出身の精神分析家でのちに政治活動家となるフランツ・ファノンは一九五二年に発表した『黒い皮膚、白い仮面』の第二章「黒い皮膚の女と白人の男」で「乳白色化」と呼んで痛烈に批判した[▼26]。ジョゼフ・ゾベルも、黒人であることを否定した、有色人種の白人に対する媚びへつらいや猿真似、また白人に近いことを鼻にかけた優越感には極めて批判的であり、冷笑を浴びせている。

　話を社会的人種に戻すと、主人公が町で新しい登場人物と会うたびに肌と髪への言及がある。それは単に美醜に関わる身体描写ではなく、その人物の社会的人種の格づけである。例えば格差が明らかなのが、小学校で友達になるラファエルである。「僕より薄い肌の色」、「髪は黒くてなめらかでいつも頭にぴったり張りついている」というのは、ジョゼ自身がラファエルを自分より格上だと見なしていることの表れであり、「僕に対してある種の優越感をもっていた」のも致し方ないことなのである。

逆にマダム・レオンスは「ほとんど同じ肌の色をしていた」にもかかわらず、やせてボロボロの服を着ているマン・ティヌに比べて、太ってまともな身なりをしている。もともと同じ部類の人間であるにもかかわらず社会的地位が異なっているため、主人公はマダム・レオンスに対して早くから疑念を感じる。ところがリセに通学する際に知り合いになる運転手カルメンに関しては、身体的特徴への言及がない。それはおそらく、主人公がカルメンを同類と見なしており、社会人種的差異がほとんど認められないからであろう。同じことが第一部の黒人小屋の仲間たちについても言える。その逆も同様であり、肌の色が薄い金持ちの子息ばかりが集まるリセで唯一友達になるクリスチャン・ビュシは明らかに異なる。そのため最初からまったく比較対象とならず、身体的特徴の記述がない。

先に『黒人小屋通り』は公教育の普及によって社会構造が変化した時代を背景としていると述べた。それまで読み書きができなかった農業労働者の子女が、学校教育によって社会階層の階段を上がる。ただ、その分誰かが地位を下げることになる。『黒人小屋通り』において興味深いのは、主人公ジョゼと私生児ジョジョの進む道が見事な対称を成していることである。衣食住すべてままならないジョゼに対し、ジョジョは何一つ不自由ない環境で育つ。しかしムラートであるジョジョの父親は、同じくムラートと思われる女性と正式に結婚する。ムラートのブルジョワは白人に近い分、黒人に対する嫌悪感が強い。そのような家庭で黒人女とのあいだにできた黒人以上ムラート未満の連れ子ジョジョが虐《しいた》げられるには二つの理由がある。まず社会人種的に劣るとされていた黒人との混血であるということ、次に婚外子であるということにある。つまりジョジョは二重に家庭で疎《うと》まれているのである。

また現地調査を行ったフランスの民族学者で作家のミシェル・レリスによると、アンティル諸島に公教育が普及した際に、その恩恵を受け、社会的地位向上にあずかったのがムラートだという。[27] 実際に『黒人小屋通り』の中でも主人公が「白人は無知で大半は学問がない」と言うように、生産手段を持っている白人は事業を運営できるだけの最低限の教育で満足した。奴隷制の後遺症がまだ残る黒人は、マン・ティヌの苦労を見ればわかるように子供を学校に行かせる余裕がないため、その恩恵に浴することが困難であった。それに対して、ジョジョにはとりわけ厳しく指導するように親が教師に頼んでいるのは、ムラートが教育によって社会的地位を上昇させた当時の時代背景が反映されている。それまでの時代であれば、ジョゼは黒人労働者階級、ジョジョはムラートのブルジョワ階級で一生接点がなかったはずである。しかし出発地点の違う二人の人生が学校という場で交差し、ジョゼはその道を進むことで社会の階段を上り、ジョジョは家出したところから転げ落ちることになる。ジョゼとジョジョ、互いに名前の似た少年二人の立場がまるで『王子と乞食』の物語のごとくすっかり入れ替わる。のちに再会する際、転落したジョジョの姿に、ジョゼは本来自分がたどるように定められていた人生を見出しているのかもしれない。

ここまでどちらかといえば人種や階級といった重たい話をしてきたが『黒人小屋通り』にはそんな深刻な空気を感じさせないユーモアがある。お椀を割った日の晩に罰としてお祈りをさせられている最中悪びれもせずに、寝小便をしたり砂糖をくすねる勇気を神様にお願いしたり、初聖体を控えているのに祭りのときに悪魔にわずかの金で魂を売ってしまおうかなどと冗談を言ったりする。あるいは代母が貧窮を装った吝嗇家《りんしょくか》であることをにおわせ、教理問答の先生が外面ばかりの食わせものであることを皮肉ったりしている。とりわけ肌の黒さを笑いの種にした文字通りの「ブラックユーモア」は秀逸である。『黒人小屋通り』でよく知られたエピソードとして、リセの国語の宿題で提出した作文が剽窃《ひょうせつ》だと教室でさらし者にされる場面がある。そこで主人公は「もしそうできるものなら、顔を赤らめてやったことだろう」と言う。冗談を説明するのは野暮なことなのだがあえて解説すると、顔ジョゼは肌の色がかなり濃いのでいくら興奮しても腹を立てても顔が赤くなることがないことを前提としている。リセの中で一番黒くて貧しいことを自認している主人公ならではの皮肉である。文学を志すも、ヨーロッパのことも知らない自分に小説が書けるだろうかと自問する主人公ではあるが、このようにフランス本土のフランス人では思いつかないようなフランス語の使い方ができれば、立派なフランス語作家であることに間違いはない。こういった冷笑的な機知は、メドゥーズの葬式のときに参列者が交わす冗談や皮肉の応酬にも見られる。おそらくこのような諧謔《かいぎゃく》は主人公個人の資質であるというよりは、幼いころ農園の習慣から体得したものであろうと考えられる。その証拠に、同じような環境に育った農園出身の運転手カルメンもユーモアに長《た》けている。

『黒人小屋通り』は自伝的小説であるが、いわゆる自伝ジャンルとは一線を画している。一般的に自伝ジャンルは、いかに自分が周囲と異なり、自分がした経験が他に類がないかを語り、個を強調する傾向がある。[28] 一方、『黒人小屋通り』に個を際立たせようとする傾向はあまり見られない。それよりもむしろ、マルチニックの黒人を集団として表現する傾向が見られる。このような違いがなぜあるかといえば、おそらく作家が誰を読者に想定して書いているかが異なるからである。

　サルトルが『文学とは何か』で作家が誰のために書くのかを議論する中で、例えばアメリカの黒人作家リチャード・ライトは「二重の同時的訴え」を行っており、一方では善意を持った白人に、他方では北部の教養ある黒人に向かって書いていると指摘している。[29] おそらくこのことは『黒人小屋通り』にも当てはまる。ゾベルはフランス本土の白人とアンティルの黒人に向かって訴えかけている。この二重の訴えの中で『黒人小屋通り』の主人公の「わたし」は「わたしたち」となる。アルチュール・ランボーの有名な「わたしとはひとつの他者である」という表現を借りるとすれば、ジョゼフ・ゾベルは「わたしとはわれわれというひとつの他者である」ことを表明している。フランス本土の読者を想定した「あなたたちフランス人」に対しては、他者である「わたしたちアンティル人」の差異を描く。同時にアンティル人の読者を想定する際には「彼らフランスの白人」とは違う「わたしたち黒人」のあいだでの同一性を呼びかける。「わたし」個人の生い立ちだけでなく「わたしたち」アンティルの一般的な生を描く目的から、自伝ではなく小説というかたちをとったとも考えられる。この「わたしたち」とは、先に言及したマルチニックのことわざ「アン・ネグ・セ・アン・シエク」をあえて文字通り「一人の黒人は一世紀」と理解して当てはめると、一八四八年から約一世紀続いたサトウキビプランテーションの植民地時代を生きた、マルチニックの黒人たちのことである。ジョゼフ・ゾベルを代理するジョゼ・アッサンの声は、名もない黒人たちを代弁しているのである。

最後に書名『黒人小屋通り』の意味について触れて締めくくりたい。ジョゼフ・ゾベルの『黒人小屋通り』は主人公の成長を主軸としながら、マン・ティヌやメドゥーズ、ジョジョやカルメンなど主人公の周囲の登場人物もそれぞれが自らの生い立ちを語る、複数の声を含む自伝物語である。とりわけ主人公が同じく農園生まれのカルメンの生まれや育ちを聞いたときに「僕がプチモルヌで経験したこととあまりにもそっくりだった」と言い、その後知り合いになった農園生まれの庭師たちの身の上を聞いても「誰もが同じ地点から出発して、同じ道をたどって」いることに気がつく。つまり黒人小屋通りとは、主人公が生まれた農園プチモルヌのふもとにある集落だけを指しているのではなく、プランテーション社会のどこにでも見られたサトウキビ労働者たちのライフサイクルを象徴している。子供のときにプチットバンドに入れられ、大人になると労働者として農園の中で一生のほとんどを過ごし、太陽とサトウキビの葉と雨風を浴びて命を削り、最後はみじめな小屋で何も残さずに死ぬ。つまり黒人小屋通りとは「親がサトウキビ畑で働く庶民の子供たちに宿命づけられた道」のことである。ただ主人公は、祖母の献身のおかげで黒人小屋通りをそのまま歩み続けることはなかった。主人公ジョゼ・アッサン個人の成功譚に焦点を当てれば書名は「学校への道」がふさわしいのであろう。それでもなお『黒人小屋通り』であるのは、遠き幼少期と故郷への憧憬に合わせ、貧しい黒人の同胞たちへの賛意がこめられているからである。

▼1 Michel Le Bris, "Pour une littérature-monde en français", *Le Monde*, 16 mars 2007

▼2 Derek Walcott, "A Letter to Chamoiseau", *The New York Review of Books*, August 14th 1997, pp. 45-48

▼3 ラファエル・コンフィアン、パトリック・シャモワゾー、西谷修訳『クレオールとは何か』平凡社、一九九五年、二〇四～二〇六頁。

▼4 《Joseph Zobel et le Prix des Lecteurs 1950》, *La Gazette des lettres*, nouvelle série No. 2, 1950, pp. 56-57

▼5 Louise Hardwick, *Joseph Zobel, Négritude and the Novel*, Liverpool, Liverpool University Press, 2018, p. 149

▼6 マリーズ・コンデ、くぼたのぞみ訳『心は泣いたり笑ったり』青土社、二〇〇二年、一五四頁。

▼7 Cf. Edouard Glissant, *Traité du Tout-monde*, Paris, Gallimard, 1997, pp. 111-112

▼8 トビー・レスター、小林力訳『第四の大陸』中央公論新社、二〇一五年。

▼9 林屋永吉訳『コロンブス航海誌』岩波文庫、一九七七年、二〇五頁。

▼10 林屋永吉訳『コロンブス航海誌』岩波文庫、一九七七年、一〇七頁。

▼11 コロンブス、林屋永吉訳『全航海の報告』岩波文庫、二〇一一年、一一二頁。

▼12 コロンブス、林屋永吉訳『全航海の報告』岩波文庫、二〇一一年、一一四頁。

▼13 アズララ、長南実訳「ギネー発見征服史」（『大航海叢書第Ⅰ-二　西アフリカ航海の記録』）岩波書店、一九六七年、一六四頁。

▼14 ピガフェッタ、河島英昭訳「航海の記録」（『大航海叢書第Ⅰ-二　西アフリカ航海の記録』）岩波書店、一九六七年、五一〇～五一一頁。

▼15 ラス・カサス、長南実訳『インディアス史　第七巻』二〇〇八年、六〇頁。

▼16　エリック・ウィリアムズ、中山毅訳『資本主義と奴隷制』理論社、一九八七年、三七頁。

▼17　チャールズ・C・マン、布施由紀子訳『１４９３』紀伊國屋書店、二〇一六年、一九二〜二〇三頁。

▼18　エリック・ウィリアムズ、中山毅訳『資本主義と奴隷制』理論社、一九八七年、一二頁。

▼19　Lucien Bély éd. "Antilles", *Dictionnaire de l'Ancien régime*, Paris, Presse Universitaire de France, 1996, p. 70

▼20　エリック・ウィリアムズ、中山毅訳『資本主義と奴隷制』理論社、一九八七年、一一九頁。

▼21　Louise Hardwick, *Joseph Zobel, Négritude and the Novel*, Liverpool, Liverpool University Press, 2018, p. 155

▼22　Louise Hardwick, *Joseph Zobel, Négritude and the Novel*, Liverpool, Liverpool University Press, 2018, p. 13

▼23　Gabrien Debien, *Les esclaves aux Antilles françaises*, Fort-de-France, Société d'histoire de la Martinique, 1974, p. 230

▼24　Louis-Elie Moreau de Saint-Méry, *Description topographique, physique, civile, politique et historique de la partie française de l'isle Saint-Domingue*, Philadelphie, Chez l'auteur, 1797, pp. 68-99

▼25　Michel Giraud, *Races et classes à la Martinique*, Paris, Éditions Anthropos, 1979

▼26　フランツ・ファノン、海老坂武他訳『黒い皮膚、白い仮面』みすず書房、一九九八年。

▼27　Michel Leiris, *Contacts de civilisations à la Martinique et à la Guadeloupe*, Paris, Gallimard/UNESCO, 1955, p. 152

▼28　Cf. フィリップ・ルジュンヌ、花輪光他訳『自伝契約』水声社、一九九三年。

▼29　J-P・サルトル、加藤周一他訳『サルトル全集第九巻　文学とは何か』人文書院、一九六五年、九九頁。

【著者・訳者略歴】

ジョゼフ・ゾベル（Joseph Zobel）

1915～2006年。フランス領カリブ海植民地（現フランス海外県）マルチニック生まれ。幼いころ、サトウキビ畑で働く祖母にあずけられ、プランテーションで育つ。1950年、自伝的小説『黒人小屋通り』が文芸誌『ガゼット・デ・レットル』で読者賞受賞。同作品は1983年に映画化され、ヴェネツィア国際映画祭で銀獅子賞を受賞。日本でも『マルチニックの少年』の邦題で公開された。2018年には漫画版も刊行されている。フランス語圏カリブ海文学を代表する小説家として、今日でも欧米で親しまれている。

松井裕史（まつい・ひろし）

金城学院大学文学部専任講師。ニューヨーク市大学大学院センターで博士候補資格取得後、フランスのパリ第八大学で博士号取得。文学博士。フランスおよびフランス語圏文学、とりわけカリブ海が専門。

黒人小屋通り

2019年3月25日初版第1刷印刷
2019年3月30日初版第1刷発行

著　者　ジョゼフ・ゾベル
訳　者　松井裕史

発行者　和田肇
発行所　株式会社作品社
〒102-0072東京都千代田区飯田橋2-7-4
TEL.03-3262-9753　FAX.03-3262-9757
http://www.sakuhinsha.com
振替口座00160-3-27183

編集担当　青木誠也
装　幀　水崎真奈美（BOTANICA）
本文組版　前田奈々
印刷・製本　シナノ印刷株式会社

ISBN978-4-86182-729-7 C0097

【作品社の本】

外の世界　ホルヘ・フランコ著　田村さと子訳

〈城〉と呼ばれる自宅の近くで誘拐された大富豪ドン・ディエゴ。身代金を奪うために奔走する犯人グループのリーダー、エル・モノ。彼はかつて、“外の世界”から隔離されたドン・ディエゴの可憐な一人娘イソルダに想いを寄せていた。そして若き日のドン・ディエゴと、やがてその妻となるディータとのベルリンでの恋。いくつもの時間軸の物語を巧みに輻輳させ、プリズムのように描き出す、コロンビアの名手による傑作長篇小説！　アルファグアラ賞受賞作。　ISBN978-4-86182-678-8

密告者　ファン・ガブリエル・バスケス著　服部綾乃、石川隆介訳

「あの時代、私たちは誰もが恐ろしい力を持っていた——」名士である実父による著書への激越な批判、その父の病と交通事故での死、愛人の告発、昔馴染みの女性の証言、そして彼が密告した家族の生き残りとの時を越えた対話……。父親の隠された真の姿への探求の果てに、第二次大戦下の歴史の闇が浮かび上がる。マリオ・バルガス＝リョサが激賞するコロンビアの気鋭による、あまりにも壮大な大長篇小説！　ISBN978-4-86182-643-6

逆さの十字架　マルコス・アギニス著　八重樫克彦、八重樫由貴子訳

アルゼンチン軍事独裁政権下で警察権力の暴虐と教会の硬直化を激しく批判して発禁処分、しかしスペインでラテンアメリカ出身作家として初めてプラネータ賞を受賞。欧州・南米を震撼させた、アルゼンチン現代文学の巨人マルコス・アギニスのデビュー作にして最大のベストセラー、待望の邦訳！　ISBN978-4-86182-332-9

天啓を受けた者ども　マルコス・アギニス著　八重樫克彦、八重樫由貴子訳

合衆国南部のキリスト教原理主義組織と、中南米一円にはびこる麻薬ビジネスの陰謀。アメリカ政府と手を結んだ、南米軍事政権の恐怖。アルゼンチン現代文学の巨人マルコス・アギニスの圧倒的大長篇。野谷文昭氏激賞！　ISBN978-4-86182-272-8

マラーノの武勲　マルコス・アギニス著　八重樫克彦、八重樫由貴子訳

「感動を呼び起こす自由への賛歌」——マリオ・バルガス＝リョサ絶賛！　16～17世紀、南米大陸におけるあまりにも苛烈なキリスト教会の異端審問と、命を賭してそれに抗したあるユダヤ教徒の生涯を、壮大無比のスケールで描き出す。アルゼンチン現代文学の巨匠アギニスの大長篇、本邦初訳！　ISBN978-4-86182-233-9

ボルジア家　アレクサンドル・デュマ著　田房直子訳

教皇の座を手にし、アレクサンドル六世となるロドリーゴ、その息子にして大司教／枢機卿、武芸百般に秀でたチェーザレ、フェラーラ公妃となった奔放な娘ルクレツィア。一族の野望のためにイタリア全土を戦火の巷にたたき込んだ、ボルジア家の権謀と栄華と凋落の歳月を、文豪大デュマが描き出す！　ISBN978-4-86182-579-8

ランペドゥーザ全小説　附・スタンダール論

ジュゼッペ・トマージ・ディ・ランペドゥーザ著　脇功、武谷なおみ訳

戦後イタリア文学にセンセーションを巻きおこしたシチリアの貴族作家、初の集大成！　ストレーガ賞受賞長編『山猫』、傑作短編「セイレーン」、回想録「幼年時代の想い出」等に加え、著者が敬愛するスタンダールへのオマージュを収録。　ISBN978-4-86182-487-6

【作品社の本】

心は燃える　J・M・G・ル・クレジオ著　中地義和・鈴木雅生訳

幼き日々を懐かしみ、愛する妹との絆の回復を望む判事の女と、その思いを拒絶して、乱脈な生活の果てに恋人に裏切られる妹。先人の足跡を追い、ペトラの町の遺跡へ辿り着く冒険家の男と、名も知らぬ西欧の女性に憧れて、夢想の母と重ね合わせる少年。ノーベル文学賞作家による珠玉の一冊！

ISBN978-4-86182-642-9

嵐　J・M・G・ル・クレジオ著　中地義和訳

韓国南部の小島、過去の幻影に縛られる初老の男と少女の交流。ガーナからパリへ、アイデンティティーを剝奪された娘の流転。ル・クレジオ文学の本源に直結した、ふたつの精妙な中篇小説。ノーベル文学賞作家の最新刊！

ISBN978-4-86182-557-6

迷子たちの街　パトリック・モディアノ著　平中悠一訳

さよなら、パリ。ほんとうに愛したただひとりの女……。2014年ノーベル文学賞に輝く《記憶の芸術家》パトリック・モディアノ、魂の叫び！　ミステリ作家の「僕」が訪れた20年ぶりの故郷・パリに、封印された過去。息詰まる暑さの街に《亡霊たち》とのデッドヒートが今はじまる——。

ISBN978-4-86182-551-4

失われた時のカフェで　パトリック・モディアノ著　平中悠一訳

ルキ、それは美しい謎。現代フランス文学最高峰にしてベストセラー……。
ヴェールに包まれた名匠の絶妙のナラション（語り）を、いまやわらかな日本語で——。
あなたは彼女の謎を解けますか？　併録「『失われた時のカフェで』とパトリック・モディアノの世界」。ページを開けば、そこは、パリ

ISBN978-4-86182-326-8

人生は短く、欲望は果てなし

パトリック・ラペイル著　東浦弘樹、オリヴィエ・ビルマン訳

妻を持つ身でありながら、不羈奔放なノーラに恋するフランス人翻訳家・ブレリオ。やはり同様にノーラに惹かれる、ロンドンで暮らすアメリカ人証券マン・マーフィー。英仏海峡をまたいでふたりの男の間を揺れ動く、運命の女《ファム・ファタール》。奇妙で魅力的な長篇恋愛譚。フェミナ賞受賞作！

ISBN978-4-86182-404-3

ウールフ、黒い湖　ヘラ・S・ハーセ著　國森由美子訳

ウールフは、ぼくの友だちだった——オランダ領東インド。農園の支配人を務める植民者の息子である主人公「ぼく」と、現地人の少年「ウールフ」の友情と別離、そしてインドネシア独立への機運を丹念に描き出し、一大ベストセラーとなった〈オランダ文学界のグランド・オールド・レディー〉による不朽の名作、待望の本邦初訳！

ISBN978-4-86182-668-9

タラバ、悪を滅ぼす者　ロバート・サウジー著　道家英穂訳

「おまえは天の意志を遂げるために選ばれたのだ。おまえの父の死と、一族皆殺しの復讐をするために」ワーズワス、コウルリッジと並ぶイギリス・ロマン派の桂冠詩人による、中東を舞台にしたゴシックロマンス。英国ファンタジーの原点とも言うべきエンターテインメント叙事詩、本邦初の完訳！
【オリエンタリズムの実像を知る詳細な自註も訳出！】

ISBN978-4-86182-655-9